BASTEI
LÜBBE

Piers Anthony
Der Retter von Dent-All

Science Fiction-Roman

Ins Deutsche übertragen
von Bodo Baumann

Bearbeitet und ergänzt
von Wolfgang Neuhaus

BASTEI
LÜBBE

BASTEI-LÜBBE-TASCHENBUCH
Band 23 131

Erste Auflage:
Oktober 1992
Zweite Auflage:
Dezember 1993

Deutsche Lizenzausgabe 1992
Bastei-Verlag Gustav H. Lübbe
GmbH & Co., Bergisch Gladbach
Originaltitel: Prostho Plus
Lektorat: Reinhard Rohn
Titelillustration: Zoltáu Boros und
Gábor Szikszai (Agentur Kohlstedt)
Umschlaggestaltung:
Quadro Grafik, Bensberg
Satz: KCS GmbH,
2110 Buchholz/Hamburg
Druck und Verarbeitung:
Brodard & Taupin, La Flèche,
Frankreich
Printed in France

ISBN 3-404-23131-7

1

Dr. Dillingham war einundvierzig Jahre alt, konservativ, ein Zahnchirurg unserer Tage. Nicht sehr phantasiebegabt als Junggeselle, wie seine Bekannten behaupteten. Seine Patienten meinten, er sei zu teuer. Seine hübsche Assistentin, die heimlich in ihn verliebt war, sagte, er sei reizend. Kurz, er war ein typischer Zahnarzt mit gesicherter Zukunft.

Trotzdem war Dillingham an diesem Morgen schlechter Laune, und Schuld daran war Mrs. Nostrand. Sie hatte Übergewicht, Krampfadern und ein aufdringliches Wesen. Und sie war mit allen Krankheiten behaftet, die der Mensch sich einbilden kann. Nur schlechte Zähne hatte sie nicht – ihr Gebiß war makellos.

Er fragte sich, warum ausgerechnet er die ›Behandlung‹ übernehmen sollte. Wahrscheinlich hatten schon alle anderen Zahnärzte in seinem Bezirk Mrs. Nostrand klarmachen wollen, daß Zahnersatz zwar kein Problem darstelle, aber nur aus gesundheitlichen und nicht aus modischen Gründen angefertigt werde.

»Mrs. Nostrand«, begann er, obwohl er den Fall für hoffnungslos hielt, »kein gewissenhafter Zahnarzt wird einen gesunden Zahn durch einen künstlichen ersetzen. Unsere Aufgabe besteht darin, ein Gebiß in seinem ursprünglichen Zustand zu erhalten, soweit das möglich ist. Sie sollten dankbar sein, daß Ihr Gebiß tadellos in Ordnung ist.«

»Aber alle meine Freundinnen haben echte Goldplomben!«

Dillingham beherrschte sich mühsam. »Ich versichere Ihnen, Mrs. Nostrand, es gibt nichts Besseres als natürliches Zahnbein und echten Zahnschmelz.«

»Mrs. Jones hat viertausend Dollar für ihre Goldplomben bezahlt«, erwiderte Mrs. Nostrand neidisch.

»Es tut mir leid, Mrs. Nostrand«, sagte Dr. Dillingham. Die Weigerung war unwiderruflich.

Wütend verließ Mrs. Nostrand seine Praxis.

Der alte Joe Krumpet war Dillinghams nächster Patient. Mit siebzig Jahren war er noch einigermaßen rüstig. Nur von seinen Zähnen konnte man das nicht behaupten.

»Wieder mal einer kaputt gegangen, Doc«, sagte er mürrisch. »Flicken Sie ihn notdürftig, und schicken Sie mich wieder heim.«

Dillingham schaute Joe in den Mund. Er war ein einziger Friedhof. Dillingham wunderte sich, wie der Mann überhaupt noch zubeißen konnte. Da gab es wohl keinen in seinen Lehrbüchern beschriebenen Katastrophenfall, der im Laufe der Jahre bei dieser Ruine von Gebiß nicht eingetreten wäre.

»Joe, dieser Zahn muß raus. Da ist nichts mehr zu retten. Wenn der Zahn weiterfault, dann kann sich dein ganzer Kiefer entzünden . . .«

»Nein. Nur nicht so was Kompliziertes, Doktor. Tun sie nur 'ne Füllung rein, damit es nicht mehr weh tut. Der Zahn hält schon noch so lange wie ich.«

Da hatte er leider nicht ganz unrecht. Dillingham reparierte also den Schaden so gut es ging und zog sich anschließend für zehn Minuten in sein Labor zurück. Ein typischer Praxistag, dachte er.

Schulkinder, die zu viele Bonbons aßen und ihn erstaunt ansahen, wenn er sie nach regelmäßigem Zähneputzen fragte. Geschäftsleute, die für Zahnuntersuchungen keine Zeit hatten, ehe nicht der Nerv die Alarmglocke auslöste. Frauen, die sich so sehr vor Schmerzen fürchteten, daß sie schon einen Schrei ausstießen, wenn er den Spiegel an einen gesunden Zahn hielt. Fast jeder seiner Patienten vergeudete das kostbare Erbe gesunder Zähne aus seiner Jugendzeit und dachte nicht daran, daß man echte Zähne nur unvollkommen und für sehr viel Geld ersetzen konnte.

Er hatte es satt. Natürlich nicht seinen Beruf. Aber diesen unglaublichen Leichtsinn, mit dem die Leute ihre Zähne behandelten.

Im Radio wurden Einzelheiten von einer neuen Weltraumsonde berichtet.

Wenn es noch andere zivilisierte Wesen im Universum gab, hatten sie bestimmt schon längst gelernt, wie man das kostbare Erbe seiner Gesundheit bewahrt. Er stellte sich ein Geschöpf mit Knopfaugen vor, das vor der Kamera stand und lächelnd sagte: »Mom! Mom! Er hat seit zweihundert Jahren überhaupt nicht gebohrt!«

Dillingham erhob sich von seinem Schemel und kehrte in den Behandlungsraum zurück. Miss Galland, seine tüchtige Assistentin, hatte den dritten Patienten gewiß schon für die Behandlung vorbereitet. So brauchte er sich wenigstens nicht mit den lästigen Einzelheiten aufzuhalten.

Jemand saß bereits auf dem Stuhl.

Dillingham setzte sein gütiges Lächeln auf, das er immer für neue Patienten bereithielt, wusch sich die Hände und nahm einen frischen Mundspiegel zur Hand. Er drehte sich um und . . .

Erstarrte.

Das Gesicht über der Kopfstütze war fremdartig. Es war humanoid, doch die Menschenähnlichkeit war nicht sehr ausgeprägt. Eine hohe, flache Stirn, darunter weit auseinanderliegende, schmale Augen. Die Nase nur ein dreifacher Schlitz. Der Mund des Patienten war geschlossen. Dünne, purpurfarbene Lippen spannten sich darüber.

Ehe Dillingham sein eingefrorenes Lächeln durch einen passenden Ausdruck ersetzen konnte, hörte er ein Geräusch. Er blickte auf und sah ein zweites humanoides Wesen, das sich mit dem Schlüssel an der Tür beschäftigte. Das Wesen mußte hinter der Tür gelauert haben, bis Dillingham den Behandlungsraum betreten hatte. Die Ähnlichkeit mit dem Humanoiden auf dem Behandlungsstuhl war mit einem Blick zu erkennen, doch Dillingham konzentrierte sich jetzt ausschließlich auf die sichtbare rechte Hand des Fremden an der Tür: Sie war grau, und die Finger schienen nur aus zwei Gliedern zu bestehen.

Dillingham suchte krampfhaft nach einer geistreichen Bemerkung, um mit dieser eigenartigen Situation fertig zu werden.

»Meine Herren, hier muß ein Mißverständnis vorliegen. Ich bin Zahnarzt und kein Schönheitschirurg!«

Die beiden Wesen verzogen keine Miene. Der Fremde an der Tür richtete sich auf und sah ihn schweigend an.

Natürlich hatte sich da jemand einen Jux ausgedacht. Nichts auf der Erde glich diesen Wesen. Wahrscheinlich zwei Schüler von der Oberstufe des Gymnasiums, dachte Dillingham. Da gab es doch heutzutage solche Gummi- und Plastikmasken zu kaufen, die man sich über das Gesicht zog und die sich so natürlich bewegten wie echte Gesichtshaut. Makaber, dachte Dillingham. So etwas bringt nur die Leute zum Lachen, die sich diesen Unsinn ausdenken. Er wunderte sich allerdings, wie die beiden an Miss Galland vorbeigekommen waren.

»Jungs, meine Zeit ist kostbar. Ihr habt euren Spaß gehabt und jetzt...«

Der eine auf dem Behandlungsstuhl öffnete den Mund.

Dillingham ließ den Mundspiegel fallen. Keine Maske konnte so fest anliegen. Und dieser Mund war einfach unglaublich. Keine Zunge, kein Speichel. Und die Zähne...

Es gehörte selbstverständlich zu seinem Beruf, die normalen Kiefer und die abnormalen Extremfälle menschlicher Mundhöhlen in Wort und Bild zu beherrschen. Dieser Mund übertraf jedoch bei weitem jeden Extremfall. Dennoch war es zweifellos ein funktionstüchtiger Mund in einem echten, funktionstüchtigen Gesicht. Da also das Gesicht keine Maske sein konnte und kein irdischer Kiefer solche Beißerchen hatte...

Er beschloß, erst gar keine Fragen zu stellen, weil die Antworten sowieso sein Fassungsvermögen übersteigen würden. Das war weder ein Jux noch eine Routineangelegenheit. Aus irgendwelchen Gründen waren zwei Fremde – offensichtlich zwei außerirdische Wesen – in seine Praxis zur Behandlung gekommen.

Zweifellos war es kein Zufall, daß eines der beiden Wesen auf seinem Behandlungsstuhl saß. Warum saß es dort? Weil es Zahnschmerzen hatte, ganz klar.

Leider paßten die Armstützen und die Rückenlehne nicht ganz für den Patienten. Doch mit ein paar Hebelbewegungen war dieses Handicap beseitigt. Dann spielte Dillingham ein bißchen unsicher mit seinen chirurgischen Bestecken herum. Vielleicht waren diese Wesen gefährlich. Er durfte sich keinen Schnitzer leisten.

»Dr. Dillingham!« rief eine Stimme im Flur. Der

Fremde an der Tür fuhr zusammen, und plötzlich hielt er etwas Glitzerndes in der Hand. Bis jetzt hatten die beiden Wesen noch keine einzige Silbe gesprochen. Hören konnten sie offenbar ganz ausgezeichnet.

»Dr. Dillingham!« wiederholte die Stimme, und der Türknopf drehte sich. Miss Galland stand im Flur. »Sind Sie im Behandlungszimmer? Warum ist denn die Tür abgeschlossen . . .?«

Der Wächter an der Tür drehte den glitzernden Gegenstand zwischen den Fingern. Er sah aus wie eine Vorsatzlinse. Das Wesen richtete das Ding auf die Tür.

Dillingham wollte lieber nicht erst abwarten, was man mit diesem geschliffenen, gläsernen Gegenstand alles anstellen konnte.

»Ich habe im Augenblick zu tun!« rief er leicht gereizt, damit seine Assistentin begriff, daß er nicht gestört werden wollte. »Ein dringender Fall. Schicken Sie den nächsten Patienten wieder nach Hause!«

Ihre Schritte wurden leiser, und der Fremdling senkte das Prismenglas, das er in der Hand hielt. Vielleicht drohte den Menschen von diesem Ding gar keine Gefahr. Doch Dillingham wollte seine Assistentin lieber nicht in diese verrückte Sache hineinziehen.

Konnten die Fremdlinge überhaupt sprechen? Beim ersten Blick in die Rachenhöhle des ›Patienten‹ kamen Dillingham Zweifel, daß Laute damit geformt werden konnten, wie der Mensch sie beim Sprechen ausstieß. Aber diese Wesen mußten sich doch irgendwie miteinander verständigen!

Dillingham wandte dem Patienten wieder seine Aufmerksamkeit zu.

Faszinierend, diese Kiefer; obwohl er mit dem Anblick nicht viel anfangen konnte.

Vier breite Schneidezähne vorne im Unterkiefer trafen auf fünf Backenzähne im Oberkiefer. So hätte man das ausdrücken können, wenn man diese Beißerchen mit der menschlichen Anatomie verglich.

Schneidezähne auf Backenzähne? Der Fünfer auf den Vierer?

Möchte nur wissen, was die kauen! dachte Dillingham.

Doch das fachliche Interesse an diesem Patienten verdrängte jetzt das übergeordnete Problem, woher das Wesen kam und wie es herkam. Wenn man mit so eigenartigen Zähnen konfrontiert wurde, mußte man davon ausgehen, daß auch der Normalzustand der Mundhöhle nicht mit menschlichen Maßstäben gemessen werden durfte. Wie konnte er demnach einen Schaden feststellen? Und wenn er ihn erkannte, wie konnte er ihn beheben? Er hatte keine Ahnung vom Stoffwechsel dieser Wesen. Vielleicht brachte er den Patienten schon um, wenn er ihn örtlich betäubte. Oder dieses Wesen blutete sich zu Tode, wenn er mit der Nadel ins Zahnfleisch stach. Fragte sich allerdings, ob es überhaupt blutete. Man durfte nichts als bekannt voraussetzen.

Der Fremde an der Tür hielt immer noch die Glaslinse in der Hand. Er beobachtete jede Bewegung. Vielleicht war das der Kommandant des fremden Raumschiffes, und der Patient auf dem Behandlungsstuhl war sein Erster Offizier oder Bordingenieur oder so was? Vielleicht waren die beiden auf einer interstellaren Entdeckungsreise gewesen und hatten jetzt irgendeinen Maschinenschaden, der sie hinderte, sofort nach Hause zu fliegen. Offenbar war ihr Schiffsarzt ausgefallen und konnte die Behandlung nicht selbst übernehmen.

Auf jeden Fall hatte der Kommandant des Raumschiffes sich entschlossen, den nächstbesten eingeborenen

Spezialisten aufzusuchen, anstatt die Behandlung auf später zu verschieben, sobald eigene Ärzte zur Verfügung standen.

Interessant. Die Gesundheit und das Wohlbefinden des Individuums war diesen Wesen also heilig. Man überwand deswegen sogar die ungeheuer breite Kluft, die zwei vollkommen fremdartige Kulturen voneinander trennte. Ein Raumschiffkommandant vertraute sich einem Wesen an, das er noch nie zuvor gesehen hatte, einem irdischen Zahnarzt, damit er eine heikle und komplizierte Behandlung vornehmen sollte.

Dieses Wesen war entweder ein kompletter Narr, oder es besaß grenzenloses Vertrauen zu Dillinghams fachlichen Qualitäten.

Dillingham warf dem ›Kommandanten‹ einen schnellen Blick zu. Nein, dieser Bursche sah nicht aus wie ein Narr. Und die geschliffenen Gläser versprühten kaltes Licht . . .

Eine unmögliche Situation. Die Bedrohung mit einer Waffe half ihm auch nicht auf die Sprünge. Auf diese Weise erfuhr er nun mal nichts über den Stoffwechsel der Fremdlinge.

Der Kommandant machte eine Bewegung mit den Prismen. Sofort beugte Dillingham sich über die Rachenhöhle des Patienten. Er mußte das Unmögliche eben versuchen.

Der Mund war Dillingham ein einziges Rätsel. Da gab es keine Spitzen oder Kanten, keine entsprechenden Paare im Ober- und Unterkiefer. Er sah nur ebene Flächen, kleine Rampen, in einem bestimmten Schema angeordnet, das aber gewiß nicht zum Kauen taugte. Diese weißen Dinger im Rachen stellten vermutlich Zähne dar, denn sie waren in einem rosigen Zahnfleisch eingebettet.

Aber was diese Wesen mit ihren Kiefern anstellten, war Dillingham ein Rätsel.

Dillingham hatte jetzt das Gefühl, als befinde er sich in einer surrealistischen Traumwelt. Zähne waren Werkzeuge. Die Natur hatte sie als solche geschaffen, gleichgültig, wie viele verwirrende Arten von Zähnen sie auch hervorgebracht haben mochte. Zähne waren Werkzeuge, die zum Reißen, Zerschneiden und Zermahlen von Nahrung dienten – von Sonderentwicklungen einmal abgesehen, wie sie für die Vögel zutrafen, zum Beispiel. Zähne verfehlten ihren Zweck, wenn sie diese Funktionen nicht erfüllten, und die Natur war in diesem Punkt sehr konsequent. Sie hatte keinen Sinn für überflüssige Organe. Die Zähne dieses Fremdlings mußten also einen wichtigen Zweck erfüllen, wenn Dillingham ihre Funktion auch schleierhaft war.

Wie sollte er da einen Schaden feststellen? Er sah keine faule Stelle, keine Abnützung, kein abgesplittertes Eckchen. Der Zahnschmelz schimmerte in strahlendem Weiß. Obwohl er sich außerstande sah, eine vollständige Diagnose zu stellen: Es deutete alles auf Gesundheit hin.

Mit dem Mundspiegel klopfte er probeweise gegen einen Schneidezahn. Solider Klang. Nichts wackelte. Warum war dieses Wesen überhaupt zu ihm gekommen?

Dillingham legte Spiegel und Spatel auf den Instrumententisch zurück und schüttelte den Kopf. »Ich kann Ihnen nicht helfen«, sagte er, wobei er die Linsenwaffe hartnäckig ignorierte. Er hoffte, daß der Tonfall seiner Stimme den Sinn der Worte einigermaßen wiedergab.

Der Patient schloß den Mund, verließ den Behandlungsstuhl und ging zur Tür. Der Kommandant übergab ihm die Prismenwaffe und näherte sich jetzt selbst dem Behandlungsstuhl. Dillingham wartete nervös.

Der Kommandant lehnte sich im Stuhl zurück und öffnete den Mund. Hatten die Fremdlinge sich nur unter Menschen gewagt, um eine Routineuntersuchung vornehmen zu lassen?

Dillingham zuckte die Achseln, wusch sich zum zweitenmal die Hände und wechselte die Instrumente. Er mußte sich wohl oder übel den Launen dieser Fremdlinge fügen. Schließlich waren es außerirdische Wesen, und wenn man sie verärgerte, konnte das gefährlich werden. Dillingham betrachtete die Mundhöhle des Raumschiffkommandanten. Plötzlich begriff er.

Kiefer und Zähne des ersten Patienten waren gesund gewesen. Das traf in diesem Fall nicht zu. Er sah die gleichen Ebenen und Rampen, die gleichen asymmetrischen Anordnungen und Unterkiefer – doch ein paar linke hintere Backenzähne sahen schlimm aus. Der Schmelz war weg, das Zahnbein eine faulende Ruine.

Die Besucher hatten offenbar Dillinghams Schwierigkeiten vorausgesehen. Deswegen hatten sie ihm zuerst ein gesundes Gebiß gezeigt. Als Modell sozusagen. Jetzt besaß er wenigstens eine Vorstellung davon, was dem Patienten fehlte.

»Dr. Dillingham!«

Der Fremde an der Tür drehte sich blitzschnell herum, um seine Prismenwaffe dorthin zu richten, wo Miss Gallands Stimme ertönte. War die halbe Stunde schon vorbei?

»Ein dringender Fall!« rief Dillingham. »Ich werde den ganzen Nachmittag dazu brauchen. Disponieren Sie um! Ich überlasse das ganz Ihnen!«

»Jawohl, Doktor.« Nur ein leiser Vorwurf schwang in ihrer Stimme mit. Dabei war sein Verhalten ziemlich ungewöhnlich. Ein dringender Fall verlangte in der Regel die Anwesenheit der Praxishilfe im Behandlungszimmer. Miss Galland war eine vorzügliche Kraft, eine erstklassige zahnmedizinische Assistentin. Doch hatte Dillingham seine Assistentin in jüngster Zeit vorwiegend mit den Aufgaben einer Empfangsdame betraut, weil sie eine beruhigende Wirkung auf wehleidige Patienten ausübte. Als kompetente Kraft hätte sie es eigentlich verdient gehabt, auch einmal ein außerirdisches Gebiß betrachten zu dürfen. Aber Dillingham wagte nicht, sie der Willkür dieser fremden Wesen auszusetzen.

Vorsichtig untersuchte er mit der Nadel die Doppelzacke – um einen anschaulichen Ausdruck zu gebrauchen – des ersten schadhaften Backenzahnes. Der Kommandant zuckte zusammen. Kein Zweifel, der Nerv reagierte empfindlich. Der Zahn sah aus, als habe hochprozentige Säure den Schmelz und einen erheblichen Teil des Zahnbeines weggefressen, um die Situation mit irdischen Begriffen zu umreißen. Das konnte erst vor kurzem geschehen sein; denn ein Fäulnisherd war nicht festzustellen. Offenbar rief dieser Schaden große Schmerzen hervor und gefährdete den gesamten Organismus.

Dillingham entdeckte auch eine Entzündung der Rachenhöhle. Nur mit einer Röntgenaufnahme ließ sich feststellen, ob auch die Wurzel oder der Kiefer angegriffen waren. Röntgenstrahlen konnte er aber bei einer fremdartigen Anatomie nicht riskieren.

Das war in der Tat ein schwieriger Fall.

Vielleicht konnte er den Schaden notdürftig beheben und die Zahnruinen mit Füllungen versehen. Dazu mußte er den Kiefer örtlich betäuben. Novokain kam nicht in Frage. Vielleicht wirkte das Mittel bei diesem Patienten tödlich. Nein, da war nichts zu machen.

Das Ganze war eine Zumutung, die Arbeitsbedingungen unmöglich.

»Tja, ich kann Ihnen leider nicht helfen«, sagte Dillingham mit fester Stimme. »Ich bedaure unendlich, daß ich Ihre Schmerzen nicht lindern kann. Wenn ich etwas falsch mache, kann das Ihnen vielleicht das Leben kosten.« Er verschränkte die Arme vor der Brust und trat einen Schritt zurück.

Als die beiden Wesen feststellten, daß Dillingham die Behandlung verweigerte, richtete der Offizier – oder welchen Rang das Wesen an der Tür bei den Fremdlingen hatte – seine Prismenwaffe auf den Zahnarzt. Doch der Kommandant auf dem Stuhl machte eine befehlende Geste, stand auf und ließ sich die Waffe von seinem Begleiter geben. Er überzeugte sich erst, daß Dillingham ihm zusah, zielte dann auf die Wand und schnippte mit einem Finger.

Ein Loch erschien im Verputz. Rauch kringelte sich zur Decke.

Der Kommandant schraubte an einer Linse und zielte erneut. Diesmal flog der Putz weg, und ein verkohlter kleiner Krater blieb übrig.

Er schraubte die Linse wieder zurück und zielte jetzt auf Dr. Dillingham.

Die Geste war unmißverständlich.

Doch was würde geschehen, wenn er die Behandlung verpatzte? Sollte er gegen sein Berufsethos verstoßen, nur weil man ihm drohte? Dillingham begann zu schwitzen. Vielleicht bluffften sie nur. Doch er durfte nicht ...

»Dr. Dillingham!«

O nein – nur das nicht! Miss Galland stand schon wieder vor der Tür zum Behandlungsraum!

Der Kommandant gab seinem Untergebenen ein Zeichen mit dem Kopf. Dieser wirbelte herum und sperrte die Tür auf.

»Judy! Hauen Sie ab!«

»Herr Doktor! Was ist denn bei Ihnen . . .«

Dann flog schon die Tür auf, und das fremde Wesen stürzte auf den Korridor hinaus. Judy Galland stieß einen gellenden Schrei aus.

Im gleichen Moment warf Dillingham sich auf den Raumschiffkommandanten. Doch dieser war auf den Angriff vorbereitet. Der Strahl aus der Prismenwaffe traf Dillingham ins Bein. Es tat höllisch weh. Dillingham brach zusammen und tastete nach der Wunde.

Als der Schmerz endlich nachließ, entdeckte Dillingham seine Assistentin neben sich. Ihr Haar war zerzaust. Diesmal hatte der Begleiter des Kommandanten wieder die Prismenwaffe in der Hand und richtete sie auf die beiden Menschen.

»Herr Doktor! Sind Sie verletzt?«

Typisch Frau, dachte er. Sie bemerkt nur das Alltägliche und übersieht das Außergewöhnliche. Er untersuchte sein Bein.

»Nur eine Brandwunde«, erwiderte Dillingham und rappelte sich auf.

Der Kommandant nahm wieder seine Position auf dem Behandlungsstuhl ein, und sein Untergebener zielte jetzt auf Miss Galland.

Die Vorstellung ging weiter.

»Ich glaube nicht, daß sie böse Absichten haben, Doktor«, sagte Miss Galland. »Die beiden befinden sich offenbar in einer verzweifelten Lage.« Keine Spur von Hysterie. Miss Galland paßte sich viel schneller der Situation an als er.

Dillingham näherte sich wieder seinem Patienten. Der

Spatel in seiner Hand zitterte. Fremde Wesen aus dem All, Hitzestrahlen – das war wirklich keine ideale Voraussetzung für eine erfolgreiche Zahnbehandlung.

Wieder stand er vor dem unlösbaren Problem der Anästhesie. Hier mußte gründlich gebohrt werden. Und das konnte kein Patient aushalten, wenn der Kiefer nicht betäubt war. Verwirrt bemerkte er aus dem Augenwinkeln, daß das Wesen an der Tür seine Strahlenwaffe weggesteckt hatte. Inzwischen hatte der Kommandant auf dem Stuhl einen kleinen Behälter mit einer grünlichen Salbe aus seinem Anzug hervorgeholt. Offenbar hatten die fremden Wesen dieses Problem vorausgesehen. Diese Burschen waren alles andere als dumm.

Dillingham tauchte einen Finger in die Salbe. Er spürte nur ein leises Kribbeln. Der Kommandant deutete auf seinen Mund.

Dillingham strich Salbe auf seine Fingerspitzen und trug sie vorsichtig auf dem Zahnfleisch auf, das die schadhaften Zähne umgab. Sofort nahm das Zahnfleisch eine dunklere Färbung an.

Der Kommandant schloß seinen Mund wieder. »Wie können diese Wesen nur mit solchen Zähnen kauen?« fragte Miss Galland, als handle es sich um einen ganz alltäglichen Eingriff.

Dillingham zuckte die Achseln. »Sobald die beiden in ihrer Aufmerksamkeit nachlassen, verschwinden Sie aus dem Zimmer. Wir wissen nicht, was die beiden mit uns vorhaben!«

Sie nickte, während der Kommandant wieder den Mund aufmachte. »Wir verhalten uns bestimmt auch nicht anders, wenn wir auf fremden Planeten Zahnschmerzen bekommen.«

Dillingham gab keinen Kommentar. Er überlegte sich

nur, was für Bücher seine Assistentin in ihrer Freizeit las, während er mit einem Zahnreiniger die schadhaften Zähne untersuchte, die vorhin so empfindlich reagiert hatten. Diesmal hielt der Patient still.

So weit, so gut. Beneidenswert, mit welch einfachen Mitteln diese Fremdlinge eine lokale Betäubung erreichten. Jetzt konnte er nicht mehr kneifen. Und da er sich auf die Behandlung eingelassen hatte, würde er sie auch so gewissenhaft zu Ende führen, wie seine Fähigkeiten es erlaubten.

Diese Aufgabe würde ihm alles abverlangen. Er konnte die schadhaften oder abgebrochenen Teile der Zähne nur durch Kronen ersetzen. Dabei mußte er alle Rampen und Rillen, die er im gesunden Gebiß des zweiten Fremdlings gesehen hatte, so exakt wie möglich mit Gold nachbilden. Es hätte ihm die Arbeit sehr erleichtert, hätte er die Funktion des eigenartigen Kiefers gekannt. Doch eine wesentliche Voraussetzung für den Erfolg seiner Behandlung war das nicht. Er hoffte, daß sein Zahnersatz wenigstens zu fünfzig Prozent seinen Zweck erfüllte – wie immer dieser Zweck auch aussehen mochte. Perfektion gab es selten. Und wenn der Zahnersatz hielt, bis der Fremdling wieder auf seinen Heimatplaneten zurückgekehrt war, hatte er schon viel erreicht.

Würde eine Goldlegierung sich überhaupt mit dem Stoffwechsel des fremden Organismus vertragen? Dieses Risiko mußte er eingehen. Gold war das beste Material für Kronen. Ein anderes Metall konnte gefährliche Auswirkungen haben und war weniger belastungsfähig. Eine gute Kobalt-Chrom-Legierung war zwar billiger, aber für feine Modellierarbeit nur bedingt geeignet. Es gab eben keinen echten Ersatz für Gold.

Er bohrte und polierte, folgte diesen eigenartigen Windungen und Schnörkeln, während Miss Galland den Heißluftbläser und den Speichelsauger bediente. Er schliff die gesunde Basis der kranken Zähne so zurecht, daß sie den Kronen einen festen Halt geben konnte. Dann bohrte er ein tiefes Loch in die Wurzeln, damit er die Platin-Iridium-Stifte einzementieren konnte. Schließlich fertigte er einen Hydrokolloid-Abdruck des gesamten Unterkiefers an, da er den wesentlichen Teil der Reparatur im Labor erledigen mußte.

Die beiden fremden Wesen sahen betroffen zu, als er das Hydrokolloid benutzte. Offensichtlich unterschied sich die irdische Dentaltechnik beträchtlich von den Methoden ihrer Welt.

»Tut mir leid«, sagte Dillingham, teils zu sich selbst, teils zu den Humanoiden. »Zu meinem Bedauern kenne ich die Zahnbehandlungstechnik Ihres Planeten nicht.«

Er brauchte ein Modell von beiden Seiten des Kiefers. Den Oberkiefer ignorierte er. Er wußte nichts vom Zusammenwirken des Ober- und Unterkiefers, so daß das Aufeinanderpassen der Ober-und Unterzähne seine Verwirrung allenfalls steigerte. Menschliche Maßstäbe galten bei diesem Gebiß nicht.

Dennoch plagte ihn die Neugierde. Er hätte nur zu gern gewußt, wie diese unglaublich geformten Zähne zusammenarbeiteten.

Er lockerte die erstarrte Form und legte eine provisorische Amalgamschicht auf, so daß der Kiefer nicht schmerzempfindlich wurde, wenn das Betäubungsmittel nicht mehr wirkte. Dann mußte er den fremden Wesen mit einer Pantomime erklären, daß die Amalgamfüllung nur ein Zwischenstadium in seiner Behandlung war.

Miss Galland half ihm dabei. Sie brachte das Platikmodell eines menschlichen Gebisses in den Behandlungsraum, und Dillingham deutete auf die Zahnhöhlen, die zurechtgeschliffenen Zahnstümpfe und die abnehmbare Zahnbrücke. Dann zeigte er auf die Tür zum Laboratorium. Nachdem Dillingham seine Pantomime ein paarmal wiederholt hatte, schien sein Patient zu begreifen. Dillingham ging mit dem Kommandanten voraus, Miss Galland und das zweite Wesen folgten. Jetzt fing die Plackerei erst richtig an.

Patienten bekommen ein Labor nur selten zu Gesicht. Nur wenige ahnen, wieviel Arbeit und noch mehr Präzision schon eine simple Gußfüllung verlangt. Diesmal hatte Dillingham wenigstens aufmerksame Gesellschaft bei der Ausübung seiner Kunst.

Zuerst spülte er den Abdruck mit reinem Wasser und tauchte ihn dann in eine zweiprozentige Kaliumsulfatlösung, während Miss Galland Instrumente und Geräte bereitstellte. Mehr konnte sie nicht tun, weil die Herstellung von Kronen und Brücken Spezialkenntnisse und lange Übung voraussetzte.

Der Raumschiffkapitän sah Dillingham mit großen Augen bei der Arbeit zu. Diese Fremdlinge wußten offenbar so wenig wie die Einheimischen von der Laborarbeit eines Dentisten. Was hatten die eigentlich erwartet? Ganz sicher bestand eine – wenn auch nur entfernte – Verwandtschaft zwischen der irdischen und der galaktischen Zahntechnik auf dem Nördlichen Spiralnebel oder woher die Fremdlinge auch immer gekommen sein mochten. Physikalische Gesetze konnte man nicht durchbrechen, gleichgültig, welche Sprache man redete und welche Zivilisation man entwickelte.

Zuerst füllte Dillingham den Abdruck mit Zahnzement, entfernte die Luftblasen mit der Zentrifuge und setzte dann die Stifte und Schlaufen ein, damit jeder

Zahn als Einzelstück nachgebildet werde konnte. Während der Zahnzement sich erhärtete, demonstrierte Dillingham seinem Patienten, welche Phasen die Arbeit noch durchlaufen mußte. Zunächst kam das Wachsmodell der Krone, das dem echten Zahn naturgetreu nachgebildet werden mußte. Dann wurde der Gießzapfen befestigt, damit das Modell und der sich anschließende Guß sorgfältig bearbeitet werden konnten. Als nächstes folgte die Gußhülle, die aus festem Material um das Wachsmodell herumgelegt wurde. Dann schloß sich das Ausbrennen an: Die Gußhülle wurde von Wachs befreit, so daß eine einwandfreie Gußform für das flüssige Metall zurückblieb.

Er versuchte erst gar nicht, seinem Patienten die Probleme zu schildern, die beim Guß entstanden, weil das Metall und die Form sich zuerst ausdehnten und dann wieder schrumpften. Zum Schluß mußte er jede Metallkrone abbeizen, schleifen und polieren.

Der Kommandant schien völlig verwirrt, obwohl es sich hier um eine Routinearbeit handelte. Doch in seinem Laboratorium war Dillingham der Chef, auch wenn draußen die Welt unterging.

Dillingham drehte die Zeiger an der Wanduhr, um seinem Patienten zu zeigen, wie lange die Arbeit dauern würde. Wenn diese galaktischen Besucher sich so gut auf der Erde auskannten, daß sie auf Anhieb einen Spezialisten für Zahnersatz fanden, wußten sie sicher auch über die Uhr und über Arbeitszeiten Bescheid.

Der Kommandant machte ein unglückliches Gesicht. Hatte er geglaubt, er bekäme in fünf Minuten neue Zähne? Wahrscheinlich hatte er gar nicht an den Zeitaufwand gedacht – wie die meisten Patienten. Immer das gleiche Lied. Die Zahnärzte beschäftigten sich mit jedem

Patienten nur deshalb so lange, weil sie möglichst viel Geld aus ihm herauspressen wollten.

Der Kommandant zog jetzt einen Gegenstand aus der Tasche, der wie ein Plastikstab aussah. Nachdenklich kaute er mit den Backenzähnen der gesunden Hälfte seines Gebisses darauf herum. Dillingham fürchtete erst, es handle sich hier um eine neue Waffe. Doch er täuschte sich. Nun, dachte Dillingham, jede Rasse hat ihre Laster und Genußmittel. Die einen kauen Tabak und Bonbons, die anderen Stöcke.

Dann sah er, wie sein Patient den Stock seinem Untergebenen reichte. Dieser betrachtete ihn interessiert, nickte und holte sich einen Stuhl herbei. Er setzte sich darauf und hielt seine Prismenwaffe schußbereit, während der Kommandant das Labor verließ.

Die fremden Wesen hatten offenbar nicht die Absicht, Dillingham und seine Assistentin nur eine Sekunde aus den Augen zu lassen.

»Die denken an alles«, sagte Miss Galland seufzend.

Dillingham zuckte die Achseln und beugte sich wieder über die Gußform. Man wurde die ungebetenen Gäste wohl am besten los, wenn man die Arbeit so rasch wie möglich hinter sich brachte. Er zersägte die Gußform in vier Teile. Jeder Teil entsprach einem Ersatzzahn. Jetzt kam die kniffligste Arbeit – das Wachsmodell. Das Wachsmodell war das Muster für den Guß. Nicht der ursprüngliche Zahn, sondern das Wachsmodell war für die Form der Krone entscheidend. Der Abdruck legte nur fest, wo der Zahnersatz mit dem Zahnbein verbunden wurde. Die Kunst des Dentisten zeigte sich beim Wachsmodell. Das Wachsmodell war das funktionsgerechte und ästhetische Duplikat des gesunden Originals.

Dillingham spannte den Zementabdruck des Kiefers

ein. Es war die schwierigste Arbeit, die ihm bisher in seiner Karriere begegnet war. Er mußte nicht nur ein naturgetreues Abbild von den gesunden Zähnen anfertigen, sondern dazu noch ein *spiegelgetreues* Abbild. Denn er hatte ja nur die andere, gesunde Hälfte des Gebisses als Vorbild zur Verfügung. Für jeden Zahn würde er mehrere Stunden brauchen.

Es wurde bereits dunkel, als er das zweite Wachsmodell vollendet hatte. Ein Fremder kam leise durch die Tür, um die Wache im Labor abzulösen. An Flucht war überhaupt nicht zu denken.

Die beiden kauten auf einem Plastikstock herum, tauschten ihn aus, und der abgelöste Fremdling verließ schweigend den Raum.

»Dr. Dillingham!« rief Miss Galland. »Die reden ja mit den Zähnen! Sie unterhalten sich mit Zeichen, die sie in den Stock hineinbeißen. Die Zeichen sehen so ähnlich aus wie die Keilschrift der Babylonier!«

Ja, das war eine Erklärung für die sonderbare Form dieser Zähne.

Keilschrift. Doch dieser Gedankenblitz befriedigte nur intellektuell. Ein Fluchtweg eröffnete sich dadurch nicht.

Die Nacht verging. Miss Galland schlief auf dem Notbett, während Dillingham weiterarbeitete. Sie wußten beide, daß ihnen keiner zu Hilfe kommen würde. Die Fremden waren am Freitag nachmittag aufgekreuzt, und am Wochenende war die Praxis geschlossen. Dillingham lebte für sich allein, und Miss Gallands Freundin, die mit seiner Assistentin das Apartment teilte, war ausgerechnet jetzt auf Urlaub. Der Kommandant der fremden Raumschiffbesatzung hatte verdammtes Glück.

Auch Dillingham hatte jetzt einen Gedankenblitz. »Miss Galland!« rief er. Sie fuhr schlaftrunken auf dem

Notbett hoch. »Diese Wesen verwenden keine Lautsprache. Das bedeutet, daß sie Laute gar nicht für ein Verständigungsmittel halten!«

»Sind Sie die ganze Nacht aufgeblieben, Herr Doktor?« fragte sie besorgt. »Sie müssen schrecklich müde sein!«

»Hören Sie zu! Wir können unsere Flucht planen, ohne daß diese Wesen ahnen, daß wir Gedanken austauschen . . .«

Sie war plötzlich ganz munter. »Natürlich! Wir hätten schon gestern telefonieren können, wenn wir das gewußt hätten. Aber wie können wir den Wächter ablenken . . .«

Er entwickelte einen Plan, während er eine neue Gußform vorbereitete. Sie öffnete ganz beiläufig das Fenster, rückte einen Stuhl davor und setzte sich. Eine Flanke über das Fensterbrett, und sie war im Hinterhof – falls der Wächter sich so lange ablenken ließ.

Das letzte Wachsmodell. Die Wache löste sich wieder ab. Der neue Posten merkte nicht, daß das Fenster offenstand. Dillingham goß das geschmolzene Gold in die Hohlform. Die Aufmerksamkeit des Wesens galt ausschließlich dem geschmolzenen Metall. Der Fremde wußte, daß geschmolzenes Metall ihm gefährlich werden konnte.

»Jetzt!« rief Dillingham, während er die heiße Form in kaltes Wasser tauchte. Dampf wallte auf. Der Wächter sprang auf. Miss Galland war verschwunden.

Dillingham setzte die Form auf den Tisch. »Ein guter Guß«, rief er, »und eine gelungene Flucht! Die Polizei wird spätestens in einer halben Stunde hier sein.«

Der Fremdling war übertölpelt worden; aber er war kein Narr. Er versuchte erst gar nicht, das Mädchen einzufangen. Er richtete die Prismenwaffe auf Dillingham, feuerte einen Warnstrahl ab, daß der Putz neben Dillinghams Kopf verdampfte, und deutete auf die Tür.

Am Ende der Häuserzeile lag eine unbewohnte Villa mit einem verwilderten Park. Im dichten Unterholz stand ein silbern schimmernder Metallkörper – groß genug, um mehrere Männer aufzunehmen.

»Einen Moment mal!« protestierte Dillingham, als die Schleuse sich öffnete. Zu spät sah er ein, daß er den Kommandanten aus dem All wieder einmal unterschätzt hatte. Auch diese Möglichkeit hatte der Fremde vorausgesehen und dementsprechend vorgesorgt.

Die noch heißen Goldkronen brannten in Dillinghams Hand. Vielleicht hatten die Fremdlinge von Anfang an beschlossen, den Dentisten von der Erde mitzunehmen. Vielleicht wollten sie zahnärztliche Hilfe nicht entbehren, wenn wieder ein Notfall eintrat. Die Reise im Weltraum dauerte wahrscheinlich ziemlich lang. Er hatte seine Fähigkeiten bewiesen. Und mit seinem Trick, der Miss Galland die Flucht ermöglichte, hatte er seine letzte Chance verwirkt, daß man ihn wieder laufen ließ. Der Kommandant brauchte seinen Zahnersatz. Und jetzt mußte Dillingham die Arbeit eben unterwegs beenden.

Unterwegs – wohin? Zum Nördlichen Spiralnebel?

Dr. Dillingham war immerhin zum ersten raumfahrenden Dentisten der Erde aufgerückt.

2

Der Enen – so hatte Dr. Dillingham die humanoide Rasse des ›Nördlichen Spiralnebels‹ getauft – kam auf Dr. Dillingham zu, biß seine Botschaft in den Stab wie eine Datendruckmaschine und überreichte sie dem Arzt.

Er war auf einer fremden Welt, allein unter fremden Wesen; doch das Laboratorium gehörte ihm. Hier war er der Herr, wenn auch mit Einschränkungen. Und die Enens behandelten ihn mit schmeichelhaftem Respekt. Tatsächlich kam er sich eher wie ein König als ein Gefangener vor.

Dillingham schob den Stock in den Trichter des Transcoders. »Dringender Fall«, drang es aus dem Lautsprecher. »Den Patienten können nur Sie behandeln, Doktor!«

»Sie müssen sich schon deutlicher ausdrücken, Holmes«, sagte Dillingham und beobachtete, wie der Transcoder den Satz auf den Stock übertrug. Da die Enens keine Lautsprache kannten und er die Keilabdrücke nicht entziffern konnte, war der Transcoder ein unverzichtbares Mittel zur Verständigung.

Die Namen, die Dillingham den Enens gab, waren vollkommen willkürlich gewählt. Diese galaktischen Wesen kannten in ihrer Sprache keine Namen. Sie waren eine fleißige Rasse und in den Naturwissenschaften außerordentlich begabt. Um so erstaunlicher war ihr niedriger Bildungsstand auf dem Gebiet der Zahnheilkunde.

Der Enen las die Übersetzung und biß noch einen Zusatz in den Stock. Verblüffend, dachte Dillingham, wie großartig dieses Volk seine Kiefer beherrschte und die feinsten Abstufungen an Tiefe und Winkelgröße eines Bisses vieldeutig verwendeten. Im Vergleich dazu war der menschliche Kiefer nur ein primitives Fallgitter.

Die Antwort kam jetzt in die Übersetzungsmaschine. »Es ist ein gewaltiger Entzündungsherd, den nur Sie behandeln können. Sie müssen unbedingt mitkommen!«

»Na, na«, murmelte Dillingham geschmeichelt. »Ich habe eure Zahnärzte jetzt ein paar Monate lang ausgebildet. Sie sind erfahrene und intelligente Spezialisten. Manche von ihnen beherrschen die theoretischen Grundlagen inzwischen besser als ich. Nur auf dem Spezialgebiet des Metallersatzes hinken sie noch nach, weil das eine lange . . .«

Doch der Enen riß den Stock aus der Maschine, ehe alle Keile eingebissen waren, und ›sagte‹ dann: »Doktor – es handelt sich um einen *Fremden!* Um den Sohn des erhabenen Muck-o-Muck von Gleep. Und Sie, Doktor, sind unser einziger praktizierender Exodentist!«

Ah – jetzt wurde ihm die Sache klar. Er war ein Dentist aus einem anderen Sonnensystem. Folglich mußte er auch die galaktische Zahnheilkunde beherrschen. Der naive Glaube der Enens an ihn war geradezu rührend. Nun gut. Wenn es sich hier um einen Fall handelte, mit dem die einheimischen Dentisten nicht fertig wurden, konnte er sich den Patienten wenigstens mal anschauen. Natürlich war ›Muck-o-Muck‹ nur die willkürliche Lautwiedergabe eines in den Stab eingebissenen Titels, mit dem der Transcoder ebenfalls nicht zurechtkam. Er mußte zusehen, ob er später nicht eine respektvollere Anrede würde wählen müssen. Dieser ›fremde‹ Würdenträger konnte kaum ein verrückteres Gebiß besitzen als die Enens selbst. Und hatte er Erfolg, schlug sich das in Krediten nieder, die er dringend brauchte, um sich seine Freiheit zurückzukaufen. Auf jeden Fall reizte ihn ein galaktischer Patient mehr als der Unterricht am Nachmittag. Im Augenblick drillte er die einheimischen Zahnärzte in der Dentalechnik mit dem Superkolloid.

»Meine Studenten nehmen mich zu sehr in Beschlag«, sagte Dillingham. Das war selbstverständlich nur ein taktischer Schachzug, um noch mehr Informationen herauszulocken. Die Enens unterschlugen manchmal wichtige Einzelheiten. Und ihre Anschauungen vom Wesentlichen deckten sich nicht immer mit Dillinghams Auffassung.

»Der Muck-o-Muck hat fünfzig Pfund Frummstiche für eine Behandlung geboten«, erwiderte der Enen.

Dillingham pfiff leise durch die Zähne – was der Transcoder sklavisch übersetzte. Frummstiche waren keine Ware. Es war auch keine Währung. Dillingham hatte nie genau feststellen können, was Frummstiche eigentlich darstellten. Aber es genügte ihm, wenn er sich ihren Wert vorstellte. Ihr Goldwert betrug 35 Dollar pro Unze und 560 Dollar pro Pfund. Die Enens kannten kein Geld im Sinn eines allgemein gültigen Wertsymbols. Doch ihr reger Tauschhandel mit Frummstichen war so etwas Ähnliches wie eine Währung. Fünfzig Pfund Frummstiche als Bezahlung war in der Tat fürstlich. Damit rückte seine Heimkehr zur Erde schon wieder ein großes Stück näher.

»Also gut, Holmes. Bringen Sie den Patienten herein!«

Der Enen zuckte zusammen. »Die erhabene Familie des Muck-o-Muck darf ihren Planeten nicht verlassen! Sie müssen schon selbst nach Gleep reisen.«

So etwas hatte er fast befürchtet. Die Enens nomadisierten von einem Planeten zum anderen, von Sonnensystem zu Sonnensystem. Dillingham hatte sich noch immer nicht an die überlegene Technik dieser humanoiden Rasse gewöhnen können, die ihm in mancher Hinsicht unbegreiflich war. Unbegreiflich war ihm auch die Art und Weise, wie dieses Volk mit Grundrechten umging.

Er verdankte seine Anwesenheit auf diesem Planeten einem Raumschiffkommandanten, der ihn entführt hatte, weil ihm Dillinghams Zahnbehandlung gefallen hatte. Den Unterschied zwischen dem, was man *darf,* und dem, was man *gerne möchte,* schien dieses Volk nicht zu kennen.

Dillingham war *de facto* Eigentum der Enens. Und dabei hatte er immer von einem friedlichen Lebensabend in Florida geträumt. Er war kein furchtloser Astronautentyp, kein Abenteurer. Ihm wäre es nicht im Traum eingefallen, im Universum herumzuvagabundieren. Doch die Entscheidung hatte man ihm längst abgenommen.

»Ich werde meine Instrumente zusammenpacken«, sagte er.

Gleep war ein reiner Wasserplanet. Das Raumschiff landete neben einer künstlichen Insel, und Dillingham stieg in ein Amphibienfahrzeug um. Das Fahrzeug glitt in die Wogen und tauchte. Dicht unter der Wasseroberfläche wurde die Fahrt fortgesetzt.

Dillingham hatte mal irgendwo gelesen, daß sich intelligentes Leben nicht im Wasser entwickeln könnte, weil das flüssige Medium die Herausbildung komplizierter Extremitäten verhindere. Tatsächlich war aus den Fischen auf der Erde ja nichts Besonderes geworden. Wie konnte ein primitiver Flossenpaddler jemals hoffen, im Weltraum Karriere zu machen?

Offensichtlich stand diese Theorie in der Galaxis auf schwachen Füßen, wie die Realität bewies. Wie aber hatten die Gleeps sich dem artfremden Element anpassen können! Wie konnten sie auf der Stelle verharren? Hatten sie sich Häuser unter der Meeresoberflähe gebaut?

Hoffentlich war der Patient nicht zu artfremd. Zähne mußte er ja wohl besitzen, sonst hätte man ihn, Dillingham, erst gar nicht gerufen. Er hatte auch einen zweiten Transcoder mitgenommen, damit es keine Verständigungsschwierigkeiten gab.

Ein riesiger Fischleib näherte sich der Aussichtsluke und öffnete seinen gewaltigen Rachen zu einem Gähnen.

»Vorsicht!« rief Dillingham entsetzt.

Der Enen betrachtete mit stoischer Ruhe seinen Stab und kaute gelassen: »Verläuft alles nach Programm, Doktor.«

»Aber dieses Ungeheuer verschlingt uns!«

»Selbstverständlich. Wir befinden uns schließlich in einem Gleep.«

Dillingham starrte durch die Sichtluke. Kein Wunder, daß die Gleeps nie ihren Planeten verließen. Das war eine Frage der Physik, nicht der sozialen Entwicklung oder des Protokolls.

Das Amphibienfahrzeug befand sich bereits im hinteren Drittel des Rachens. Die Kiefer schlossen sich wieder. »Ist das – da vielleicht unser Patient?«

Die Situation war Antwort genug. Diese verdammten Enens! Immer vergaßen sie, wichtige Einzelheiten zu erwähnen. Der Patient war ein Wal!

Das Maul war jetzt fest geschlossen. Die Scheinwerfer des Untersee-Amphibienbootes schälten Berge von pulsierendem Muskelfleisch aus dem Dunkel. Die Raupenketten faßten festen Boden – die Zunge wahrscheinlich. Nach einer Fahrt von ungefähr einer Minute erreichten sie einen gewaltigen, mit Luft gefüllten Kuppelraum.

Sie hielten neben einem Gebilde an, das Dillingham an die Kreidefelsen von Dover erinnerte. Die Heckluke sprang auf, und die Enens gingen an ›Land‹. Keiner von ihnen schien sich Sorgen zu machen, daß dieses Riesenwesen sie aus Versehen verschlucken könnte. Dillingham bemühte sich, seine Angst so weit wie möglich zu verdrängen.

»Das ist der schadhafte Zahn«, berichtete der Transcoder. Der Fahrer des Fahrzeuges hatte einen anatomischen Atlas aufgeschlagen und deutete auf einen massiven Marmorblock.

Dillingham betrachtete ihn ehrfürchtig. Der Zahn war mindestens vier Meter hoch, vom Zahnfleisch aus gerechnet. Das bedeutete, daß die Zahnwurzel mindestens noch einmal so lang sein mußte.

»Ich verstehe«, sagte er trocken. Er blickte auf seine Instrumententasche. Er hatte ein paar Unzen Amalgam mitgebracht, ein tragbares Bohrgerät mit einer härtevergüteten Nadel für eine Bohrtiefe von zweieinhalb Zentimetern, ein paar kleine Mundspiegel und einen Speichelsauger.

Man hatte ihm etwas von ›gewaltigen‹ Zahnschmerzen erzählt. Das nächstemal mußte er besser hinhören.

Die Enens holten eine ausziehbare Leiter aus dem Geräteteil des U-Boots und lehnten sie gegen den Zahn. Sie bauten Dillinghams Bohrgerät und die beiden Transcoder daneben auf.

»Rufen Sie uns, wenn Sie fertig sind!« kauten sie zum Abschied.

Dillingham tastete nach dem elektronischen Signalgeber in seiner Tasche. Den durfte er nicht verlieren, sonst endete er unweigerlich im Speisesaft des Magens. Inzwischen setzte sich das U-Boot wieder in Bewegung. Dillingham blieb allein in der Rachenhöhle des Ungeheuers zurück.

Nun – er befand sich ja nicht zum erstenmal in einer schwierigen Lage. Er schluckte, hielt die Notlaterne über den Kopf und kletterte die Leiter hinauf.

Die Bißfläche des Zahns mußte einen Durchmesser von mindestens drei Metern haben. Sie war leicht konkav und vom vielen Kauen glattgeschmirgelt. Im Mittelpunkt der Kaufläche war ein dunkler Graben aufgebrochen, ungefähr sechzig Zentimeter breit und einen Meter lang. Hier befand sich offensichtlich die Quelle der Schmerzen.

Dillingham beugte sich über den Graben. Ein bestialischer Gestank schlug ihm entgegen. Ja – hier saß der Fäulnisherd. Am Rand war das Zahnbein ungefähr einen Meter tief verfault. In der Mitte fehlten fast zwei Meter. Wie wollte er mit seiner kleinen Instrumentensammlung gegen so einen gewaltigen Herd ankommen? Er mußte auf jeden Fall die Ausdehnung des Schadens feststellen. Sicher verzweigten sich die faulen Stellen im Zahnbein, so daß der Fäulnisherd ausgedehnter war, als man von oben erkennen konnte.

Er zwang sich, regelmäßig zu atmen, obwohl sich ihm dabei fast der Magen umstülpte. Er hielt sich die Nase zu und trat in den Graben hinein.

Bis zu den Knöcheln versank er in einem Sumpf. Er kauerte sich nieder und nahm seine ganze Willenskraft zusammen, ehe er die Finger von der Nase nahm. Er kratzte im Schlamm und stieß auf festen Untergrund, der ihn an gestampften Lehm erinnerte. Das waren offenbar Speisereste. Das feste Zahnbein mußte noch viel tiefer liegen.

Er wühlte an einer trockenen Stelle mit dem Schuh. Ein paar dunkle Fladen lösten sich. Dillingham richtete sich wieder auf und trat mit der Schuhspitze mit aller Macht gegen die Grabenwand.

Ein entsetzliches Donnern folgte. Dillingham hielt sich mit beiden Händen die Ohren zu. Der Luftdruck verstärkte sich rapide. Im nächsten Moment steckte er bis zum Bauch im Sumpf, während frischer Schlamm auf ihn herabregnete. Fleisch und Felsen im Gewicht von mehreren hundert Tonnen rauschten herunter. Die Kiefer schlossen sich.

Dillingham klingelten die Ohren von dem plötzlichen Druckanstieg. Er schwankte wie bei einem Erdbeben. Gottlob war die Sturmlampe heilgeblieben. Auch seine Knochen waren noch an Ort und Stelle. Er wühlte sich aus dem Schlamm und leuchtete um sich. Er saß jetzt in einer Falle – im Zahnloch zwischen geschlossenen Kiefern!

Verzweifelt drückte er auf den Signalgeber. Als er schon glaubte, in der Höhle ersticken zu müssen, hob sich der gewaltige Oberkiefer wieder. Schweißgebadet kletterte Dillingham aus dem Zahn heraus.

Seine Instrumententasche hatte dran glauben müssen. Sie lag als dünner Farbklecks auf der Kaufläche.

»Tadellose Bißform«, dachte Dillingham laut.

Die Leiter war verschwunden. Dillingham erschien die Kaufläche des Zahns als Standort zu gefährlich. Eben setzte er zum Sprung nach unten an, als eine gigantische Masse von Tentakeln nach seinem Bohrgerät griff, das am Fuß des Zahns lag. Jeder Tentakel war mindestens zehn Meter lang und so dick und muskulös wie eine Pythonschlange.

Die Kaufläche war also doch nicht unbedingt der schlechteste Platz. Dillingham sah regungslos zu, wie sein Bohrgerät in der dunklen Rachenhöhle verschwand.

Ein paar Minuten später kam das Amphibienfahrzeug in Sicht. Der Fahrer sprang heraus, biß auf einen Stock und reichte ihn Dillingham auf den Zahn hinauf. Der Transcoder der Enens hatte den Biß des Wals nicht überlebt. Dillingham hatte nur noch den Gleep-Übersetzer zur Verfügung.

Vielleicht hatte der gleepsche Walprinz etwas Wichtiges gesagt? Dillingham führte den Stock in die Maschine ein.

»Aua!« übersetzte die gleepsche Sprechmaschine.

Die nächsten Stunden waren ziemlich verwirrend. Dillingham konnte sich mit den Enens jetzt nur noch indirekt verständigen, mit über dem Muck-o-Muck von Gleep als zwischengeschalteten Dolmetscher. Er hatte die Enens zu einer Lagebesprechung zusammenrufen lassen. Die Konferenz fand in der Nachrichtenabteilung des Riesen statt.

Diese Nachrichtenabteilung war nichts anderes als ein organischer Seitensproß der gleepschen Lunge, der sich tief innen im Körper des Wals befand. Es handelte sich dabei um eine gewaltige Luftblase, aus deren Wände empfindliche Tentakel wuchsen. Auf diese Weise hatte die beherrschende Rasse dieses Wasserplaneten bewegliche Zusatzorgane geschaffen, die sich zu komplizierten Werkzeugen und Apparaten entwickelt hatten. Sie stellten eine hochgezüchtete organische Technologie dar. Nur befand sie sich nicht im freien Raum – sondern *in* den riesenhaften Körpern der Wale.

»Ich brauche also ein Betäubungsmittel«, fuhr Dillingham in seinem Vortrag fort, »das für diesen Riesenorganismus ausreicht. Außerdem Sauerstoffflaschen für mich, damit ich richtig atmen kann. Der automatische Bohrer muß Fels bis zu einer Tiefe von einem halben Meter bewältigen können. Dazu benötige ich einen Vorschlaghammer, ein Dutzend Keile und Meißel, einen Flaschenzug oder Hebekran, ein paar Tonnen Kolloid . . .« Dillingham las eine lange Liste herunter.

Die Tentakel des Transcoders bewegten sich schwingend hin und her. Eine andere Gruppe von Tentakeln antwortete nach kurzer Verzögerung »Es wird alles geliefert.«

»Noch etwas«, fuhr Dillingham fort. »Ich möchte gern eine Abbildung vom inneren Aufbau Ihres Backenzahns haben.«

»Innerer Aufbau?« Die Tentakel reagierten verwirrt.

»Nur eine schematische Skizze, wie Zahnschmelz, Zahnbein, Nerv und Blutgefäße verteilt sind. Und ein Querschnitt durch die Wurzel. Vor allem lege ich auf die Verästelung des Nervs wert. Der Zahn ist schmerzempfindlich. Das bedeutet, daß der Nerv noch nicht abgestorben ist. Ich möchte von dem Zahn so viel wie möglich retten, verstehen Sie?«

»Wir besitzen keine Querschnittskizzen von unseren Zähnen.«

Dillingham war entsetzt. »Sie kennen den anatomischen Aufbau Ihrer Zähne nicht? Hat denn bei euch noch nie ein Arzt die Zähne behandelt?«

»Wir hatten bisher noch nie Schwierigkeiten mit unseren Zähnen. Wir kennen keine Zahnärzte. Deshalb ließen wir Sie ja rufen.«

Dillingham lief in der Luftblase auf und ab. Wie war

es nur möglich, daß diese intelligenten, mächtigen Wesen die Gesundheitspflege so sträflich vernachlässigten? Nie Schwierigkeiten mit den Zähnen – pah! Dieser Fäulnisherd im Zahn bestand sicher schon seit einigen Jahren. Doch so sträflichem Leichtsinn begegnete er ja auch in seiner irdischen Praxis alle Tage.

»Ich muß mich also auf meinen Instinkt und meine Erfahrung verlassen«, murmelte er schließlich. »Selbstverständlich werde ich mein Bestes tun; aber ich kann Ihnen nicht garantieren, daß der Zahn zu retten ist.«

»Ich verstehe«, sagte der Muck-o-Muck von Gleep ein bißchen beleidigt.

Man hatte dem ›Kleinen‹ gründlich eingeschärft, ja nicht das Maul zuzumachen, auch wenn die Sache unangenehm wurde. Und so kletterte Dillingham, bis an die Zähne bewaffnet, zum Fäulnisherd zurück. Er trug eine Gesichtsmaske, Atemgerät, lange Gummihandschuhe und Anglerstiefel. Jetzt begann die schwerste Arbeit seines Lebens. Sie stellte keine hohen intellektuellen Anforderungen und verlangte keine besondere Geschicklichkeit. Sie war physisch hart – Schwerstarbeit. Er mußte die verrottete Schicht von den Wänden der Zahnhöhlung entfernen. Das geschah mit einem dreißig Pfund schweren Laserbohrer, der das faule Zeug verdampfte. Nach einer halben Stunde glaubte Dillingham, die Arme fielen ihm vom Rumpf.

Selbstverständlich hatte sich die Karies auch seitlich in die Wände hineingefressen. Er mußte diese fauligen Adern bis in die kleinste Verästelung hinein verfolgen. Dabei war es unvermeidlich, daß Dillingham den Laserbohrer auch seitlich verkantete, und er stand Todesängste aus, der Strahl könne abgleiten und seinen eigenen Körper streifen. Dillingham spielte buchstäblich mit dem Feuer. Eine falsche Bewegung – und der Laser schnitt ihm den Arm ab oder verwandelte ihn zu Dampf.

Etwas Gutes hat das aber für sich, dachte Dillingham, während er sich den Schweiß von den Lippen leckte. Er brauchte wenigstens nicht mit einem Preßluft- oder Vorschlaghammer zu arbeiten. Als er den Bohrer bestellt hatte, schwebte ihm so etwas wie ein Preßlufthammer vor, wie man sie auf der Erde verwendet, um die Straßen aufzureißen. Für die Gleeps war ein Steinbohrer oder Schlaghammer nichts anderes als ein zugespitzter Laserstrahl. Zweifellos war dieses Werkzeug einem mechanischen Bohrer um Längen voraus. Dafür war es aber auch tödlich.

Nach stundenlanger Schwerstarbeit war es endlich geschafft. Steile Wände aus Zahnbein umgaben ihn in schimmerndem Weiß. Doch das war erst der Anfang.

Dillingham erholte sich mit einem kurzen Nickerchen auf dem Boden der aseptischen Zahnhöhle. Dann nahm er sorgfältig Maß. Keine Bohrung durfte einen scharfen Knick aufweisen; jede mußte sich nach unten verjüngen. War die Vermessung nicht zufriedenstellend, mußte auch vom gesunden Zahnbein so viel weggeschnitten werden, bis die ideale Form erreicht war. Dann schaltete er den Strahl auf ›Polieren‹ und glättete die rauhen Flächen.

Er gab dem U-Boot ein Signal und deutete durch Gesten an, daß er jetzt den Tank mit dem Superkolloid benötigte.

Superkolloid war eine von den erfindungsreichen Enens entwickelte Substanz, die all seine Erwartungen übertroffen hatte. Dillingham hatte nämlich vor ein paar Monaten Kolloid verlangt, das geradezu ideale Eigenschaften haben sollte. Das hatte er mit dem Hintergedanken getan, daß man ihn wahrscheinlich rasch wieder auf die Erde abschieben würde, wenn er übertriebene Forderungen stellte. Statt dessen hatten seine Gastgeber die Bedingungen hundertprozentig erfüllt. Und weil Dillingham als hervorragender Dentist mit diesem Material wahre Wunder vollbrachte, hatte er seine Gefangenschaft nur noch verlängert. Seitdem war er etwas vorsichtiger geworden. Trotzdem blieb dieses Kolloid ein Stoff, von dem ein Zahnarzt auf der Erde nur träumen konnte.

Superkolloid war eine Flüssigkeit, die unter Druck gelagert wurde. Sie wurde sofort fest, wenn man sie auf den Kiefer sprühte. Das Material behielt fast unbegrenzt die Form bei und zeigte keine meßbare Verwerfung. Dabei war es so elastisch wie Gummi. So ein Zeug war natürlich ideal, wenn man einen schwierigen Abdruck abnehmen mußte. Das elastische Material ließ sich leicht entfernen, und danach nahm es sofort wieder seine ursprüngliche Form an. Das sparte viel Zeit und schloß Fehler aus. Bei 1300 Grad Fahrenheit schmolz es wieder zu einer dünnen, durchsichtigen Flüssigkeit. Das war die wichtigste Eigenschaft dieses Kolloids.

Dillingham brauchte mindestens eine Tonne von diesem Kolloid, bis der ausgehöhlte Gleep-Zahn gefüllt war.

»Du mußt eben umdenken«, sagte er sich, »du bist kein Dentist mehr – du bist Zahnarchitekt!«

Er verband den Kolloidtank mit einem langen Schlauch. Dann kroch er mit dem Mundstück in die kleinen Seitenhöhlen hinein und spritzte die schäumende grüne Flüssigkeit in die letzte verästelte Spalte. So verschloß er Zug um Zug alle Nebenhöhlen, sorgfältig darauf achtend, daß keine Luftblasen eingeschlossen wurden. Die Hauptbohrung ließ er offen.

Schließlich blieb nur eine tiefe, glatte Schlucht in der Mitte übrig. Dillingham drehte das Mundstück ab und ließ sich, mit einem Messer und einer Bürste bewaffnet, wieder in die Haupthöhle hinunter. Er schnitt das überstehende Kolloid weg, so daß jede Füllung genau mit der Seitenwand der Haupthöhle abschnitt. Dann pinselte er die Seitenfüllungen mit rotem Fixativ ein.

Anschließend nahm er den Schlauch wieder zur Hand und öffnete den Hahn am Mundstück. Er füllte jetzt die Haupthöhle mit Kolloid und wich rasch zurück, als das schaumige Zeug ihn zu verschlingen drohte. Dillingham hatte keine Lust, als Zahnfüller im Walgebiß zu ersticken. Er schwang sich hinauf auf den Rand der Bohrschlucht und entfernte das Mundstück vom Schlauch. So ging es viel rascher.

Nachdem das grüne Zeug fast über den Zahnrand schwappte, drehte er die Pumpe ab, formte die grüne Oberfläche in die gewünschte Kaufläche und befestigte eine Platikseilschlaufe in der Mitte der Füllung. Dann trug er mit einem großen Schrubber wieder das rote Fixativ auf.

Alles war bereit für den nächsten Arbeitsgang.

Jetzt kam der Hebekran an die Reihe. Dillingham wies den Kranführer mit Handzeichen ein, bis der Haken fest mit der Plastiköse verbunden war. Dann gab Dillingham dem Kranführer wieder ein Signal mit der Hand. Der erstarrte Schaumstoff löste sich so glatt und leicht wie ein eingefetteter Stöpsel aus einem Flaschenhals.

Gold war kein Problem für den Muck-o-Muck. Die Gleeps fischten mit ihren Kieferlamellen Gold in jeder beliebigen Menge aus dem Meerwasser.

Ein schwimmender Schmelzofen traf in der Rachenhöhle ein. Die Enens hatten die Gußformen der Reihe nach aufgestellt und warfen jetzt zentnerschwere Barren legiertes Gold in die Schütttrichter, während es in dem Schmelzofen kochte und brodelte und die Goldbarren sich in einen flüssigen Brei verwandelten.

Die Enens standen vor dem Ofen Schlange. Sie trugen die kleineren Gießformen für die Seitenfüllungen, hielten sie mit den langen Gießzangen unter die Abstichrinne und ließen das flüssige Gold in die Formen laufen. Dann wurden die Formen vorsichtig in einen Kessel getaucht, der mit Wasser gefüllt war.

Die letzte Gießform war zugleich die größte. Eine ganze Gießkolonne mußte sich mit dem Guß der Hauptfüllung abmühen und dazu den Ofen mit neuen Barren beschicken. Nach diesem letzten Abstich waren insgesamt vierundzwanzig Tonnen Gold verarbeitet worden.

Während man die Hauptfüllung im Meerwasser in der Rachenhöhle abschreckte, brach Dillingham die kleineren Formen auf und legte sich die Gußstücke nach einer Skizze zurecht, die er sich von dem hohlen Zahn gemacht hatte. Er schliff und polierte sie so gut es ging. Bei Füllungen von so riesigen Dimensionen kam es gewiß nicht auf die Feinarbeit an.

Die fertigen Goldfüllungen wogen vierundzwanzigmal so viel wie die Superkolloidabdrücke. Auch die kleinsten Gußstücke konnte man nur mit großer Kraftanstrengung von der Stelle bewegen. Dillingham numerierte die Gußstücke mit einem Stück Kreide, hakte sie auf seiner Karte ab und ließ sie dann von den Enens mit dem Kran auf die Kaufläche hinaufheben. Dann stieg er in die ausgebohrte Zahnhöhle hinunter, gab dem Kranführer ein Handzeichen und schob die Gußstücke in die Seitenbohrungen.

Erst als Dillingham sich vergewissert hatte, daß die Gußstücke paßten, strich er sie mit Zahnzement ein.

Zum zweitenmal wurden alle Nebenhöhlen der Zahnschlucht gefüllt. Diesmal endgültig. Jede Zahnfüllung erhielt jetzt ihren festen Platz. Dann kletterte Dillingham wieder hinauf auf den Rand der Zahnschlucht, um der Hauptfüllung den Weg freizumachen.

Langsam sank der mächtige Goldblock herab. Dillingham sprühte die riesige Plombe mit Zahnzement ein, während diese langsam tieferglitt. Zwei Enens halfen ihm dabei, mit Hebestangen den Block in die richtige Lage zu bringen. Dann wurde eine schwere Stahlkugel am Kranhaken befestigt, während Dillingham noch einmal die richtige Einpassung des Goldblocks überprüfte. Nun gab er das Zeichen für die Ramme, den Neunzehn-Tonnen-Block in die Zahnschlucht hineinzudrücken.

Endlich erreichte das Gußstück den Boden der Zahnschlucht. Der flüssige Zement quoll aus der Randspalte und wurde mit einem Bodenstampfer eingeebnet. Die Goldplombe war eingepaßt, das Werk vollendet. Dillingham wünschte sich nur, daß er einen Teil dieses riesigen Plombenschatzes seinem Konto auf der Erde hätte gutschreiben können.

»Sehr gute Arbeit«, lobte der erhabene Muck-o-Muck. »Mein Sohn tollt wieder gesund und munter wie eine Kaulquappe in seinem Schwimmstall herum. Auch sein Appetit ist wieder normal.«

Dillingham erinnerte sich an seine Inspektionstour durch das Gebiß des kleinen Prinzen. »Ich fürchte, seine Munterkeit wird nicht von langer Dauer sein. Spätestens in zwei Jahren muß er wieder behandelt werden. Ich habe mindestens sechs sich entwickelnde Herde von Karies gezählt.«

»Sie meinen, das Ganze wird sich wiederholen?« Die Tentakel bewegten sich so heftig, da der Transcoder ins Stottern kam.

Dillingham entschloß sich, den Fisch am Schwanz zu packen. »Wollen Sie mir immer noch weismachen, daß kein Angehöriger Ihrer Rasse bisher an Karies gelitten hat?«

»Ich schwöre es Ihnen!«

Dillingham schüttelte zweifelnd den Kopf. »Ißt Ihr Sohn das gleiche wie Sie? Oder unterscheidet sich seine Diät grundlegend von Ihrer Nahrung und der Ernährung seiner Artgenossen?«

»Mein Sohn ist ein Prinz!«

»Was wohl heißen soll, daß er essen darf, was er will, nicht wahr? Ob es ihm schadet oder nicht?«

Der Gleep zögerte kurz. »Er quengelt schrecklich, wenn man ihm seinen Willen nicht läßt. Schließlich ist er noch ein Baby – keine dreihundert Jahre alt.«

Dillingham hatte sich diesen Dimensionsunterschieden schon gut angepaßt. »Füttern Sie ihn mit Näschereien – mit gereinigten Nahrungsmitteln?«

»Selbstverständlich bekommt er nur das Allerbeste. Ich wünschte mir, wir hätten uns diese galaktischen Importwaren leisten können, als ich noch ein Quappe war.«

Dillingham seufzte tief. »Muck-o-Muck, auch meine Artgenossen hatten perfekte Zähne, bis sie sich an Süßigkeiten und Auszugsnahrung gewöhnten. Seit dieser Zeit ist Karies die weitverbreitetste Krankheit der Menschen. Sie müssen den Appetit Ihres Sohnes auf Bonbons einschränken!«

»Das kann ich nicht!« Dillingham sah, wie die Tentakel

sich erschreckt zusammenringelten. »Der Prinz bekommt Tobsuchtsanfälle, Doktor!«

Dillingham hatte diese Antwort erwartet. Schließlich hatte er die gleiche Ausrede oft genug auf der Erde gehört. »In diesem Fall kann ich Ihnen nur raten, sich ein Team von Zahnärzten heranzubilden. Ihr Sohn muß sein Gebiß jedes Jahr untersuchen lassen.«

»Aber wir können solche Arbeiten nicht selbst durchführen! Uns fehlen die entsprechenden Extremitäten!«

»Dann müssen Sie eben ein paar Dentisten importieren. Eine andere Möglichkeit gibt es nicht.«

Das Riesengeschöpf seufzte. »Das sehe ich ein.« Die Tentakel entspannten sich nachdenklich. Dann lief ein Zittern durch die Lamellen.

»Liebe Enens – mir scheint, ich brauche einen Hofdentisten. Könnt ihr mir diesen dort verkaufen?«

Dillingham blieb eine Sekunde das Herz stehen, als er an die faulenden Zähne im Kiefer des jungen Prinzen dachte. So was konnten sie doch nicht mit ihm machen!

»Ihn verkaufen?« rief der Delegationschef der Enens empört. Dillingham wunderte sich, daß er die enenschen Kausymbole hören konnte, bis er sah, daß das Übersetzungsgerät parallel geschaltet war. Englisch, Gleep und Enen wurden jetzt simultan übertragen.

»Das ist ein menschliches Wesen«, fuhr der Enen unwillig fort, »ein Vertreter einer intelligenten Rasse, die am anderen Ende der Milchstraße wohnt. Er ist der einzige Exodentist in diesem Sektor des Universums und außerdem eine pflichtbewußte, charaktervolle Persönlichkeit. Wie konnten Sie es wagen, mir so einen plumpen Antrag zu machen!«

Gott sei Dank haben meine Gastgeber auch moralische Prinzipien, dachte Dillingham erleichtert.

»Wir sind bereit, für diesen Exodentisten eine ganze Tonne Frummstiche allererster Qualität zu bezahlen ...« Die Stimme des Muck-o-Muck klang so süß wie eine Tonne Honig.

»Eine ganze Tonne?« wiederholte der Enen mit bebender Stimme. Er schluckte (alles Geräusche des Transcoders). »Nun – ja – dieser Erdenmann hat uns eigentlich schon alles beigebracht, was er weiß. Wir könnten notfalls auch ohne ihn auskommen ...«

»Moment mal!« protestierte Dillingham. Aber die Feilscherei nahm ungehindert ihren Fortgang. Schließlich läßt sich der Wert eines Menschen überhaupt nicht mit der Kaufkraft von einer Tonne Frummstiche vergleichen.

Zahnärztliche Assistentin gesucht, mit Schwesternexamen. Erfahrung in Buchführung erwünscht. Einige Jahre Praxis, ohne Anhang. Auch Reisetätigkeit ...

Judy Galland las diese eigenartige Anzeige mindestens zweimal. Da steckte keine ihr bekannte Agentur dahinter, und eine Telefonnummer war auch nicht angegeben. Das Angebot schien nicht sonderlich vielversprechend zu sein; aber sie war verzweifelt.

Judy nahm den Bus zu der Adresse, die in der Annonce angegeben war. Sie konzentrierte sich noch einmal auf den Text. Sie hatte Examen, sie hatte Erfahrung, und sie war auch eine staatlich geprüfte Schwester. Sie wußte, daß nur wenige Kolleginnen beide Diplome besaßen – das Pflegediplom und den technischen Abschluß. Viele Mädchen scheuten sich vor der Buchführung. Und sie war auch bereit, vom Nordpol zum Südpol zu reisen, falls das nötig sein sollte. Judy war sechsundzwanzig Jahre alt, und man sah ihr dieses Alter an. Sie kam mit

Patienten gut zurecht und verlor nur selten ihre Fassung.

Weshalb bekam sie dann keinen neuen Job?

Der Bus rumpelte über ein Gleis und rüttelte sie aus ihrer Geistesabwesenheit. Sie kannte den Kern ihres Problems. Sie hatte für Dr. Dillingham gearbeitet, und Dr. Dillingham war auf geheimnisvolle Art und Weise verschwunden. Ein Bauarbeiter darf ruhig von einem Stahlträger herunterfallen, ohne daß man den Kollegen seinen Tod ankreiden würde. Ein Großwildjäger darf im Magen eines Tigers enden, ohne daß man seine Träger von einer Neuanstellung ausschloß. Ein Politiker kann ohne weiteres wegen unlauterer Machenschaften in der Versenkung verschwinden, während seine loyalen Mitarbeiter in eine höhere Position aufrücken. Doch wenn ein Zahnarzt in einer Kleinstadt verschwindet . . .

Sie schüttelte den Kopf. Das war nicht fair.

Es war alles nur ihre eigene Schuld. Sie hatte versucht, die Wahrheit zu erzählen. Natürlich hatte ihr keiner die Geschichte von den ›grünen Männchen‹ abgenommen, die sie festgehalten hatten, während Dr. Dillingham deren wunderliche Zähne reparierte. Leider gab es keinen Beweis für Judys Aussage – nur die simple Tatsache, daß der Zahnarzt spurlos verschwunden war. Jetzt hing ihr die phantastische Geschichte von den Außerirdischen nach, verfolgte sie wie ein Raubvogel, der sich auf jede Chance stürzt wie auf ein Beutetier, so daß Judy keine Anstellung in ihrem Beruf mehr fand. Jedenfalls nicht in dieser Gegend.

Hätte sie eine Geschichte von einem Gangster erzählt, der Dr. Dillingham ermordet und seine Leiche anschließend mit einem Betonblock an den Füßen im Meer versenkt hatte, wären ihr keine Hindernisse in den Weg gestellt worden. Aber die Wahrheit hatte sie ruiniert. Fremde aus dem Weltall? Verrückt!

Der Bus hielt jetzt an einer Station, die nur wenige hundert Meter von der angegebenen Adresse entfernt sein konnte. Sie kannte diese Gegend nicht. Nur zögernd stieg sie aus dem Bus. Es war ein verwahrloster Bezirk, eine schauderhafte Wohngegend. Bierdosen lagen im Rinnstein. Ein Betrunkener setzte sich schwankend in Bewegung, als er sie erblickte. Der Bus tuckerte wieder davon, hüllte sie zum Abschied in eine blauschwarze Abgaswolke.

Auf dem Grundstück, das in der Anzeige angegeben war, stand ein mehrstöckiges Gebäude mit spitzem Dach. Die Mauern schienen aus Aluminium oder aus einem anderen Metall zu bestehen, und die Architektur war überraschend modern, wenn man die Umgebung berücksichtigte. Doch im Garten wucherte das Unkraut, und man konnte das Gebäude nur über einen Bohlensteg erreichen.

Sie wollte schon umkehren. Irgend etwas Unheimliches schwebte über diesem Gebäude und diesem Grundstück. Die Bewohner hatten bestimmt keine Verwendung für eine erfahrene medizinische Assistentin.

Doch die grimmige Realität ihrer Situation zwang sie auf den Bohlensteg. Der Bus war fort, und der Betrunkene war bereits bis auf zwanzig Meter herangekommen. Judy hatte noch drei Dollar in ihrer Handtasche, und ihr Sparkonto war nur noch dreistellig. Sie müßte entweder nehmen, was ihr geboten wurde, oder sich in einem anderen Beruf als Hilfsarbeiterin verdingen. Sie sah sich schon im Geiste als Babysitter, Zimmermädchen und Putzfrau. Die namenlose Adresse erschien ihr plötzlich in einem viel günstigeren Licht.

Sie klopfte an die Tür des zylinderförmigen Hauses. Hier hatte der Architekt die Einstiegsluke eines Schiffes kopiert. Die modernen Stilisten halten sich nicht mehr an Traditionen, dachte sie und bestaunte die Zugbrückenkonstruktion des Eingangs. Die Türfüllung wurde zur Gangway. Sie fand sich in einem Vorraum wieder, in dem nicht mal ein Stuhl stand.

»Name?« fragte eine Stimme. Judy schrak zusammen. Für einen Moment hatte sie geglaubt, Dr. Dillinghams Stimme wiederzuerkennen. Doch es handelte sich hier um eine automatische Anlage, deren Tonbandstimme zufällig Ähnlichkeit mit dem Organ ihres ehemaligen Chefs hatte. Offensichtlich sollte sie nicht gleich ihrem Arbeitgeber gegenübertreten, solange ihre Anstellung nicht geklärt war.

Sie beantwortete die Routinefragen ganz automatisch. Diese Stimme entnervte sie und vertiefte nur noch ihre Depression. Sie hatte Dr. Dillingham nie Einblick in ihr Seelenleben nehmen lassen; aber ihr Respekt gegenüber Dr. Dillinghams technischer und ethischer Qualifikation hatte sich mit den Jahren zu einem innigen Gefühl der Zuneigung für den Mann vertieft. Und selbst . . .

Sie merkte erst jetzt, daß die Fragen aufhörten. Ein Schott glitt zur Seite. »Sie haben die Stelle, Miss Galland«, tönte es vom Band.

Eine Gestalt trat durch das Schott.

Judy war kein hysterischer Typ. Doch diesmal hallten ihre Schreie von den Metallwänden wider.

3

Dr. Dillinghams seelische Verfassung war nicht sehr gut. Wochen waren vergangen, seit er zum letztenmal die Sonne gesehen, festen Boden betreten und frische Luft im Freien geatmet hatte. Und der schwimmende Riese, in dem er wohnte, hatte ihm sogar seinen Transcoder weggenommen, damit er sich nicht dauernd beschweren konnte.

Seine Wohnung indes war relativ bequem. Zumindest betrachteten die Gleeps sie als für seine Zwecke ausreichend. Man hatte ihm ein Bett, einen Stuhl, eine Werkbank und eine Auswahl von Laborgeräten und Werkzeugen in die Wohnung gestellt. Auch über ein Wasserklosett verfügte er. Trotzdem befand er sich in einer Art Gefängniszelle. Er verwendete die meiste Zeit darauf, mit seinen Geräten Gegenstände aus reinem Gold herzustellen. Doch dieser Zeitvertreib genügte ihm nicht. Er sehnte sich nach der Gesellschaft eines Artgenossen und nach seinen Fachzeitschriften.

In einer Stunde würde er mit seiner täglichen Arbeit beginnen müssen – eine ermüdende und schweißtreibende Schwerarbeit.

Draußen im lebendigen Flur hallten Schritte wider. Ein Besucher! Dillingham strich sich rasch durch die Haare und zog seinen Kittel straff. Er bekam Gesellschaft, wenn es auch kein Humanoide sein würde. Die Schritte verstummten. Es klopfte an der Tür.

»Treten Sie ein!« rief Dillingham, um seine Stimme zu hören. Vielleicht hatte er sogar das Glück, daß sein Besucher Geräusche aus dem menschlichen Stimmbereich hören konnte. Diese Wesen in der Galaxis hatten unglaublich wenig Erfahrung mit menschlichen Verhaltensweisen.

»Vielen Dank, Doktor«, erwiderte eine kultivierte Stimme. »Ich bin entzückt, Sie zu Hause anzutreffen!«

Dillingham unterdrückte einen erstaunten Ausruf. Das konnte doch nur ein Transcoder sein! Es war ganz unmöglich, daß ein galaktisches Wesen akzentfreies Englisch beherrschte. Es sei denn, ein leibhaftiger *Mensch* hatte sich zu seiner Wohnung verirrt . . .!

Die Tür schwang auf.

Ein Dinosaurier stand auf der Schwelle. Der gewaltige Kopf schwebte gut vier Meter über den mächtigen Hinterbeinen, und die kleineren Vorderfüße waren vor der Schuppenbrust gefaltet wie bei einem kleinen Hund, der um einen Knochen bettelt. Ein muskulöser Schwanz ringelte sich hinter dem mächtigen Rumpf. Das Wesen war in eine Art Frack gezwängt. Es trug sogar eine Schleife um den Schuppenhals.

Dillingham bekam den Mund nicht mehr zu. So etwas konnte nicht sein! Das war ganz unmöglich! Selbst wenn er in der Kreidezeit auf der Erde gelebt hätte, wäre dieser Aufzug völlig undenkbar gewesen . . .

»Entschuldigen Sie«, sagte der Dinosaurier, »erwarten Sie vielleicht einen anderen Besucher?«

Dillingham entspannte sich mühsam. »Ah – Sie sind ein galaktisches Wesen! Ich hätte es wissen müssen.«

»Soll ich vielleicht ein andermal bei Ihnen vorsprechen? Ich wollte Sie keineswegs bei der Arbeit stören!«

»Nein, nein – bleiben Sie hier!« rief Dillingham. »Nehmen Sie Platz – oder welche Ruhelage Sie auch bevorzugen. Ich habe seit drei Wochen kein intelligentes Gesicht mehr gesehen! Überhaupt kein Gesicht mehr, seit man mich hier eingesperrt hat. Ich habe Sie versehentlich für ein... ein... Ach, lassen wir das. So viele verrückte Dinge sind mir in den letzten Monaten begegnet, daß sie mich wirklich nicht mehr aus der Ruhe bringen sollten.«

Das Schuppenwesen legte sich auf den Boden und ringelte den Schwanz um seine Füße. Trotzdem überragte der Kopf mit der flachen Schnauze Dillinghams Scheitel noch um Längen. »Gestatten Sie mir erst einmal, daß ich mich vorstelle. Ich bin – wenn ich eine freie Übersetzung wählen kann, um mich Ihnen verständlicher zu machen – ein Diplomat von Trachos. Ich wurde von dem – äh – erlauchten Muck-o-Muck von Gleep gebeten, mit Ihnen zu sprechen, da hier irgendein Mißverständnis vorzuliegen scheint. Wenn ich Ihnen irgendwie helfen kann...?«

Dillingham hatte sich natürlich automatisch seiner Muttersprache bedient, ohne darüber nachzudenken, daß er englisch mit einem Dinosaurier parlierte. Doch nach dem ersten Schock drängte sich doch unwiderstehlich die Frage auf: »Wie kommt es, daß Sie meine Sprache so fehlerlos sprechen? Alle anderen verwenden doch einen Transcoder!«

»Das bringt mein Beruf so mit sich, Doktor. Wie ich schon sagte, bin ich Diplomat. Ein freiberuflicher Diplomat, wenn Sie so wollen. Ich eigne mir immer die Muttersprache eines Fremdlings an, ehe ich in persönlichen Kontakt zu ihm trete. Der Muck-o-Muck war so großzügig, mir seinen Transcoder zu leihen, der auf den Gedankenaustausch zwischen Gleep und Erde eingestellt war...«

Deswegen also hatte man ihm das Gerät weggenommen!

»Sie haben sich so viel Mühe gemacht, um mit einem einzigen Menschen zu sprechen?« Dillingham war tief beeindruckt.

»Glauben Sie mir, Doktor, es war keine Mühe, sondern reines Vergnügen. Meine Rasse ist viel friedfertiger, als sie Ihnen erscheinen mag. Die Koordination unserer Finger ist allerdings miserabel.« Er hielt die mit Häuten verbundenen Finger hoch. »Wir haben nur deshalb überlebt, weil wir schneller reden konnten, als die anderen. Und besser. Deswegen besitzen wir auch eine natürliche Begabung für den diplomatischen Dienst. Fremdsprachen sind für uns kein Problem. Aber Sie scheinen sehr nervös zu sein, Doktor. Verwende ich Ihre Sprache nicht richtig?«

Dillingham wurde verlegen. »Nein, Sie sprechen wie ein Eingeborener. Aber auf meinem Heimatplaneten, der Erde, gibt es verschiedene Lebensformen. Durch einen merkwürdigen Zufall gleichen Sie . . .« Er verstummte verlegen.

»Ich gleiche einem Ihrer Tiere? Sie brauchen keine Rücksicht auf mich zu nehmen, Doktor. Ich muß Ihnen ebenfalls gestehen, daß Ihre Erscheinung einer gewissen Säugetierart auf meiner eigenen Welt verblüffend ähnlich sieht, auch wenn ich mit diesem Geständnis Ihren Gefühlen zu nahe treten sollte . . .«

»Nun, ich bin in der Tat ein Säugetierwesen.«

»Tatsächlich?« Der Fremde schob seinen Reptilienkopf vor. »Gebären Sie lebendige Junge? Säugen Sie Ihre Brut? Haben Sie Haare auf der Brust und sonstwo? Haben Sie auch –« der Fremde zögerte – »eine konstante Körpertemperatur?«

Dillingham war ein wenig schockiert von der angedeuteten Unterstellung. »Einige dieser Eigenschaften zeichnen nur die weiblichen Vertreter meiner Rasse aus. Doch haben Sie durchaus recht, was die Artmerkmale betrifft.«

Der Dinosaurier schüttelte den Kopf. »Eigenartig, sehr eigenartig. Ich hätte nicht gedacht, daß ein echtes Säugetier Intelligenz entwickeln könnte. Aber in einem Universum von der Größe unserer Milchstraße . . .«

»Dann sind Sie tatsächlich auch ein – Reptil? Sie legen Eier, haben kaltes Blut und nur Schneidezähne im Gebiß?«

»In der Tat. Allerdings mit der Einschränkung, die auch Sie für sich in Anspruch genommen haben. Ich persönlich lege keine Eier. Ich bin männlichen Geschlechts. Außerdem ist mein Blut nicht kalt. Es gleicht sich nur der Körpertemperatur an, die sich wiederum ihrer Umgebung anpaßt. Ich halte das für das vernünftigere System. Das war aber beileibe nicht als Vorwurf gemeint.«

Dillingham lächelte. »Dann wird es Sie auch nicht kränken, wenn ich erwähne, daß Sie wie ein Vertreter der bekanntesten Reptilienart aussehen, die die Erde vor langer, langer Zeit bevölkerte. Diese Reptilien sind schon längst ausgestorben; aber wir nennen sie heute noch die Entenschnabel-Dinosaurier. Ich kann mich leider nicht auf den wissenschaftlichen Namen besinnen.«

»Ah! Wahrscheinlich das Trachodon. Als ich die Sprachlücken im Vokabular ihres Transcoders auszufüllen versuchte, stieß ich darauf.«

»Sie können Begriffe in meiner Sprache entdecken, die ich selbst nicht einmal weiß?« Dillingham staunte.

»Wo denken Sie hin! Wenn Ihre Sprache logisch aufgebaut wäre, wäre mir das natürlich möglich. Aber das ist ja nicht der Fall. Die wissenschaftlichen Namen für Ihre Dinosaurier – Stegosaurus, Ornithomimus, Brontosaurus – befanden sich alle im Erinnerungsspeicher Ihres Transcoders. Sie müssen also diese Namen selbst geliefert haben.«

»Aber ich habe keine Ahnung davon. Vielleicht bin ich früher mal bei der Lektüre eines Sachbuches darauf gestoßen; aber ...«

»Interessant. Sie beherrschen den Trancezustand? Vielleicht haben Sie mehr Informationen preisgegeben, als Ihnen bewußt geworden ist.«

Trancezustand! Dillingham fragte sich jetzt, ob die Enens, seine ersten galaktischen ›Gastgeber‹, nicht mehr über ihn wußten, als er ahnte. Wenn sie ihn hypnotisiert oder betäubt hatten ...

»Entschuldigen Sie«, sprudelte er heraus. »Mir kommt nur plötzlich der Gedanke, wie schrecklich naiv ich gewesen bin.« Es war ihm, als bräche ein Damm zusammen. Er beichtete seinem mitfühlenden Gesprächspartner all seine galaktischen Erlebnisse. »... als wäre meine Entführung von der Erde nicht schon schlimm genug, verkaufte man mich auch noch an diesen Walfisch! Und nun wohne ich schon seit drei Wochen in seinem ungewaschenen Maul, schaufle Speisereste und gieße tonnenweise Gold in die Zahnbeinschluchten. Ich will mich über die Behandlung durch den Muck-o-Muck nicht beklagen. Aber ich kann mich einfach nicht an den Gedanken gewöhnen, daß ich bis an mein Ende in einer Lungenblase leben muß, ohne ein einziges Mal frische Luft einatmen zu können, wenn es hier auch kein festes Land gibt, auf dem man spazierengehen kann. Selbst der Gedanke, daß die Wasserspülung direkt an den Blutkreislauf meines Gastgebers angeschlossen ist, läßt mich erschauern ... Wissen Sie, ich komme mir vor wie eine Laus, wie ein Parasit!«

»Ich kann Ihnen das alles wirklich nachfühlen«, sagte das Trachodon. »Sie sind offenbar schlecht untergebracht.«

»Das fiel mir bereits vor drei Wochen auf! Wie komme ich aber aus meiner Wohnung wieder heraus? Jedesmal, wenn ich zu einer Beschwerde ansetze . . .«

». . . ich sehe da wirklich keine Probleme«, unterbrach das Trachodon seinen Gesprächspartner. »Für einen Gleep gibt es kein höheres Privileg, als dem Wasserreich der Gleeps zu dienen. Wenn Sie ein Mißvergnügen mit Ihrem Schicksal anmelden, muß der Muck-o-Muck davon ausgehen, daß Ihr Transcoder einen Sprachfehler hat oder verrückt spielt. »Ich als objektiver Zuschauer muß ebenfalls zugeben, daß Ihr Verhalten nicht typisch ist.«

»Wollen Sie allen Ernstes behaupten, es gäbe Leute, für die es ein Vergnügen wäre, Tag für Tag stinkende Speisereste zwischen vier Meter langen Felszähnen herauszupulen? Von morgens bis abends?«

»Durchaus. Wenn Sie in der Lage sind, diese Arbeit auszuführen, durchaus. Sie haben hier jeden Komfort, ein gesichertes Auskommen, keine Verantwortung. Wen sollte so ein Posten nicht locken?«

Diese Antwort gab Dillingham neue Hoffnung. »Könnten Sie nicht veranlassen, daß ich meinen beneidenswerten Posten an jemand abtreten kann, der sein gesichertes Auskommen in einem Walfisch haben will?«

»Ich könnte Ihren Wunsch zur Sprache bringen, ja. Aber ich muß Sie warnen. Wenn Sie erst einmal diesen Planeten verlassen haben, werden Sie keine Chance mehr bekommen, hierher zurückzukehren.«

»Mir hat die eine Chance vollkommen gereicht. Sagen Sie dem Muck-o-Muck, er könne ganze Kompanien von enenschen Dentisten bekommen, die ihm die Zähne säubern oder andere Wesen in der Zahnheilkunde unterrichten können. Sagen Sie ihm – nun, Sie sind ja der Diplomat. Sie werden schon die passenden Worte finden.«

»Natürlich. Aber wohin wollen Sie denn reisen, wenn Sie Gleep verlassen?«

»Nach Hause!«

»Ihr Heimatplanet ist sehr weit von hier entfernt. Ich bezweifle, daß Sie so viele Frummstiche besitzen, um Ihre Heimreise bezahlen zu können. Sie müssen ja zuerst einmal Ihren Kaufvertrag einlösen, um ein freies Wesen zu sein.«

Dillingham dachte darüber nach. Er wußte inzwischen so viel von den galaktischen Gesetzen, daß er seinen Status genau kannte. Er galt als ›Eigentum‹. Die Erde wurde nicht als zivilisierter Planet betrachtet. Aus diesem Grund hatte er so gut wie keine Rechte. In der galaktischen Rechtspraxis galt der Grundsatz: Ein Wilder, den man in den Kreis der zivilisierten Wesen aufnahm, mußte einen bestimmten Preis für die Erziehung bezahlen, die er sich im Umgang mit ›höheren Arten‹ aneignete. Er hatte eine lange Durststrecke zu überwinden, ehe er wieder sein eigener Herr war.

»Solange ich einen Fleck über dem Wasser unter freiem Himmel bekomme, reise ich überall hin«, sagte Dillingham.

»Ich könnte Ihnen ohne weiteres einen Fahrschein nach Elektrolus beschaffen, wo ich demnächst einen diplomatischen Posten antrete . . .«

»Gibt es dort richtigen Sonnenschein und Erde unter den Füßen?«

»Ja. Aber . . .«

»Abgemacht!«

Zwei Stunden später führte Trach den Zahnarzt in ein Raumschiff, das auf den Wellen des Wasserplaneten schaukelte. Dillingham war es unbegreiflich, daß der Reptildiplomat ihm so rasch seine Bitte erfüllen konnte. Er mußte nicht mehr länger im Lungenbläschen eines Walfisches wohnen. Das war der entscheidende Punkt. Wenn man den Wert eines Politikers an seinen Taten mißt, war Trach zweifellos ein Genie.

»Das ist aber kein enensches Raumschiff«, stellte Dillingham fest.

»Und wo steckt denn die Besatzung?«

»Wir brauchen keine Besatzung«, sagte Trach und verriegelte die Schleuse.

Dillingham wurde es plötzlich flau im Magen. Er war ganz allein mit einem Dinosaurier. »Aber Sie sagten doch . . .«

Trach rückte seine schwarze Schleife auf dem Schuppenhals zurecht. Er gähnte dabei. Sein Atem erinnerte Dillingham an getrocknetes Heu. »Ich reise nach Elektrolus. In meinem Raumschiff ist Platz für zwei Leute Ihrer Größe, Dillingham. Ich habe einfach Ihren Kaufvertrag übernommen, um nicht lange bitten und betteln zu müssen. Das wollten Sie doch, nicht wahr?«

Dillingham war sich seiner Sache nicht mehr so sicher. Das Trachodon war mindestes vier Meter groß, wenn es sich aufrichtete, und seine Muskeln waren so dick wie Schiffstaue. Sein Gebiß war beängstigend.

»Die Startphase ist nicht sehr angenehm«, sagte Trach. »Möchten Sie, daß ich Sie anschnalle?«

Am Copilotensitz hingen neun gewaltige Metallgurte, so daß man auch galaktische Wesen mit sechs Beinen anschnallen konnte. Diese Dinger waren so schwer, daß Dillingham sich nicht allein angurten konnte. Und waren die Gurte erst einmal miteinander verbunden, hielten sie ihn fest wie Ketten.

»Ich – ich glaube, ich kann auf die Gurte verzichten«, murmelte Dillingham.

»Schön. Ich mag die Dinger auch nicht. Manchmal überfällt mich schon kurz nach dem Start der Hunger, und dann sind diese Gurte schrecklich hinderlich . . .«

Hunger? dachte Dillingham erschrocken. Welche Rechte hatte eigentlich der Inhaber eines galaktischen Kaufvertrages? Waren die Entenschnäbler auf der Erde Fleischfresser gewesen? Verdammt, er konnte sich nicht mehr erinnern! Seine Hände krampften sich um die Tragbügel seiner Instrumententasche. Mit einer Extraktionszange konnte er gegen ein Schuppenwesen nicht viel ausrichten. Andererseits . . . Trach war sehr höflich und zuvorkommend zu ihm gewesen. Und er war ein angesehener Diplomat.

Er *behauptete*, ein angesehener Diplomat zu sein!

Trach stemmte seinen Schwanz auf den Boden und beugte sich über das Kontrollpult. Ein gewaltiger Ruck ging durch das Raumschiff, und Dillingham fand sich auf dem Boden wieder.

»Die Kiste bockt ein wenig, bis sie richtig warmgelaufen ist«, erklärte der Dinosaurier. »Ich sollte mir endlich ein neues Schiff zulegen, sonst muß ich mich eines Tages mit einem Leck abschleppen lassen.«

Dillingham zog sich schwer atmend an einem Gurt hoch und setzte sich auf die Copilotencouch. Ein Leck im Vakuum!

Wieder warf ihn ein Stoß von der Couch. Dann setzte sich das Schiff schwerfällig vom Wasser ab. Auf dem Kontrollschirm erschien eine graue Wolkenschicht. Die Temperatur in der Kabine stieg rapide an.

»Gibt es in Ihrem Schiff keinen Temperaturregler?« fragte Dillingham schweißgebadet. »Die atmosphärische Reibung . . .«

»Oh, kein Grund zur Sorge. Wir nähern uns der Fluchtgeschwindigkeit. Bei der Masse dieses Planeten beträgt sie – in irdische Maßeinheiten umgerechnet – ungefähr zwanzigtausend Knoten.«

Dillingham starrte auf den rotglühenden Fußboden. »Denken Sie daran, daß ich ein Wesen mit konstanter Körpertemperatur bin«, meinte er mit kläglicher Stimme.

»Ach, das hatte ich ganz vergessen. Es wäre doch besser für Sie gewesen, wenn Sie sich angeschnallt hätten.« Trach stellte ein Frischluftgebläse an. »Wir können froh sein, daß das Ding arbeitet«, meinte er und deutete auf das Gerät. »Manchmal stößt es nur heiße Luft aus.«

Dillingham erschauerte. Als Weltraumneuling war er anfällig für Luftkrankheit und Panik. Er fragte sich, wie viele Tücken das Schiff noch hatte. Gar kein Vergleich mit den Präzisionsinstrumenten der Enens, dachte er mit einem stillen Seufzer.

Plötzlich wurde er quer über den rotglühenden Boden katapultiert, Trachs selbstgefällige Reptilstimme im Ohr. »Wir sind aus der Atmosphäre heraus. Sie sollten sich jetzt doch besser an der Couch festhalten. Manchmal – oh!«

Der Dinosaurier hatte sich umgedreht und sah Dillingham durch die Kabine wirbeln. Mit einem Satz sprang er hinter ihm her, die mit Häuten verbundenen Finger wie Schmetterlingsnetze ausgebreitet. »Hab' ihn schon!« knurrte er zufrieden, während sich die mächtigen Reptilkrallen um Dillinghams Oberkörper schlossen.

Dillingham brachte vor Entsetzen keinen Laut heraus. Das Ganze war ein mieser Trick! Man hatte ihn an einen Fleischfresser verhökert!

Plötzlich schien sich das Raumschiff von innen nach außen zu stülpen. Irgend etwas drückte Dillinghams Magen nach oben, bis er in der Schädelhöhle landete. Dann fand sich Dillingham auf dem wabbelnden Schoß seines Reptilastronauten wieder, Trach wand sich unter ihm wie eine Schlange und stellte Dillingham vorsichtig auf die Füße. »Ich hätte Sie eigentlich warnen müssen, Doktor. Der Übergang in den Hyperraum ist eine kritische Phase. Ich bin daran gewöhnt; aber Sie hätten sich leicht eine Ihrer zarten Knochen brechen können. Sind Sie verletzt?«

»Ich glaube nicht«, erwiderte Dillingham kläglich.

»Na, jetzt haben wir es ja überstanden«, meinte das Trachodon mit fletschendem Entenschnabel. »Der Hyperraum ist eine reine Erholung. Nur die kritischen Übergangsphasen sind unangenehm. Und wir kommen erst in ein paar Tagen wieder aus dem Hyperraum heraus. Entspannen Sie sich, Doktor.«

Dillingham nahm ihn beim Wort. »Ich danke Ihnen – für alles.«

Trach beobachtete ein paar Instrumente und schaltete irgendeine Automatik ein. »Sie überschätzen den Dienst, den ich Ihnen geleistet habe, Doktor«, sagte er bescheiden. »Normalerweise hätte man mir eine hübsche Summe dafür angeboten, daß ich für Gleep ein heikles Problem löste. Doch ich nahm statt dessen Ihren Kaufvertrag, und der ist . . .«

». . . eine Tonne Frummstiche wert.«

»Das übersteigt meine üblichen Gebühren um das Mehrfache. Eine Summe, die meinem Konto guttun würde. Hätte ich versagt . . .«

Aus der ›Automatik‹ quoll etwas Grünes heraus. Das Zeug erinnerte Dillingham an Weißkohlblätter.

»Sie haben mir also nicht nur aus reiner Freundschaft einen Gefallen getan!«

»Doktor, es ist mein Beruf, anderen Wesen einen Gefallen zu tun. Dafür werde ich ja bezahlt. Leider habe ich nicht oft Gelegenheit, so lukrative Freundschaftsdienste zu leisten. Wir werden eine nutzbringende Verwendung für Ihren Kaufvertrag finden. Vielleicht eine gutgehende Praxis auf Elektrolus. Wir werden beide Kapital daraus schlagen. Darf ich Ihnen etwas zu essen anbieten?«

»Ist das Ihre Mahlzeit?« staunte Dillingham.

»Grünfutter, in Ihrer Sprache. Das ist das einzige Nahrungsmittel, das mein Reptilmagen verträgt. Doch mein synthetischer Hersteller kann ihnen auch etwas anderes zubereiten. Was wäre Ihnen angenehm?«

Dillingham betrachtete den Apparat, der immer noch Kohlblätter ausspuckte. »Danke, ich habe im Augenblick keinen Hunger. Sie haben nicht oft Gelegenheit für lukrative Freundschaftsdienste, sagten Sie? Ich dachte, Sie wären in diplomatischen Diensten ...«

»Freischaffender Diplomat. Das bedeutet, ich bin mein eigener Herr. Aber wenn ich nicht arbeite, muß ich hungern. Eigentlich konnte ich mich bisher über mangelnde Aufträge nicht beklagen. Doch in jüngster Zeit – nun, wenn ich mich auf Elektrolus nicht bewähre, kann ich Bankrott anmelden. Das bedeutet ...«

»Sagen Sie nichts! Lassen Sie mich raten. Das bedeutet, daß Sie mich an den Meistbietenden verkaufen müßten, habe ich recht?«

»Sie haben den Nagel auf den Kopf getroffen. Leider wird man Ihnen keine Niederlassungsfreiheit gewähren. Wissen Sie, in den Radiumbergwerken von Ra besteht immer ein großer Bedarf an jungen Ärzten und Dentisten, weil dort die Sterblichkeitsrate ...«

»Schon gut. Einigen wir uns darauf, daß Ihre Probleme jetzt auch meine Probleme geworden sind. Wollen mal sehen, ob sie zu lösen sind.«

»Schön. Aber ich habe, offen gestanden, nicht viel Hoffnung.«

»Sie haben sich auf Gleep doch glänzend bewährt, wie mir scheint. Ich bin zwar kein Experte für diplomatische Angelegenheiten; aber wenn Sie etwas von Ihrem Fach verstehen und fleißig sind, sehe ich keinen Grund, warum Sie nicht Erfolg haben sollten.«

»Das ist logisch. Aber irgendwie ist in jüngster Zeit der Wurm drin.«

»Erzählen Sie«, meinte Dillingham. Es war überraschend, wie schnell sie sich nahegekommen waren. Wahrscheinlich waren die Grünkohldiät und die Erwähnung der tödlichen Radiumminen dafür verantwortlich.

Trachs Schwanz zuckte verlegen hin und her. »Nehmen wir zum Beispiel meinen vorletzten Auftrag. Der Planet von Bolt hatte mich beauftragt, normale diplomatische Beziehungen zwischen seiner Regierung und dem Planeten Gulp herzustellen. Ich paukte den sehr schwierigen Wortschatz der Gulps – eine komplizierte Zischlautsprache – und vertiefte mich monatelang in die Sitten und Umgangsformen dieses Planeten, ehe ich einen Schwimmhautfuß auf jene Welt setzte. Ich bin überzeugt, daß ich alles richtig gemacht habe; und doch traf ich kein einziges Mal mit den verantwortlichen Beamten zusammen, mit denen ich den Vertrag hätte aushandeln müssen. Der Monarch des Planeten empfing mich zwar, gab mir aber nicht die nötigen Vollmachten, obwohl ich es an Hinweisen und Andeutungen nicht fehlen ließ. Schließlich war meine Aufenthaltungsgenehmigung abgelaufen, ohne daß ich etwas erreicht hatte. Ich mußte also meinen

Auftrag zurückgeben und bekam nicht einen Frummstich ausbezahlt.« Sein Schwanz zuckte verärgert über die Planken. »Wie kann ich diplomatische Kunst entwickeln, wenn ich nicht einmal mit meinen Kunden reden darf?«

Dillingham war genauso ratlos und entrüstet wie sein Besitzer. »Hat man nicht vorher Noten ausgetauscht? Wußte man denn dort nicht, weshalb man sie geschickt hat?«

»Doch. Aber nach meiner Ankunft wurden alle Absprachen widerrufen. Man hat mir nie gesagt, warum.«

»Vielleicht haben die Regierungen ihre Meinungen geändert.«

»Warum haben sie dann nach meiner Abreise einen anderen Diplomaten engagiert – ebenfalls ein Reptil –, der dann meinen Auftrag übernahm?«

»Intrigen?«

»Das gehört ebenfalls zu meinem Beruf. Ich entdecke eine Intrige so rasch wie Sie einen faulen Zahn.«

»Aber es muß doch einen Grund gegeben haben!« Dillingham erwog das Naheliegende und Vernünftige, wie man das auf der Erde tat. »Grenzen wir mal den Infektionsherd etwas ein. Wann änderte sich die Einstellung des Monarchen von Gulp?«

Trach überlegte mit gesenktem Reptilhaupt. »Zuerst waren alle Zeichen äußerst positiv. Man empfing mich mit einer Ehrengarde auf dem Raumhafen, und ich konnte mich über meine Unterkunft wahrhaftig nicht beklagen. Schon am nächsten Tag wurde ich vom Monarchen in Audienz empfangen. Er war sehr entgegenkommend, und ich wußte, daß der Erfolg zum Greifen nahe schien.

»Aber?«

»Nichts! Es war die einzige Audienz, die mir gewährt

wurde! Man wich mir aus und vertröstete mich, wenn ich nachfragte. Ich weiß, wann man höflich eins über die Schnauze bekommt.«

»Aber Sie sind überzeugt, daß es zu keinen . . .«

»Keine Intrigen, nein. Kein Ränkespiel, keine echte Feindseligkeit. Sie änderten einfach ihre Meinung und wollten mir nicht verraten, warum. Für einen Berufsdiplomaten ist das natürlich ein schlimmer Affront.«

Plötzlich fiel bei Dillingham der Cent: »Darf ich mir mal Ihre Zähne anschauen?«

»Meine Zähne?« Trach ringelte verwundert den Schwanz. »Ich habe keine Beschwerden mit den Zähnen. Wenn die erste Reihe abgenützt ist, rückt die nächste nach. Selbst Karies ist für mich kein Problem. Fängt ein Zahn erst einmal zu faulen an, fällt er sofort heraus und wird durch einen neuen Zahn ersetzt.«

Trotzdem öffnete er höflich den Rachen, um die Bitte des Irdischen zu erfüllen. Dieser bewunderte die dichtgestaffelten Reihen kleiner Zähne.

»Ungefähr zweitausend Stück«, sagte Trach stolz. »Die exakte Zahl kann ich nicht nennen, da mehrere Zahnreihen bereits wieder abgekaut sind. Doch es wachsen immer wieder neue Zähne nach.«

»Und Sie benützen Ihre Zähne nur zum Zerkleinern von Grünfutter?« fragte Dillingham vorsichtig. Das Zeug sah zwar aus wie Grünkohl, hatte aber die zähe Beschaffenheit von Asbest.

»Selbstverständlich. Wir sind Pflanzenfresser wie die meisten zivilisierten Wesen.«

»Hm – und wie reinigen Sie Ihre Zähne nach der Mahlzeit?«

»Wir verwenden ein chemisches Mundwasser, das die Rückstände in wenigen Sekunden auflöst«, erwiderte

Trach. »Doch das spielt wirklich keine Rolle. Unsere Zähne wachsen ja ständig nach, und . . .«

»Kann ich mal dieses Mundwasser sehen?«

Trach wurde verlegen. »Die Automatik stellt es her. Nur . . . der Schaltkreis spricht auf die Formel nicht mehr an. Ich muß die Maschine reparieren lassen, wenn ich nach Trachos komme. Aber ich kann Ihnen die chemische Formel nennen.«

Dillingham nickte vielsagend. »Es ist sehr unangenehm für Sie, wenn Sie sich nicht den Mund waschen können.«

»Aber ich sagte Ihnen doch schon, daß das meinen Zähnen nicht schaden kann. Sie . . .«

»Davon spreche ich nicht.«

»Oh – wovon denn dann?«

Dillingham war es schrecklich peinlich, sich wie ein irdischer Werbeslogan ausdrücken zu müssen: »Trach, Sie leiden an Halitosis!«

Der Dinosaurier blickte ihn verwirrt an. »Wie? Dieses Wort stand nicht in Ihrem Transcoder . . .«

»Natürlich nicht. *Sie leiden an Mundgeruch!*«

»Oh!«

»Wenn ich ein Diplomat wäre wie Sie, würde ich mich auf die feine Art ausdrücken können. Hintenherum, durch die Blume. Aber als simpler Zahnarzt kann ich Ihnen nur sagen, daß Ihr Atem nach Grünfutter stinkt. Teile von diesem Zeug bleiben zwischen den Zahnreihen stecken. Sie haben ja genügend davon, und dieses Grünzeug ist verdammt zäh.«

»Aber es riecht gut. Stört Sie der Geruch vielleicht?«

»Nein. Ich mag den Geruch von frischem Gras oder Heu. Aber meine Wenigkeit ist in der Galaxis nicht maßgebend. Ich bin ja kein zivilisierter Pflanzenfresser.«

»Ach! Sie meinen . . .?«

»Ich meine, meine Nase ist eben nicht empfindlich genug. Wie würden Sie zum Beispiel meinen Mundgeruch definieren?«

Trach bewegte die Nasenlöcher. »Riecht nach Aas. Aber ich hab' mich längst an den Gestank von Fremdlingen gewöhnt.«

»Schön. Sie sind ja auch Diplomat. Sie haben sich dazu erzogen, die barbarischen Angewohnheiten oder physischen Unvollkommenheiten Ihrer Verhandlungspartner zu ignorieren. Aber nehmen wir mal an, Sie wären ein Wesen von königlichem Geblüt, verhätschelt und hochgezüchtet, dazu erzogen, auch die kleinste Abweichung von der Etikette zu registrieren wie ein Seismograph. Nehmen Sie außerdem an, daß Sie zwar Pflanzenfresser sind, aber an *bessere* Sachen gewöhnt sind als an synthetisches Grünfutter oder Weißkohl. Und nehmen Sie ...«

Trach unterbrach ihn mit einem Schwanzschlag auf den Boden. »Nehmen wir an, ich treffe einen Fremdling, der meinen empfindlichen Geruchssinn mit bestialischem Atem beleidigt ...«

»Richtig. Was würden Sie zu ihm sagen?«

»Nichts natürlich. Es wäre nicht ...«

»... diplomatisch?«

Trach wanderte mit zuckendem Schwanz auf und ab. »Schrecklich! Kein Wunder, daß man mich nur ein einziges Mal in Audienz empfangen hat. Noch schlimmer – man hielt mich für den typischen Vertreter meiner Rasse. Sie müssen jetzt glauben, daß alle Trachodons aus dem Mund riechen.« Er knirschte mit seinen zweitausend Zähnen.

»Deswegen fliegen sie jetzt lieber nach Hause und lassen sich einen neuen automatischen Hersteller einbauen.«

»Das geht nicht!« erwiderte Trach und biß sich in die

Schwimmhäute zwischen den Fingern. »Das ist unmöglich! Ich müßte Farbe bekennen und den Grund nennen, warum ich nicht pünktlich in Elektrolus eintraf. Nach einem so gewaltigen Schnitzer würde man mich nie mehr von meinem Planeten fortlassen.«

»Trotzdem müssen Sie sich den Mund gründlich säubern und alle Grünzeugreste entfernen. Es sei denn, die Bewohner von Elektrolus besitzen keinen Geruchssinn.«

»Im Gegenteil! Sie können verschiedene Grassorten am Geruch unterscheiden – auf zwanzig Meter Entfernung!«

Dillingham seufzte. Die Radiumminen nahmen drohende Formen in seinem Geist an. »Und diese Wesen können auch nicht Ihren automatischen Hersteller reparieren, ehe Sie sich auf dem Weg zur Regierung ...?«

»Unmöglich. Sie haben keinen Sinn für mechanische Fertigkeiten.«

Die beiden versanken in brütendes Schweigen.

Dillingham überlegte. Es wäre doch zum Lachen gewesen, wenn ein Dentist nicht ein Mittel gegen Mundgeruch improvisieren könnte.

Aber mit dem automatischen Hersteller mußten sie vorsichtig umgehen. Im Augenblick funktionierte er nur bei der Herstellung von Grünfutter zuverlässig. Und ihre Nahrungsmittelquelle durften sie nicht gefährden.

»Können Sie nicht irgendwo zwischenlanden und sich einen Vorrat von Ihrem Mundwasser besorgen? Wenigstens so viel, daß er bis zu Ihrer nächsten diplomatischen Mission ausreicht?«

»Hm«, meinte Trach mit nachdenklich zuckendem Schwanz, »die Universität für Zahnheilkunde hat so etwas bestimmt auf Lager. Aber die Universität würde einen Bericht darüber nach Trachos weiterschicken, und dann käme meine Geschichte ...«

»Universität für Zahnheilkunde?« unterbrach Dillingham »Eine Universität für – *ein ganzes Universum?«*

»Natürlich. Wir haben galaktische Universitäten für jede Disziplin: Medizin, Musik, technische Sparten, auch für Zahnheilkunde ...«

»Oh!«

»Die Universitäten sind berühmt in der Galaxis. Jede Hochschule besitzt einen eigenen Planeten und verwaltet ihn selbst. Natürlich kommen die Studenten aus der ganzen Galaxis in einer Universität zusammen. Der Ausbildungsstand und die Voraussetzungen für ein Studium liegen auf einem sehr hohen Niveau. Aber wer dort einmal studiert hat, der hat es auch geschafft. Eine Lebensstellung ist ihm sicher. Hätte ich die Voraussetzungen erfüllt, um die Universität für Diplomaten besuchen zu können ...«

»Faszinierend!« flüsterte Dillingham. Er mußte noch mehr über diese Universität erfahren. Doch jetzt galt es erst einmal, das Problem zu lösen, wie man zweitausend Zähne auf einen Schlag reinigen konnte.

Er hatte eine Idee. »Sagen Sie, Trach – wäre Ihre Küchenautomatik noch in der Lage, Plastikschaum zu erzeugen?«

»Wir können es ja versuchen. Ich sehe keinen Grund, warum er es nicht könnte, solange es sich um grünkohlverwandte organische Verbindungen handelt.«

»Gut. Ich brauche weichen Schaum, der sich in ungefähr zwei Minuten zu einer festen, aber elastischen Masse erhärtet. Das Zeug darf nicht giftig sein.«

Trach gehorchte schweigend. Nach mehreren Versuchen spuckte die Maschine ein rotes Zeug aus, das Dillinghams Wünschen ungefähr entsprach.

»Okay. Jetzt produzieren Sie mal etwa zwanzig Liter von diesem Zeug und packen es in Ihren Schnabel, solange es noch weich ist. Kauen Sie ein bißchen darauf herum. Aber schlucken Sie um Himmels willen nichts davon!«

Trach war entsetzt. »In meinen *Mund?* Was habe ich Ihnen denn getan? Das Zeug wird hart . . .«

»Natürlich wird es hart! Sie können doch durch die Nase atmen, oder?«

Trach nickte. Als Dillingham auf der Schaumprobe bestand, stopfte Trach sich das schäumende Zeug in den Rachen.

»Jetzt warten Sie, bis es hart ist!«

»*Grach-groch*«, antwortete Trach, wobei es ihm rot um das Maul herum schäumte.

Nach ein paar Minuten gab Dillingham dem Dinosaurier die nächsten Anweisungen: »Nun öffnen Sie vorsichtig den Mund . . . langsamer – gut! Und jetzt nehmen Sie das Schaumzeug heraus. Wahrscheinlich geht es nicht ohne ein bißchen Gewaltanwendung. Es handelt sich hier um einen Schaumgummiabdruck, verstehen Sie? Nun drücken Sie schon – los, los!« Der Abdruck schien doch fester zu sitzen, als Dillingham sich das vorgestellt hatte. Dillingham nahm einen kleinen Zahnhammer aus seiner Instrumententasche und schlug vorsichtig gegen die erhärtete Masse. Endlich gelang es ihm, Trachs Rachen von dem roten Klumpen zu befreien. Er deutete auf die grünen Einbettungen. »Sehen Sie das, Trach? Das sind die Überreste Ihres Grünfutters! Durch meine Erfindung wurden sie alle auf einmal entfernt.«

Trach deutete jetzt ebenfalls darauf. »Und sehen Sie die vielen, kleinen weißen Stifte? Das sind meine Zähne.«

»Oh!« Dillingham hatte ganz vergessen, wie zerbrechlich die nachwachsenden Zähne des Dinosauriers waren. Wenn Trach sich nach diesem Verfahren mehrmals täglich den Mund säuberte, hatte er am zweiten Tag keine Zähne mehr, und Dillingham konnte immer noch das Grünzeug riechen.

»Ich muß mir etwas Neues einfallen lassen«, meinte Dillingham verdrossen.

»Der erste Versuch war gar nicht so schlecht«, beruhigte Trach ihn und holte ein Gerät mit einem langen Stiel aus einem Gerätekasten. »Während Sie überlegen, werde ich das Schiff reinigen. In wenigen Stunden nähern wir uns Elektrolus.«

Dillingham sah geistesabwesend zu, wie der Dinosaurier mit einem Staubsauger das Schaltpult säuberte. Selbst vom winzigsten Schalter löste sich der Schmutz.

Plötzlich hatte er eine Idee. »Trach – ist das ein Ultraschallgerät?«

Der Dinosaurier unterbrach seine Arbeit. »Ich glaube, ja. In der Beschreibung steht, daß es mit dreißigtausend Schwingungen pro Sekunde arbeitet. Es zerstäubt einen kleinen Wasserstrahl, und die Hohlkörperwirkung . . .«

». . . mit anderen Worten«, unterbrach Dillingham ihn aufgeregt, »die Schwingungen liegen im Ultraschallbereich. Sie erzeugen mikroskopisch kleine Bläschen im Wasser, die explodieren und dabei die Oberfläche von Gegenständen gründlich reinigen. Auf der Erde verwenden wir ein ähnliches Gerät zum Reinigen der Zähne.«

»Zum Reinigen der *Zähne?*« Dann begriff der Dinosaurier. »Aber natürlich! Ich reinige mit diesem Gerät ja die empfindlichsten Sachen! Ich kann gut damit umgehen – oh, ich kann damit auch den kleinsten Speiserest aus meinen Zähnen entfernen, wenn ich einen Spiegel habe! Mein Atem ist wieder rein und – oh?« Er legte den Staubsauger auf den Boden und horchte.

»Zuerst wird . . .« sagte Dillingham, aber Trach unterbrach ihn:

»Wir kommen aus dem Hyperraum!« Er machte einen Satz auf Dillingham zu.

Das Schiff stülpte sich von innen nach außen. Beide fanden sich in einer Ecke des Raumschiffes wieder.

Doch diesmal grinsten sie beide.

»Ich bin aber kein qualifizierter Zahnarzt!« wiederholte Judy zum zehntenmal vor dem Transcoder. Dieser druckte ihre Antwort auf einen Stock. Der Enen nahm ihn aus dem Trichter heraus, steckte ihn in den Mund und knabberte ganz sacht darauf herum.

Einen Moment später steckte er ihn in den Trichter zurück, und aus dem Sprachtrichter kam die Antwort: »Sie sind die Assistentin von Dr. Dillingham. Sehr kompetent, aber auch arrogant. Wir haben nach Ihnen gesucht. Wir haben Sie gefunden. Das ist Dr. Dillinghams Labor. Also assistieren Sie!«

Judy blickte sich in dem Labor um. Die Enens waren zwar schrecklich anzusehen, doch ihre Umgangsformen waren gar nicht so übel, wenn man mit ihnen reden konnte. »Ich habe nie allein im Labor gearbeitet«, sagte Judy zu dem Transcoder. »Ich kann keine Zahnbrücken anfertigen. Es ist mir nicht gestattet, selbständig Patienten zu behandeln. Ich muß dem Arzt nur bei der Arbeit assistieren. Wo steckt Dr. Dillingham überhaupt?«

Auf diesem ›Ohr‹ waren die Enens bisher ›taub‹ geblieben. Aber da Judy auch diese Frage zum zehntenmal wiederholte, bequemte sich der Enen endlich zu einer Antwort.

»Dr. Dillingham? Wir haben ihn an den erhabenen Muck-o-Muck von Gleep verkauft.«

Dillingham mußte sich prächtig amüsiert haben, als er den Transcoder programmierte. Doch dann wurde Judy plötzlich nüchtern.

»Sie haben ihn *verkauft?«*

»Er stand unter Vertrag wie Sie. Als Pfand für die Ausgaben für Beschaffung und Transport. Das ist vollkommen legal.«

»Ich bin – ein *Pfand?* Sie haben einen Angestellten gesucht, nicht einen *Sklaven!* Sie können doch keinen Handel mit Menschen treiben!«

»Warum denn nicht?«

Judy stotterte fast nie. Doch jetzt geschah es: »Das – das ist un – unmöglich!«

»Wir sind nicht auf der Erde«, entgegnete der Enen kauend. »Wir halten uns strikt an die galaktischen Gesetze. Außerdem werden die Fußballspieler auf der Erde doch auch verkauft, oder nicht?«

»Das ist doch ganz etwas anderes! Außerdem bin ich kein Fußballspieler . . .«

»Alles entspricht den galaktischen Gesetzen«, unterbrach der Enen sie wieder. »Wollen Sie jetzt assistieren?«

»Nein. Ich möchte mit diesem Muck-o-Muck sprechen. Allein komme ich hier nicht sehr weit.«

»Aber Sie haben sich doch für eine Stellung auf Nord-Nebula entschieden!«

»Ich habe meine Meinung geändert!«

4

»Ich hab' gehört, Sie sind Zahnheiler«, sagte das ein Meter fünfzig große Wesen vor ihm. Es sprach mit Hilfe eines Transcoders zu Dillingham, da sich diese Wesen untereinander nur mit modulierten elektronischen Signalen unterhielten.

Das Wesen sah wie poliertes Metall aus. Wenn es stillstand, erstarrte es gleichsam zu einem Felsen. Die Fortbewegung geschah nach Art einer irdischen Raupe. Die Wesen konnten auch rollen, indem sie ständig ihren Schwerpunkt verlagerten.

»Ich bin Dentist«, bestätigte Dillingham dem fremden Wesen. »Aber ich fürchte, weder meine Ausrüstung noch meine Ausbildung werden Ihnen etwas nützen. Bisher hat sich meine Praxis beschränkt auf ...«

». . . Ihre Referenzen sind uns wohlbekannt«, unterbrach ihn das fremde Wesen. »Wenn Sie Gutes tun wollen, folgen Sie mir!«

Referenzen? dachte Dillingham verblüfft. Er hatte nicht gewußt, daß er Referenzen besaß – nicht auf galaktischen Welten. Dieser Elektrolyt mußte Trach ausgefragt und einen diplomatisch schöngefärbten Bericht von ihm erhalten haben.

»Sie bitten mich, mir einen von Ihren – Ihren Artgenossen anzusehen? Ich weiß doch überhaupt nicht über Ihre Anatomie ...«

»Ihre Bescheidenheit ist rührend. Wir werden das

berücksichtigen. Nun kommen Sie bitte mit!« Das war natürlich die Handschrift von Trach. Der Dinosaurier hatte viel zu großes Vertrauen in seine Fähigkeiten. Vielleicht steckte auch Trachs Geschäftssinn dahinter. Schließlich hatte er Dillinghams Vertrag gekauft.

Nun gut. Dillingham haßte Untätigkeit. Er wollte diesem Wesen dessen Wunsch erfüllen, wenn er ihm auch keine ärztliche Hilfe leisten konnte. Das war ganz ausgeschlossen. Automatisch nahm er seine Instrumententasche und seinen Transcoder auf und folgte dem Elektrolyten.

Elektrolus war ein interessanter Planet für Leute, die an Kristallpflanzen und Metalltieren Geschmack fanden. Es mußte sich bei den Tieren um Metallverbindungen handeln, die sich sogar genetisch weiterentwickeln konnten. Trach hatte davon gesprochen, daß das Silikon hier den Ausgangsstoff allen Lebens bildete; nur waren ihm weder die chemischen Formeln noch die Einzelheiten klar geworden.

Trach hatte auch eine Doppelwohnung organisiert, die mit allen Zusatzgeräten zur Versorgung eines Säugetiers und eines Reptils ausgestattet war. Dillingham war glücklich, diese Wohnung mit dem Diplomaten teilen zu dürfen. Trach war vielleicht für irdische Wesen ein Alptraum aus der Frühgeschichte der Erde; aber im Vergleich zu einigen anderen galaktischen Wesen erschien er Dillingham so vertraut wie ein Zwillingsbruder.

Selbstredend war Dillinghams ›Vertrag‹ nur eine vornehme Umschreibung für Sklaverei. Trotzdem war Dillingham nicht rechtlos. Es gab gewisse unveräußerliche Grundrechte für jedes Wesen: das Recht auf Leben, auf lebensgerechte Umgebung und das Streben nach Freiheit. Das erste Recht war nur zu oft gefährdet; das zweite eine

Sache der Auslegung und Übereinkunft. Doch das dritte Recht gab ihm handfeste Vorteile. Er besaß nämlich eine festgelegte interstellare Kreditwürdigkeit. Seine früheren zahnärztlichen Dienstleistungen waren honoriert und auf sein Konto gutgeschrieben worden. Selbst der Wechsel von einem Käufer zum anderen hatte ihm eine Wertsteigerung nach galaktischen Maßstäben eingebracht. Dillingham war immerhin solvent, wenn auch noch weit von dem Ziel entfernt, mit seinen Frummstichen seinen eigenen Kaufvertrag einlösen zu können.

Auf Elektrolus sah man auf einen Blick, daß Geld nicht alles bedeutet. Er konnte die Eingeborenenküche nicht vertragen. Geschmorte Silikonkristalle verstopften nur seinen Magen, wenn sie auch noch so schmackhaft zubereitet waren. Trachs mechanischer Hersteller war Dillinghams einzige Nahrungsquelle. Er mußte das Grünzeug essen, ob es ihm schmeckte oder nicht. Er mußte auch die Gesellschaft seiner Artgenossen entbehren, denn seines Wissens oder seiner Vermutung nach existierte kein menschliches Wesen im Umkreis von hundert oder gar tausend Lichtjahren. Er konnte sich nicht einmal mit einem Fachbuch zerstreuen, denn die Elektrolyten auf diesem Planeten besaßen keine schriftlichen Aufzeichnungen.

Er durfte natürlich die Aussicht bewundern, während er hinter dem rollenden Wesen einherschritt. Sie war atemberaubend. Das Sonnenlicht brach sich in unzähligen Kristallpflanzen. Es war eine berauschende Farbensymphonie. Die Landschaft schien nur aus Juwelen zu bestehen.

Dennoch hätte Dillingham ein Pfund Frummstiche dafür gegeben, wenn er einen grünen Baum oder ein menschliches Gesicht auf diesem Planeten gesehen hätte.

Er fragte sich im stillen, was aus seiner Assistentin, Miss Galland, geworden war. Doch er verdrängte diesen Gedanken sofort wieder. Eine so vorzügliche Kraft wie Miss Galland fand bestimmt sofort eine neue Anstellung. Selbst wenn er morgen schon wieder auf die Erde zurückkehren sollte, war Miss Galland für ihn längst nicht mehr verfügbar.

Trach kannte kein Heimweh. Jeden Tag verließ er schon früh das Haus, um mit wichtigen Persönlichkeiten zu verhandeln, neue Verbindungen zu knüpfen und emsig an der Aufgabe zu basteln, für die Elektrolus ihn engagiert hatte. Dillingham hatte leider keine Mission zu erfüllen. Er mußte abwarten und Trach den Daumen halten, damit er Erfolg hatte. Er wollte ja nicht in den Radiumminen von Ra oder auf noch schlimmeren Planten sein Leben beenden.

Sie waren inzwischen am Ziel angekommen. Dillinghams einheimischer Führer rollte mit Würde in eine höhere Residenz hinein. Dillingham folgte ihm vorsichtig. Er wußte so gut wie nichts von den Sitten und den Errungenschaften dieser Kultur. Er konnte sich auch nicht vorstellen, wie diese gesichtslosen Wesen sich zur Raumfahrt emporentwickelt hatten.

Der Bewohner dieser Höhlenresidenz begrüßte ihn mit den Worten:

»Gullenworben, Fähnchenmann! Wollen Sie die Fähnchen schmähen?«

Dillingham blickte seinen Transcoder schief an. Dieser Apparat sollte die Signalwellen der fremden Wesen in verständliches Englisch übersetzen. Wenn dieses Ding jetzt durchdrehte, konnte er sich auf schlimme Folgen gefaßt machen.

»Das ist das Problem. Sie haben es ja gehört«, sagte

Dillinghams Führer. »Ihr Transcoder arbeitet vollkommen einwandfrei.«

»Ah – so! Ihr Artgenosse leidet also an einer Gehirnstörung! Dafür bin ich nicht zuständig . . .«

»Im Gegenteil, Doktor. Es handelt sich um ein echtes Zahnleiden. Unsere Mediziner sind ratlos. Viele unserer prominenten Persönlichkeiten leiden an dieser Krankheit. Ihr Patient ist sogar ein Mitglied unserer Regierung. Doch niemand kann ihm helfen.«

»Aber ich kann nur Zähne behandeln, keine Sprachstörungen!«

»Natürlich. Deshalb haben wir ja volles Vertrauen zu Ihnen. Ein Zahnarzt, der selbst einen Gleep von Zahnschmerzen befreien kann . . .«

Sollte er diesen Wesen auseinandersetzen, daß die Behandlung eines hohlen gleepschen Zahnes keine Empfehlung für einen Zahnarzt bedeutet? Höchstens für einen Gießereiarbeiter? Schließlich hatte er nichts anderes getan, als zwanzig Tonnen Gold in eine Form gegossen.

Dillingham seufzte. Hier half nur eine diplomatisch verschlüsselte Ablehnung. Er redete den Patienten an. »Sir, ich weiß nicht, ob ich Ihre Fähnchen schmähen will. Auf jeden Fall – einen guten Morgen.«

Die Oberfläche des Elektrolyten sprühte Funken: »Schmoßartig! Sie verschmähen mich!«

Dillinghams Führer zeigte einen furchenartigen Riß unter der Blockkante. »Sie verstehen ihn?«

»Na ja, nicht so ganz«, erwiderte Dillingham. »Aber ich habe inzwischen einige Erfahrungen mit galaktischen Fremdsprachen gesammelt. Er hat mich offenbar gefragt, ob ich seine Zähne sehen will. Meine Patienten fragen immer so was, wenn sie zum erstenmal auf meinem Behandlungsstuhl sitzen. Und manche Leute haben eben eine sonderbare Aussprache. Man muß sich den Patienten anpassen, sonst haben sie kein Vertrauen zu ihrem Arzt.«

»Ich verstehe. Sie sind uns nicht ohne Grund wärmstens empfohlen worden. Für mich ist fast alles, was er sagt, unverständliches Kauderwelsch.«

Dillingham blickte den Patienten besorgt an: »Ist der Patient so unempfindlich, daß wir seinen Fall ganz offen in seiner Gegenwart erörtern können?«

»Er kann uns genausowenig verstehen wie wir ihn. Sonst verhält er sich vollkommen normal. Er scheint kerngesund zu sein – bis auf seine Sprache.«

Plötzlich fielen Dillingham ähnliche Fälle von der Erde ein. »Kann er sich wenigstens mit den Elektrolyten unterhalten, die von der gleichen Krankheit befallen wurden?«

»Nein. Die verstehen sich untereinander genausowenig. Schlimmer noch . . .«

»Das hatte ich mir gedacht. Ich mußte auf der Erde mal eine Frau behandeln, die an Aphasie litt . . .« Unwillkürlich stockte Dillingham.

»Aphasie?«

Wie konnte er diesem Fremdling klarmachen, daß er nicht die Aphasie, sondern die Zähne des Patienten behandelt hatte?

»Das Sprechvermögen ist gestört. Das Sprachzentrum wird durch einen Unfall oder durch eine Krankheit geschädigt. Der Patient glaubt, er drückt sich vernünftig aus. Dabei sind seine Worte absolut unverständlich. Er muß die Sprache vollkommen neu lernen.«

»Das ist es!« ertönte es aus dem Transcoder. »Ihr Scharfsinn bei der Diagnose von Krankheiten ist bemerkenswert! Können Sie das Übel rasch heilen?«

Ein Scharlatan hätte das Geld – oder die Frummstiche

– eimerweise verdienen können, so leichtgläubig waren hier die Patienten.

»Ich fürchte, nein. Ich weiß ja kaum etwas von den Ursachen der Sprachstörungen bei meiner eigenen Rasse. Wie soll ich da etwas heilen, was . . .«

». . . Sie haben doch die Krankheit bereits erkannt, Doktor!« unterbrach ihn sein Führer.

»Aber ich bin kein Nervenarzt. Ich bin Dentist und Zahnchirurg. Ich behandle Zähne und sorge für die Gesundheit der Mundhöhle. Sie aber brauchen einen Arzt, der für die geistige Gesundheit Ihrer Artgenossen zuständig ist!«

»Aber, aber, Doktor, dafür sind doch unsere Zahnärzte zuständig! Wer sollte es denn sonst sein?«

Natürlich, das war es. Hatten früher auf der Erde nicht auch die Barbiere alles erledigt? Den Aderlaß, die Zähne und so fort? Wenn er sich noch weiter sträubte, konnte er diese Wesen vielleicht tödlich beleidigen und Trachs diplomatische Mission gefährden. Also beschloß er, sich die Zähne wenigstens anzusehen. Bis jetzt hatte er zwar noch keinen Mund erkennen können; aber das war von zweitrangiger Bedeutung.

»Bitte öffnen Sie den Mund«, sagte Dillingham mit gespielter Gelassenheit. Der Patient hörte auf, Funken zu sprühen.

»Mund?« wiederholte er.

»Ihren Zahnbehälter, Ihre Rachenhöhle, Ihre – Ihre Fähnchen!«

»Ah – meine Fähnchen!«

Diesmal hatte der Patient nur einen Konsonanten falsch ausgesprochen. Dillingham wandte sich an seinen Führer. »Wie setzen Sie Ihre Zähne beim Sprechen ein?«

»Sie – sprechen eben.«

»Aber unmöglich auf die gleiche Weise, wie ich es mit den Zähnen tue! Sie verwenden keine Laute beim Sprechen. Sie verständigen sich elektronisch.«

»Spricht denn nicht jedermann elektronisch?«

Das kommt davon, wenn man dämlich fragt. Die Elektrolyten hatten keine Vorstellung von einer Lautsprache, von Vokalen und Stimmbändern.

Aber *elektronische* Zähne? Dillingham wußte von Elektronik noch viel weniger als von Psychiatrie.

Inzwischen war der obere Teil des Patienten hochgeklappt wie der Deckel von einer Schachtel, Gaumen aus Keramik wurden sichtbar und ein Dutzend ganz gewöhnlicher Zähne, in zwei aufeinanderpassenden Halbkreisen angeordnet. Jeder Zahn war ein mächtiger Molar, dessen Kaufläche für das Zerkleinern und Zermahlen von harten Kristallen gerüstet war.

»Ich sehe, daß hier Metalleinlagen gemacht worden sind.«

»Wie bitte?«

Diese Elektrolyten waren genauso ahnungslose Patienten wie der durchschnittliche Terraner.

»Zahnfüllung aus Metall. Scheint gute Arbeit zu sein.«

»O ja! Nur das Beste vom Besten.«

Dillingham untersuchte jetzt die Mundhöhle, ermuntert durch den vertrauten Anblick eines organischen Rachens. Mit geschultem Auge betrachtete er die Kauflächen und zog Rückschlüsse auf den allgemeinen Gesundheitszustand des Patienten, von dessen Stoffwechsel er so wenig wußte. »Goldeinlagen. Sehr gute Arbeit. Aber ich sehe Spuren von Zersetzung.«

»Zersetzung?« wiederholte der Patient. Dillingham wunderte sich, daß diese Wesen mit offenem Mund sprechen konnten. Dann erinnerte er sich wieder daran, daß diese Wesen sich elektronisch verständigten. Wenn die Sprache tatsächlich mit den Zähnen zusammenhing...

Schwingungskreise in Backenzähnen? Dann war der Zahnarzt wirklich der richtige Spezialist für Sprachstörungen.

Auf der Erde gab es dokumentarisch belegte Fälle von Radioempfang mit Hilfe von Metalleinlagen in den Zähnen. Wenn er doch nur besser über die technischen Grundlagen Bescheid gewußt hätte! Er hatte zwar einen Schimmer davon, daß Transistoren Halbleiter waren, die an Stelle von Elektronenröhren verwendet wurden. Dieser Mund konnte so etwas wie ein Radiogehäuse sein, wo jeder Zahn eine Röhrenfunktion erfüllte oder einen Schaltkreis darstellte. Waren das aber Niederfrequenz- oder Hochfrequenzzähne?

Da half nur ein galaktisches Diplom weiter. Trach hatte ihm gegenüber ja schon die Ausbildungsmöglichkeit an einer galaktischen Universität für Zahnheilkunde erwähnt. Doch die Schwierigkeiten oder Hürden für einen Terraner waren viel zu groß.

»Sie müssen schon hochgesteckte Voraussetzungen erfüllen. Man läßt Sie ja nicht einmal zum Studium zu, wenn kein anerkannter Planet für Sie bürgt. Das gilt für alle Universitäten. Und welcher Planet bürgt schon für einen Ausländer, wenn der einheimische Nachwuchs sich um die Studienplätze reißt?«

»Sie raten mir also, daß ich mir keine Hoffnungen machen soll?« hatte Dillingham enttäuscht gefragt.

Trach hatte es ihm geraten. Wie konnte ein unzivilisierter Terraner einen höheren Bildungsweg beanspruchen, wenn er nicht einmal seinen eigenen Kaufvertrag einlösen konnte? Doch Dillinghams Ehrgeiz ließ ihn nicht zur Ruhe kommen. Eines Tages machte er auf irgendeinem

Planeten einen entscheidenden Fehler. Wenn er sich in der Milchstraße als Zahnarzt behaupten wollte, mußte er ein galaktisches Diplom erwerben.

Natürlich wünschte er sich nichts sehnlicher als die Rückkehr auf den Planeten Erde. Und eine gesicherte Praxis zu Hause.

Die Zähne des Elektrolyten rückten wieder in den Brennpunkt seines Interesses. Ein Eingriff würde bestimmt nicht schaden. Er konnte die kleinen Schönheitsflecken an den Goldplomben entfernen. Der Dentist, der für diese Arbeit verantwortlich war, hatte nicht sauber gearbeitet; denn Gold verfärbt sich nur, wenn die Legierung nicht ganz einwandfrei war. Doch von der Legierung abgesehen, war die Einlage eine tadellose zahnärztliche Arbeit.

Rasch hatte er die Füllung wieder auf Hochglanz poliert. Was die Sprachstörung anbelangte – daran durfte er nicht herumdoktern. Auf gar keinen Fall hätte er gewagt, diese Elektrozähne anzubohren.

»Vielen Dank«, sagte der Patient. »Das schmeckt schon viel besser. Was darf ich Ihnen als Honorar anbieten?«

Dillinghams Führer bewegte sich aufgeregt wie Gelee. »Dein Schnattern – ich meine, deine Aphasie – ist weg!«

»Was meinst du mit ›weg‹, meine Süße? *Du* warst doch diejenige, die geschnattert hat!«

Dillinghams Führer drehte sich funkensprühend zu ihm um: »Allwissender! Wunderheiler! Sie haben meinen Mann von seinem Leiden befreit! Wie haben Sie das nur geschafft?«

Dillingham winkte ab. »Ich habe gar nichts geheilt. Ich habe nur eine oxidierte Stelle von seinem Zahnersatz entfernt.«

»Sie müssen aber einen entscheidenden Eingriff vorgenommen haben, Doktor«, sagte der Patient. »Seit Wochen versuche ich, diesem Lehmkopf von einem Weib meine einfachsten Wünsche verständlich zu machen. Doch sie gab mir nur unsinnige Antworten – unverständliches Geschnatter. Meine Verwandten trieben es noch schlimmer. Es hörte sich an, als hätten sie alle einen Kurzschluß in ihren Signalzähnen. Aber *Sie* haben mich sofort verstanden, und es gelang Ihnen irgendwie, diese Wirrköpfe wieder zur Besinnung zu bringen. Sie haben ein anständiges Honorar redlich verdient.«

»Ich versichere Ihnen, ich habe nicht das geringste . . .«

»Sie haben meinen Gruß erwidert und den schlechten Geschmack in meinem Mund beseitigt, wie ich das verlangt habe. Eine ausgezeichnete Leistung, von den anderen unangenehmen Begleiterscheinungen ganz zu schweigen, die Sie bereinigt haben.«

Dillinghams Taktgefühl riet ihm, zu schweigen. Doch ein anderer Gedanke verschaffte sich Gehör. Das bißchen Polieren konnte unmöglich den Elektronenfluß im Zahn beeinflußt haben, und er durfte kein Geld für eine Leistung nehmen, die er gar nicht erbracht hatte. Das verstieß gegen das Berufsethos. Die Aphasie konnte jeden Augenblick wieder zurückkehren, vielleicht schlimmer als zuvor, sofern man nicht die Ursache beseitigte.

»Sie müssen unbedingt zum Essen bleiben«, sagte der Ehemann. »Sie können sich nicht vorstellen, wie ich mich freue, wieder verständliche Flauten zu hören!«

Aus dem Transcoder kam ein Wehlaut der Ehefrau. Dillingham sah seine schlimmsten Befürchtungen bestätigt. Er konnte jede Kritik nur dadurch parieren, daß er dem Patienten befahl: »Mein Herr, darf ich Ihre Zähne noch einmal sehen? Ich glaube, ich habe eine Kleinigkeit übersehen.«

»Aber sicher doch!« Der große Kieferndeckel klappte wieder auf, und die kräftigen Zähne kamen erneut zum Vorschein.

Dillingham konnte keinen neuen Schaden entdecken. Doch er ließ sich mit dem Polieren Zeit, um besser nachdenken zu können. Hatte er unbeabsichtigt etwas getan, das den Redeablauf beeinflußte. Hatte die Oxydationsschicht auf der Goldfüllung etwas mit der Modulation der Sprechsignale zu tun? Die Oxydationsschicht der Goldplomben bildete sich durch die elektrochemischen Reaktionen des Speichelsaftes mit den Verunreinigungen der Legierung ...

Da hatte er ja die Antwort!

»Was sagten Sie eben noch?« fragte er den Elektrolyten. »Sie freuten sich, wieder ...«

»... wieder verständliche Laute zu hören«, fiel der Patient sofort ein.

»Nach wochenlangem Kauderwelsch ...«

Das Polieren der Zähne hatte tatsächlich die Sprachstörung geheilt. Er wußte jetzt auch, warum. »Setzen Sie sich«, sagte er zu dem elektrolytischen Ehepaar. »Ich muß Ihnen etwas sehr Wichtiges mitteilen.«

Die beiden ließen sich sacht auf den Boden nieder. »Ich habe Ihr Leiden nur vorläufig beheben können. Die Aphasie kehrt leider wieder, wenn Sie nicht sofort wirksame Gegenmaßnahmen ergreifen.«

»Sagen Sie uns nur, was wir tun müssen«, bat die elektrolytische Ehefrau, während beruhigende Farbwellen über die Oberfläche ihres Ehemannes wanderten.

»Zuerst muß ich den Vorgang klären. Wann haben Sie sich Ihre Goldeinlagen machen lassen, mein Herr?«

»Vor ungefähr einem halben Jahr. Eine neue, sehr teure Technik; aber ich hatte genug von den altmodischen

Steinfüllungen. Sie splitterten so oft ab oder fielen aus dem Gebiß.«

»Und Ihre – Ihre Krankheit begann vor ein paar Wochen? Ich weiß, es ist sehr unangenehm, Sie aufklären zu müssen, daß Ihre Sprache unverständlich wurde, nicht die Ihrer Frau. Ihre Gattin konnte sich mit anderen . . .äh Leuten verständigen, nur mit Ihnen nicht. Das muß Ihnen doch aufgefallen sein. Ein paar Ihrer Worte klangen ganz richtig; aber der Rest war unverständlich.«

»Stimmt das?«

»Es stimmt, mein Lieber«, bestätigte die Frau mit fester Modulation.

»Und meine hübschen, teuren, standesgemäßen Goldfüllungen sind daran schuld?« Der Elektrolyt war nicht auf seinen elektronischen Hinterkopf gefallen.

»Indirekt – ja. Die Arbeit ist ausgezeichnet, aber leider müssen Sie Ihre kostbaren Füllungen wieder herausreißen und durch die alten Steinfüllungen ersetzen lassen.«

Wie gern hätte Dillingham die beiden beschwindelt. Doch sein Berufsethos verlangte von ihm, die Wahrheit zu sagen, und wenn sie noch so unangenehm war.

Trach wartete schon ungeduldig im Doppel-Bungalow auf ihn. »Was haben Sie sich da nur wieder eingebrockt, Sie heißblütiges Säugetier!« rief der riesige Dinosaurier. »Ich habe eine Beschwerde erhalten, daß Sie einen führenden Staatsmann dieses Planeten zuerst vom Wahnsinn geheilt haben und sich dann an ihm rächten, indem Sie ihm befahlen, alle seine kostbaren Zahnfüllungen wieder entfernen zu lassen!«

»Leider mußte ich ihm das sagen.« Neuigkeiten wurden hier natürlich mit den Zähnen drahtlos verbreitet. Deshalb wanderten sie so schnell um den Planeten.

Trach schlug wütend mit dem Schwanz auf den Boden.

»Das bringt mich um den Erfolg meiner diplomatischen Mission, Sie heißblütiges Chamäleon!«

»Ich verstehe das nicht. Hat sich mein Patient denn beschwert?«

»Nein. Er ist überzeugt, daß Sie ein Genie sind!«

»Das schmeichelt mir sehr. Aber . . .«

»Deshalb empfahl er dem Regierungsrat, dem er vorsteht, sofort ein Gesetz zu verabschieden, das jeden Metallzahnersatz auf diesem Planten verbietet. Der Erlaß ist bereits veröffentlicht.«

»Schon? Die Leute hier sind verdammt fix!«

»Richtig. Und die Zahnärztekammer ist in Aufruhr. Sie hat großen Einfluß auf diesem Planeten.«

»Ich verstehe.« Dillingham hatte, ohne es zu ahnen, eine Regierungskrise auf diesem Planten heraufbeschworen. Er hätte sich erst mit einem einheimischen Arzt beraten sollen, ehe er eine Empfehlung weitergab. Natürlich waren die einheimischen Dentisten empört, weil ein Fremdling sich in ihre Angelegenheiten einmischte und die Abschaffung einer Zahnfüllung verlangte, auf die seine Berufskollegen auf Elektrolus sich besonders viel einbildeten. Dillingham verstand ihre Haltung nur zu gut. Er hätte sich ebenfalls aufgeregt, wenn er an ihrer Stelle gewesen wäre.

Trach ging im Zimmer auf und ab. Seine grünliche Reptilienhaut zuckte nervös. »Das zieht Kreise, mein Lieber! Ich mische mich gar nicht gern in Ihre Angelegenheiten; aber ich kann Ihnen nur nahelegen, Ihren Antrag zurückzuziehen.«

»Aber im Interesse der Gesundheit konnte ich ja gar nicht anders . . .«

»Es geht schon lange nicht mehr um die Gesundheit. Hier geht es um Krieg und Frieden!«

»Um Krieg und . . .?«

»Beide Seiten haben bereits Söldner verpflichtet.«

Dillingham ließ sich entsetzt auf ein Sitzgerät fallen. »Was kann ich denn jetzt tun, um das zu verhindern?«

»Den Krieg, meinen Sie? Sie können sich mit der Vereinigung der Zahnärzte treffen und Ihre Maßnahmen erläutern. Sie können Ihre Weste vielleicht noch reinwaschen, ehe die Feindseligkeiten ausbrechen.«

»Feindseligkeiten!«

»Sie können den Krieg noch verhindern. Das erste Gefecht ist frühestens für heute abend geplant.«

»Heute abend schon! Dann dürfen wir keine Zeit mehr verlieren. Ich könnte mich nicht mehr im Spiegel betrachten, wenn ich einen Krieg auf dem Gewissen hätte!«

»Dann kommen Sie mit!« Trach zeigte ihm den Weg mit einer Selbstsicherheit, daß Dillingham argwöhnte, Trach habe den Ausgang ihrer Unterhaltung längst vorausberechnet. Der Dinosaurier hatte zwar keine Ahnung von Zahnpflege, doch von Seelenmassage und diplomatischem Kräftespiel verstand er etwas.

»Wie arbeiten denn die Elektrolyten?« fragte Dillingham, während sie die prismatischen Außentüren durchschritten. »Sie haben keine Hände oder Extremitäten, um Gegenstände zu bewegen. Wie sollen sie dann einen Krieg führen?«

»Kein Problem. Sie haben Fernbedienungsgeräte. Ihre Sprache ist gleichzeitig Energie und ersetzt eine Menge Muskelpakete.«

»Oh! Aphasie ist für sie also eine schwerere Krankheit, als ich geahnt hatte. Sie ist gleichbedeutend mit Paralyse.«

»Sehr richtig. Sie können ein Held sein, wenn es Ihnen gelingt, die Vereinigung der Zahnärzte mit Ihrer Maßnahme zu versöhnen.«

»Hm«, murmelte Dillingham, »können Sie mir vielleicht ein paar diplomatische Tips geben?«

Trach konnte. Es schien, als habe er auch diese Bitte vorausgeahnt. In den nächsten fünf Minuten erhielt Dillingham eine Kurzeinweisung in elektrolytischer Denkungsart.

»Sie werden das Wort führen«, sagte Trach und überreichte Dillingham den Transcoder. »Man nimmt Ihnen Ihre aufrichtige Gesinnung nicht ab, wenn ich Ihnen den Ball zuwerfe. Vielleicht wird man mich um eine Erläuterung bitten, aber Sie müssen Ihre Kollegen überzeugen.«

»Ich weiß«, sagte Dillingham düster, denn er wußte, was ihnen beiden blühte, wenn er versagte.

Der Wortführer der erlauchten Versammlung kam sofort zum Thema: »Weshalb haben Sie diesen Krieg angestiftet, Fremdling?«

Dillingham atmete erst einmal durch, ehe er antwortete. Trach hatte ihn vor temperamentvollen Reden gewarnt. »Ich glaube, hier liegt ein Mißverständnis vor«, begann er. »Ich dachte nicht im entferntesten daran, einen Krieg auszulösen.« Schließlich waren es ja die Elektrolyten, die lieber zu den Waffen griffen, statt einen Irrtum zuzugeben. Aber sie konnten immer noch ihr Gesicht wahren, indem sie ihm die Schuld in die Schuhe schoben.

»Haben Sie etwa nicht den regierenden Rat gegen uns aufgewiegelt? Haben Sie nicht unsere Satzungen angegriffen?«

»Ich bin ein Fremder auf diesem Planeten. Ich glaubte, einem Privatpatienten zu helfen. Ich hätte ihn ja gerne Ihrer Behandlung überlassen, wenn der Patient nicht darauf bestanden hätte, daß ich ihn untersuche.«

»Dann stellen Sie also nicht unsere Satzungen in Frage?«

»Natürlich nicht. Ich hoffe doch, daß diese Satzungen nur die Gesundheitspflege dieses Planeten fördern.«

»Dann werden Sie also auch die Forderung zurücknehmen, daß alle Goldfüllungen bei sämtlichen Patienten wieder zu entfernen sind?«

Jetzt waren sie am heiklen Punkt angelangt. »Nein.«

Ärgerliche Stimmen wurden im Transcoder laut. Trach ließ enttäuscht den Kopf hängen.

»Das heißt«, fuhr Dillingham bedächtig fort, »ich werde diese Forderung nicht eher zurücknehmen, bis diese Vereinigung die Zurücknahme einmütig beschließt.« Trachs Kopf schoß sofort wieder hoch, und die Stimmen verstummten. »Da meine unbedachte Äußerung diese Krise heraufbeschwor, will ich zuerst sachkundigen Rat einholen.«

»Rat – von dieser Vereinigung?«

»Selbstverständlich!«

Aus der Mißbilligung wurde plötzlich Zustimmung. Trach nickte unmerklich.

»Eine sehr weise Bedingung, Fremder. Weshalb dachten Sie, wir würden Ihnen einen sachkundigen Rat verwehren?«

Jetzt wurde es wieder kritisch. »Auf unserem Planeten werden die Zähne hauptsächlich zur mechanischen Zerkleinerung von Nahrungsmitteln verwendet. Erst in zweiter Linie dienen sie auch als Sprachwerkzeuge. Unsere Zähne sind keine komplizierten Apparate – schon gar keine elektronischen Geräte. Unsere Zahnärzte denken aber primär an das Kauen, wenn sie Zähne untersuchen. Auch ich dachte zuerst daran, als ich in den Mund des Patienten schaute.«

»Erstaunlich«, murmelte der Sprecher der Vereinigung.

»Dann entdeckte ich, daß Sie in Ihren Zähnen elektronische Signale erzeugen und sich damit verständigen. Weil das ein angeborenes, natürliches Phänomen für Sie ist, sind Sie sich wahrscheinlich gar nicht mehr bewußt, welche komplizierten Dinge zusammenwirken, um diese Sprechsignale richtig zu modulieren. Auch wir Menschen sind uns nur selten über die verwickelten, unendlich fein ausgewogenen Reaktionen in unserem eigenen Körper im klaren. Tatsächlich kann die kleinste elektromagnetische Störung oder Überlagerung in der unmittelbaren Nachbarschaft Ihrer Zähne Ihre Sprachfrequenzen hoffnungslos durcheinanderbringen – sowohl beim Senden wie beim Empfang. Die elektrolytische Wirkung der Spurenelemente in Ihren Plomben – unerwünschte Beigaben in Ihrer Goldlegierung – wird durch Ihren Mundspeichel ausgelöst, verfärbt das Metall und erzeugt so viel Strom, das die elektromagnetischen Felder der benachbarten Zähne gestört werden. Deshalb wird auch ein ganz anderes Sprachsignal ausgesendet, als der Sprecher mit seinem Gedankenimpuls beabsichtigt. Sobald diese Sprachstörung einen Grad erreicht, daß sie dem Empfänger keinen Sinn mehr übermittelt, leiden Sie an Aphasie.«

Dillingham bewegte den Kopf bedauernd hin und her. Natürlich war er tief befriedigt, daß sie ihm so aufmerksam zuhörten (empfingen). »Wahrscheinlich reicht das elektrische Feld, das von jedem normalen Zahn erzeugt wird, bereits aus, um die Goldfüllung allmählich zu zersetzen. Da die Feldstörung beim Sprechverkehr außerhalb des Zahns stattfindet, können Sie im Innern des Zahnes keine Ursache für die Sprachstörung feststellen. Ich kann Ihnen nachfühlen, wie unangenehm es für einen Arzt ist, wenn er für ein schweres Leiden keine organische Ursache feststellen kann. Auf jeden Fall dürfen Sie auf Grund Ihrer besonderen Art der Kommunikation keine

Metallfüllungen verwenden, solange Sie nicht genau über die Wechselwirkung von Speichelelektrolyse und elektromagnetischen Schwingungen in Ihren Zähnen Bescheid wissen. Deshalb habe ich auch die Entfernung aller Goldplomben empfohlen. Da die Aphasie nicht zu meinem Fachgebiet gehört, hätte ich schweigen müssen, bis ich Ihren Rat eingeholt hatte. Das sehe ich jetzt ein.«

»Aber die Aphasie gehört doch zu Ihrem Fachgebiet«, sagte der Sprecher jetzt mit gönnerhafter Herablassung. »Wir befassen uns mit allen Funktionen des Zahnes, obgleich uns nicht aufgefallen ist, daß eine leichte Verfärbung der Goldplomben eine so verheerende Wirkung haben – äh . . .« Er brach rasch ab.

»Wir mußten auch auf der Erde große Schwierigkeiten überwinden, bis wir die richtige Metallfüllung gefunden hatten«, half Dillingham dem Sprecher sofort aus der Verlegenheit. »Die Füllungen des Patienten waren erstklassig verarbeitet. Ich verstehe Ihr Zögern. So viel Aufwand an Zeit und Geld . . .«

»Wir stellen den Profit nicht über die Gesundheit unserer Patienten«, warf der Sprecher hochmütig ein. »Wenn ich meine Forderung zurückziehen soll . . .«

Große Unruhe im Saal. Trach zog die Schuppenstirn in Falten, mußte aber im stillen lachen. Die Vertreter der Zahnklempnerzunft hatten plötzlich gemerkt, daß sie sich den Teppich unter den eigenen Füßen weggezogen hatten. Wenn Dillingham seine Forderung zurückzog, mußten sie selbst ein Heilmittel für die Aphasie präsentieren. Sie hatten aber keines, und die Entwicklung einer anderen Heilmethode kostete vielleicht viel mehr Geld und Zeitwaufwand als die simple Lösung, die Dillingham seinem Patienten nahegelegt hatte. Zog Dillingham aber seine Empfehlung nicht zurück, verlor die Vereinigung der einheimischen Zahnärzte ihr Gesicht. Trach mischte sich in diesem entscheidenden Moment ein. »Wenn ich vielleicht einen Vorschlag machen dürfte. Ich bin zwar ein blutiger Laie . . .«

Die Elektrolyten hörten zu. Trach fuhr fort: »Die Ignoranz meines Leibeigenen hat Sie alle in eine schwierige Lage gebracht, meine Herren. Statt einer Abbitte sollte man eher eine drastische Strafe verlangen. Wäre es nicht besser, ihn ganz von diesem Planeten zu verbannen?«

Dillingham schrak zusammen. Auf welcher Seite stand dieser Dinosaurier eigentlich!

»Damit hätte man ihn öffentlich für seinen Fehler gebrandmarkt«, fuhr Trach energisch fort, »während die Vereinigung der Zahnärzte in Ruhe eine Entscheidung über die strittigen Goldplomben fällen kann. Vielleicht wird der Regierende Rat Ihnen Konzessionen machen, damit er seinen überstürzten Beschluß nicht zurückzuziehen braucht. Aber auf jeden Fall verdient dieser Fremdling eine Strafe . . .«

»Aber er hatte es doch nur gut gemeint«, warf der Sprecher ein. »Dieser Hinweis auf die Ursache der Aphasie ist – äh – wertvoll.«

Dillingham erkannte jetzt die Hand des Meisters. Trach hatte mit zwei Sätzen den Wortführer der Vereinigung dazu bewogen, Dillingham in Schutz nehmen, und hatte die Vereinigung andererseits auf einen Schachzug hingewiesen, der den Zahnärzten nur Vorteile brachte. Die Vereinigung gestattete großzügigerweise dem Regierenden Rat, das Verbot der Goldfüllungen durchzusetzen. So viel Großzügigkeit mußte den Rat natürlich rühren. Mehr noch – er stand jetzt in der Schuld der zahnärztlichen Vereinigung . . . Was für rosige Aussichten für die Zahnärzte dieses Planeten!

»Ihre Worte beschämen mich«, erwiderte Trach. »Sie sind zu gütig. Aber als Besitzer des Kaufvertrages fühle ich mich für die Handlungen meines Leibeigenen verantwortlich. Dieser Fremdling hat Sie, meine erlauchten Zuhörer, auf unverzeihliche Art und Weise bloßgestellt. Ich werde ihn an die Minen weiterverkaufen. Das ist das mindeste, was . . .«

»Die Minen!« unterbrach der Wortführer erschrocken. »Nein, das ist ausgeschlossen. Ihr Leibeigener hat uns wirklich nur einen Gefallen getan. Wir sollten eigentlich in seinen Vertrag eintreten und Ihnen diesen Fremdling abkaufen . . .«

»Aber hier steht er Ihnen doch nur im Weg.«

»Auch wieder wahr.« Der Wortführer überlegte. »Von jetzt ab können wir keine Einmischung mehr dulden. Wir müssen die Verantwortung selbst übernehmem. Ja, seine Anwesenheit kann nur störend wirken.«

»Und die Minen auf Ra zahlen einen sehr hohen Preis für einen Zahnarzt. Sie sind ja ständig auf der Suche nach Dentisten.«

Dillinghams Knie wurden weich wie Butter. Wollte Trach ihn doch noch hereinlegen!

Es gab viel atmosphärisches Geknister in der Kammer. »Weil die Dentisten dort *nicht* lange *leben!«* meinte der Wortführer anzüglich.

»Nein, wir sind keine Barbaren, auch wenn es sich um einen unbequemen Fremdling handelt. Am besten, wir kaufen seinen Vertrag, zerreißen ihn und stellen dem Fremdling frei, sich woanders einen Job zu suchen.«

»Vielleicht will er Ihren schönen Planten gar nicht verlassen«, warf Trach ein. »Wenn Sie ihn allerdings gründlich ablenken, mit einem Ausbildungsvertrag für Jahre hinaus beschäftigen . . .«

»Sehr gut. Wir können für ihn einen komplizierten Ausbildungsplan aufstellen, zum Beispiel ...«

»... zum Beispiel an der galaktischen Universität für Zahnheilkunde, Fachausbildung Zahnchirurgie und Zahnersatz«, fiel Trach sofort mit stillem Triumph ein. »Ein weitsichtiger und überzeugender Entschluß. Für eine kleine Anerkennungsgebühr kann ich sofort die notwendigen Schritte einleiten.«

Dillingham atmete hörbar auf. Er hatte schon gefürchtet, der Dinosaurier hätte ihre Absprache vergessen.

»Großartig«, erwiderte der Wortführer, obwohl man ihm ansah, daß er an eine ganz andere Ausbildung gedacht hatte. »Nachdem wir dieses Problem gelöst haben, können wir den *genierenden Salat ignorieren* und das *Verschmot der Schmollbomben ...«*

Trach warf Dillingham rasch einen warnenden Blick zu und hielt den Finger mit den Schwimmhäuten an den Entenschnabel. Dann zogen sie sich beide so unauffällig wie möglich zurück ...

»Aber ich bin *kein* Zahnarzt!« sagte Judy zu dem erlauchten Muck-o-Muck. »Ich suche Dr. Dillingham, damit ich ihm assistieren kann!«

»Er ist vor eine Woche abgereist«, teilte der Walpotentat des Wasserplaneten Gleep mit. Das war das erstemal, daß Judy mit einem Lebewesen verhandelte, während sie in dessen Mund stand. Aber in der Galaxis war eben alles möglich. »Dann muß ich ihm nachreisen.«

»Ist Ihnen eigentlich bekannt, daß wir einhundert Pfund Frummstiche der allerersten Güteklasse für Ihren Kaufvertrag bezahlt haben? Wir haben Sie als Partner von Dr. Dillingham, dem berühmten Exodentisten, eingekauft. Die Backenzähne des Prinzen fangen wieder an zu jucken. Nur ein Zahnarzt von Dillinghams Kaliber kann verhindern, daß der Zustand sich verschlimmert.«

»Wenn Dr. Dillingham die Goldplomben angefertigt hat, halten sie auch«, erwiderte Judy. »Ich glaube nicht, daß die Zähne noch einmal weh tun werden. Ihr Sohn braucht nur Anweisungen, wie er seine Zähne pflegen soll. Man kann Zähne nicht einfach sich selbst überlassen, verstehen Sie?«

»Dillinghams Worte! Sie müssen Dr. Dillinghams Teilhaber sein!«

Sie seufzte. »Als Spezialistin für Zahnhygiene, ja, aber . . .«

»Großartig! Dann unterrichten Sie den Prinzen in der Zahnpflege.«

»Gut – unter einer Bedingung. Wenn ich dem Prinzen Zahnhygiene beibringe, reise ich anschließend zu dem Planeten, wo sich Dr. Dillingham im Augenblick aufhält.«

»Gut. Nach Elektrolus also.«

»Schön. Nur kam ich jedesmal zu spät – in Enen wie auch hier in Gleep. Welche Garantie habe ich, daß Dr. Dillingham noch auf Elektrolus weilt, wenn ich . . .«

Die Kommunikationstentakel in der Lungenluftblase bewegten sich, und der Transcoder übersetzte sinngemäß ins Englische: »Ein nur zu logischer Einwand. Am besten schicken wir Sie gleich zu dem Klienten weiter, den der freiberufliche Diplomat Trach – Dillinghams Besitzer – als nächstes Arbeitsgebiet auf dem Terminkalender vorgemerkt hat. Das ist – einen Moment, bitte – Ra, der Radiumexporteur.«

Sie schwankte. »Wenn Dr. Dillingham aber in Elektrolus bleibt?«

»Haben Sie wenigstens die Genugtuung und Sicherheit, mit Trach, dem Diplomaten, zu sprechen. Er ist ein sehr hilfsbereiter Bursche und besitzt ein eigenes Raumschiff.«

»Also gut. Ra ist die nächste Station. Und jetzt wollen wir mal mit dem kleinen Prinzen sprechen . . .«

5

Dillingham betrat die Kabine, als er an der Reihe war, und wartete ängstlich auf die Schaltung. Hinter ihm schloß sich die Tür atmosphärendicht.

In der Kabine war es stockdunkel und unerträglich heiß. Der Schweiß brach ihm aus den Poren und lief in Strömen über seine Haut. Dann fiel die Temperatur schlagartig. Der Schweiß auf dem Körper erstarrte zu Eiskristallen und stob als Schnee davon, als Dillingham im Schüttelfrost schlotterte. Die Luft wurde bitter und dünn. Sein Atem rasselte. Licht blitzte grell und verglühte dann im tiefsten Schwarz. Tonleitern schraubten sich hinunter in vollkommenes Schweigen, wurden abgelöst von einer Symphonie aus Gerüchen. Dillingham mußte niesen.

Plötzlich war es Frühling. Hummeln umgaukelten Dillingham, Nektarduft umschmeichelte ihn. Er stand im frischen Klee. Die Luft war lau und frisch zugleich. Endlich hatte sich die Kabine auf seinen Metabolismus eingestellt.

»Erkennungsschlüssel?« fragte eine verführerische weibliche Stimme aus dem Nirgendwo. Gleichzeitig flammte ein Schriftzug auf, der die Frage auf englisch wiederholte.

»Mein Name ist Dillingham«, sagte er klar und deutlich und befolgte seine Anweisungen genau. »Ich bin ein männlicher, zweifüßiger Warmblüter, der sich auf dem Planeten Erde entwickelt hat. Ich bewerbe mich um die

Zulassung an der Universität, Fachgebiet Chirurgie und Zahnersatz, und um Einstufung in das entsprechende Semester.«

Nach einer Pause erwiderte die Kabine mit süßer Stimme: »Falsche Auskunft. Sie sind ein Vierfüßler.«

»Verbesserung«, rief Dillingham rasch. »Ich bin das Ergebnis der *Evolution* aus einem Vierfüßler. Er breitete die Hände aus und berührte die Kabinenwände. »Vier Extremitäten, von denen die vorderen nicht mehr zur Fortbewegung verwendet werden. Die Finger besitzen ausschließlich manuelle Geschicklichkeit, Tastsinn und . . .«

»Erfaßt.« Ehe er erleichtert aufatmen konnte, kam bereits ein neuer Einspruch: »Planet Erde ist noch nicht bei der galaktischen Gemeinschaft akkreditiert. Ihr Antrag ist ungültig.«

»Die zahnärztliche Vereinigung von Elektrolus bürgt für mich«, rief Dillingham rasch. Schon begriff er, daß er ohne diese Fürsprache hier nichts erreicht hätte.

»Bestätigt, Probeweise angenommen. Die Aussicht auf eine Immatrikulation ist nach erster Schätzung einundzwanzig Prozent. Gebühren: Dreizehntausendzweihundertundfünf Dollar, vier Cents, sieben Mills, die sofort zu entrichten sind.«

»In Ordnung«, sagte Dillingham erschrocken. Die Tüchtigkeit dieser Maschine, die sich blitzschnell auf seine Sprache und seine irdischen Gepflogenheiten eingestellt hatte, sowie die Aufnahmegebühren deprimierten ihn. Er wußte, daß er damit nur die Kosten für die Aufnahmeprüfung deckte, die siebzig Stunden dauern sollte. Wenn er als Student immatrikuliert wurde, mußte er mehr als hunderttausend Dollar Studiengeld für das erste Semester hinblättern – das heißt, den Gegenwert davon.

Wenn man ihn abwies, war das Geld für die Aufnahmeprüfung futsch.

Sein Bürge, Elektrolus, zahlte das alles. Das hatte Dillingham Trachs diplomatischer Geschicklichkeit zu verdanken. Falls er bei der Prüfung durchrasselte, hatte das keine Folgen für ihn, abgesehen von der Tatsache, daß er sich dann jede Chance verbaut hatte, sich weiterzubilden. Eine eigene Ausbildung an dieser Universität war für ihn als Privatmann unerschwinglich, auch wenn man keine Bürgschaft von einem akkreditierten Planeten verlangte.

Er hoffte, daß die Universität ihm eine Menge zu bieten hatte, wenn er auch mehr als dreizehntausend Dollar für seine Zulassungsprüfung auslegen mußte und nur eine Chance von einundzwanzig Prozent besaß, an der Uni aufgenommen zu werden.

»Heben Sie Ihre vordere Extremität, Schalenseite nach außen.«

Dillingham streckte die linke Hand aus. Die ›Schalenseite‹ konnte in diesem Fall nur der Handrücken sein. Er war nervös trotz der Zusicherung, das alles wäre nur harmlose Routine. Ein Nebel bildete sich um seine Hand, kondensierte und verschwand wieder. Ein leichtes Band lag jetzt um sein Handgelenk.

Die Wand vor ihm hob sich, und Dillingham trat in einen hellen Korridor hinaus. Dillingham hob die markierte Hand und bemerkte, daß die linke Seite hell aufleuchtete, während die rechte Seite erlosch; ganz gleich, wie er die Hand auch drehte, das Leuchten blieb immer links. Er folgte dem Licht.

Am Ende des Korridors erwartete ihn eine Reihe von Fahrstühlen. Auch andere Wesen kamen jetzt den Korridor entlang, von ihren leuchtenden Bändern geleitet. Er selbst wurde zu einer Kabine geführt, deren Tür offen stand. Er trat ein, und die Tür schloß sich sofort, sobald er einen der Haltegriffe berührte.

Die Kabine bewegte sich, aber nicht nach oben oder unten, wie er erwartet hatte, sondern nach hinten. Er hielt sich verzweifelt fest, während die ungeheure Beschleunigung ihn gegen die Tür drückte.

Eine Art Bullauge zur rechten Hand gab den Blick in die Außenwelt frei. Lichter, die wie Blitze vorbeizuckten. Rauschende Dunkelheiten. Falls diese Kontrastpunkte stillstanden, mußte seine eigene Geschwindigkeit phänomenal sein. Sein Magen schlug Saltos, als die Kabine sich neigte und stürzte wie ein Stein von einem Felsen.

Dillingham erinnerte sich an die Fahrten auf der Achterbahn in seiner Kindheit. Doch das Transportsystem auf diesem Uni-Planeten war bestimmt nicht zum Vergnügen errichtet worden. Es ließ nur den Schluß zu, daß lange Wege zurückzulegen waren. Außerdem funktionierten die Fahrstühle nur für Wesen, die das richtige Legitimationszeichen besaßen. Die Bürger der Galaxis nahmen solche Dinge mit einer Selbstverständlichkeit hin, die Dillingham in Erstaunen versetzte.

Schließlich verzögerte der Achterbahn-Fahrstuhl und kam zum Stehen. Die Tür glitt zur Seite, und Dillingham trat benommen in seine neue Behausung, tapfer gegen seine Luftkrankheit ankämpfend.

Das Zimmer war in der Tat eine Erholung. Die Luft war aromatisch süß, das Licht gedämpft und angenehm, und am Spalier vor dem Fenster rankte sich Weinlaub irdischer Prägung. Polsterbänke für Zweifüßler reihten sich an den Wänden. Im Mittelpunkt des Wohnzimmers stand ein schönes, wenn auch geheimnisvolles Gerät.

Irgend etwas bewegte sich aus einer Nische auf ihn zu. Es war ein Wesen, das Dillingham an ein riesiges Nadelkissen erinnerte. Das Nadelkissen besaß zwei Beine und hupte.

»Ich grüße dich, Zimmerpartner«, drang es aus dem Lautsprecher des Apparats im Zentrum des Wohnzimmers. Das Gerät war demnach ein Vielsprachentranslator.

»Guten Tag«, erwiderte Dillingham. Der Translator hupte, und Dillingham überlegte, wie er seinen Zimmergenossen anreden sollte. Auf der Erde kannte man sich in der galaktischen Geographie nun mal nicht aus und wußte nichts vom Sprechverkehr der galaktischen Wesenheiten.

»Nennen Sie ihn Nadelkissen«, wies er das Übersetzungsgerät an. »Benutzen Sie diesen Begriff in allen Bezügen zu seinem Heimatplaneten.«

Dann wendete Dillingham sich wieder seinem Zimmergenossen zu.

»Ich stamme von der Erde. Ich nehme an, Sie wollen sich ebenfalls um einen Studienplatz an dieser Hochschule bewerben?«

Das Translatorgerät hupte. Ein einziges Mal nur. Und der Translator übersetzte: »Ja, natürlich. Offenbar ist dieses Gebäude allen Wesen zugeteilt, die eine 1,0-g-Schwerkraft besitzen, Sauerstoff atmen und aufrecht gehen. Die Verwaltung achtet sorgfältig darauf, daß Studenten mit gleichen Umweltbedingungen zusammengelegt werden.«

Dillingham war verwirrt. Dieses Wesen konnte mit einem Huplaut ganze Sätze ausdrücken und Zusammenhänge herstellen. »Mir ist das alles ziemlich neu«, gestand er. »Ich kenne mich mit den Umgangsformen in der Galaxis noch nicht aus. Ich weiß auch nicht, was mich hier alles erwartet.«

»Ich werde dich mit dem größten Vergnügen herumführen«, sagte das Nadelkissen. »Mein Planet schickt regelmäßig Studenten hierher, zwar erst seit ein paar hundert Jahren; aber immerhin mit wachsendem Erfolg. Die Uni hat sogar ein paar Artgenossen als Lehrbeauftragte eingestellt.« Stolz schwang bei der Übersetzung mit. »Vielleicht schaffen wir es im nächsten Jahrtausend bis zum Honorarprofessor.«

Dillingham konnte sich bereits vorstellen, welches Prestige mit dieser Stellung in der Galaxis verbunden war.

In diesem Moment spuckte der Fahrstuhl einen weiteren Studienbewerber aus. Es handelte sich um einen baumlangen Burschen mit kleinen, blätterähnlichen Tentakeln links und rechts am Rumpf. Das leuchtende Band des Studienbewerbers war um die Borkenhaut am Rumpf befestigt. Das Wesen betrachtete das Weinlaubgeranke und sagte mit einer Stimme, die an raschelndes Laub erinnerte: »Schreckliche Enge.«

Die Geräusche des Übersetzungsgeräts brachten dem Neuling zu Bewußtsein, daß noch mehr Bewerber sich die Behausung teilten. »Ich hoffe, Ihre Bewerbungschancen sind größer als meine«, fuhr das Wesen statt einer Begrüßung fort. »Ich bin ein bescheidener Sproß vom Baumplaneten (das Übersetzungsgerät paßte sich rasch der von Dillingham vorgeschlagenen Symbolsprache an), und trotz meiner gewaltigen Kenntnisse auf dem Gebiet der Zahnchirurgie betragen meine Aussichten nur sechzig Prozent.«

Dazwischen klang ein Hupen heraus. Dillingham bekam den größten Respekt vor dieser Simultanmaschine.

»Da bist du besser dran als ich«, sagte das Nadelkissen. »Ich bin nur mit achtundvierzig Prozent eingestuft.«

Die beiden schauten jetzt Dillingham an. Das Nadelkissen besaß Stiele mit knopfartigen Enden, die wahrscheinlich als Augen dienten. Die gipfelständigen Scheiben des baumlangen Bewerbers zitterten wie Espenlaub.

»Einundzwanzig Prozent«, gestand Dillingham mit roten Ohren.

Es folgte betretenes Schweigen.

»Nun, das sind nur Prozentzahlen, die sich auf die historischen Leistungen deiner Gattung stützen«, sagte das Nadelkissen schließlich. »Wahrscheinlich waren deine Vorfahren miserable Zahnärzte.«

»Ich bezweifle, daß ich überhaupt auf einen Vorfahren verweisen kann«, erwiderte Dillingham. »Die Erde ist noch nicht bei der Galaxis akkreditiert.« Er verkniff sich die Bemerkung, daß die Erde noch nicht einmal die Raumfahrt beherrschte. Noch nie hatte er sich seines Heimatplaneten so sehr geschämt! Aber er hatte bisher auch noch nie als Vertreter seines Planeten bei einem Wettbewerb auftreten müssen.

»Erfahrung und Sachkunde zählen mehr als die Auswertung eines Gerätes«, beruhigte ihn das Baumwesen. »Ich habe sechs Jahre lang auf meiner Heimatwelt praktiziert. Und wenn Sie . . .«

»Oh, ich stehe sogar seit zehn Jahren in meinem Beruf.«

»Siehst du – das wird deine Chancen verdreifachen, wenn man deine Akte studiert«, munterte das Nadelkissen ihn auf. »Man gab dir nur eine geringe Chance, weil sich bisher noch keiner von deinem Planeten an der Akademie beworben hat.«

Hoffentlich behalten die beiden recht, dachte Dillingham. Er bezweifelte jedoch, daß eine so erlauchte Bildungsstätte wie diese galaktische Universität bei der Einstufung ihrer Bewerber mit derart groben statistischen Methoden arbeitete. Die Verwaltung kannte doch seinen

Werdegang ganz genau. Seine mangelnden Kenntnisse der galaktischen Verhältnisse war sein entscheidendes Handicap.

»Gibt es hier – Lehrbücher?« fragte er schüchtern. »Labors? Zahnklinische Einrichtungen? Wenn ich mir die mal ansehe . . .«

»Gute Idee!« rief das Nadelkissen. »Komm mit! Der Behandlungssaal liegt dort drüben. Dazu gehört ein kleines Museum mit zahnärztlichen Geräten.«

Tatsächlich schloß sich dem Wohntrakt ein Flügel an, in dem der Student die Vielfalt der dentalen Technologie in der Galaxis bewundern konnte. Dillingham erkannte sofort, daß er Jahre dazu brauchte, bis er all diese Techniken beherrschte. Deshalb beschloß er, sich erst mal den Texten zu widmen. Diese Texte mußte man in das Übersetzungsgerät stecken. Sie wurden dann in lebensechte Demonstrationen für den Schüler umgesetzt.

»Alter Hut«, meinte das Baumwesen wegwerfend. »Ich denke, ich werde mich erst mal ausruhen.«

Als Dillingham mit einem Armvoll Lehrtexten wieder den Wohnraum betrat, stieg ein neuer Bewerber aus dem Fahrstuhl. Diesmal handelte es sich um einen vierbeinigen Zylinder, dessen Kopf zugespitzt war wie bei einem Ameisenbären. Seine Arme besaßen dünne Kugelgelenke, und die Finger waren dornartige Fortsätze. Dillingham begriff sofort, daß diese Körperstruktur eine ideale Voraussetzung für einen Dentisten bildete. Die Finger waren gleichsam lebende Zahnbohrer, und mit der zugespitzten Schnauze konnte der Student in den Rachen seiner Patienten hineinfahren und brauchte keine Mundspiegel, wenn er sich die Zähne betrachten wollte. Dillingham fragte diesen ›Ameisenbären‹ sofort nach der Begrüßung, wie hoch denn dessen Chancen stünden.

»Achtundneunzig Prozent«, erwiderte der Neue beiläufig. »Angehörige unserer Gattung fallen nur selten durch. Wir sind auf diesen Beruf spezialisiert.«

Spezialisierung – das war nicht die Stärke der menschlichen Körperform, überlegte Dillingham. Der Mensch auf der Erde war auf Vielseitigkeit und Kompromisse eingerichtet. Nur in der Entwicklung seines Gehirns war der Mensch den anderen Lebewesen auf der Erde überlegen.

Offenbar waren die galaktischen Wesen dem Menschen in geistiger Hinsicht alles andere als unterlegen und gehörten schon so lange zur galaktischen Gemeinschaft, daß sie sich auch körperlich zu Spezialisten auf einem beschränkten Aufgabengebiet entwickelt hatten. Zum Beispiel zu Zahnchirurgen. Dillingham beurteilte seine Aussichten, als Student zugelassen zu werden, immer skeptischer.

Ein robotähnliches Wesen und ein Bewerber von Elektrolus vervollständigten schließlich die Wohngemeinschaft. Dillingham hatte nicht gewußt, daß sein Bürgschaftsplanet auch einen eigenen Bewerber entsenden würde.

Sechs verschiedene Wesen, Dillingham selbst eingerechnet – allesamt Dentisten auf ihren Heimatplaneten, allesamt erfahrene Zahnchirurgen, allesamt von Ehrgeiz erfüllt, das Aufnahmeexamen zu bestehen. Und allesamt männlichen Geschlechts – im Prinzip. Die Universität hielt streng auf Trennung der Geschlechter. Dies hier war nur ein kleiner Wohnraum in einer riesigen Stadt, die ausschließlich für die Studienbewerber reserviert war. Der übrige Planet wurde von den Seminaren und Instituten der Universität in Beschlag genommen.

Das alles erfuhren die Bewerber noch am gleichen Abend bei einer Einführungsstunde. Das blaue Licht ihrer Identitätsbänder führte sie in die Vortragshalle. Der Saal hatte gigantische Ausmaße; doch nur die Sauerstoffatmer versammelten sich hier. Im Saal mußten fast fünfzigtausend Wesen versammelt sein. In den anderen Hallen wurden zur gleichen Zeit andere Lebensformen in den Universitätsbetrieb eingewiesen.

Nach jedem Semester verließen über eine Million hochqualifizierte Zahnärzte die Universität. Zu Beginn eines jeden Semesters traten rund zwanzig Millionen Studenten ihr Studium an. Dillingham hatte keine Ahnung, wie viele Semester man bis zum Abschlußexamen brauchte. Offenbar gab es hier zeitlich variable Studienprogramme. Doch die Ausschußziffer war beängstigend. Dabei stellte die Zahl der Bewerber nur einen kleinen Prozentsatz aller praktizierenden Zahnärzte in der Galaxis dar. Die Bewerber waren die Elite der Galaxis in ihrem Beruf, denn die Zulassung an der Universität setzte eine abgeschlossene Ausbildung auf dem Heimatplaneten voraus.

Auf jedem zivilisierten Planeten gab es nur eine Handvoll Absolventen der galaktischen Universität. Diese Spitzenkönner bekamen ganz automatisch einen Lehrstuhl an den besten Fachakademien ihrer Planeten, wurden als Kapazitäten zu den schwierigsten Fällen hinzugezogen und verdienten sich goldene Nasen. Selbst Abgänger ohne abgeschlossene Ausbildung brauchten sich um ihre Zukunft nicht zu sorgen.

Die Lehrkräfte für die Universität suchte man unter den zehn besten Absolventen jeden Jahrgangs aus. Die besten hundert Absolventen – bei einer Million Prüflingen, die ihr Examen bestanden – wurden für ein Spezialstudium ausgewählt und an der Universität zurückbehalten.

Der Verwaltungsstab der Hochschule setzte sich im

wesentlichen aus Absolventen der Verwaltungsakademie zusammen, die auf einem anderen Planeten angesiedelt war. Diese Beamten – die selbstverständlich ausgebildete Zahnärzte waren – besaßen ungeheure Machtbefugnisse. Der Rektor der Universität war gewissermaßen der Diktator dieses Uni-Planeten, und seine Erlasse galten auf allen zivilisierten Planeten der Galaxis als Gesetz, was die Zahnheilkunde betraf. Keine Bildungsstätte auf der Erde hatte so viel Macht wie die galaktischen Hochschulen. Die galaktische Rektorenkonferenz konnte mit ihren Vollmachten und Vollzugsorganen jeden Planeten unter Quarantäne stellen, der gegen die Richtlinien der Universitäten verstieß. Und da die Quarantäne auf allen Gebieten wirksam wurde, hatte sie verheerende Folgen. In einem Lehrbeispiel wurde gezeigt, welche Auswirkungen eine Quarantäne hatte: Innerhalb eines Jahres war der betroffene Planet in die Anarchie zurückgefallen. Was sich daran anschloß, war kein schöner Anblick.

Dillingham begriff, daß ein galaktisches Universitätsstudium die Anforderungen einer gewöhnlichen Praxis bei weitem übertraf. Kein Wesen von der Erde konnte sich einen Begriff von den Techniken machen, die hier als selbstverständlich vorausgesetzt wurden. Was er sah, brachte ihn aus dem Staunen nicht mehr heraus. Sein Traum von der Bildung um der Bildung willen zerplatzte wie eine Seifenblase. Diese Ausbildung hier war viel zu wertvoll, um nur den Bildungshunger eines Individuums zu stillen. Kein Wunder, daß die Absolventen auf ihren Planeten dem Gemeinwohl dienten. Das Studium war für den Bürgschaftsplaneten weniger eine Frage des Geldes, sondern vielmehr eine kulturelle und technologische Investition.

Dillinghams Kommilitonen blieben von seinen Vorstellungen unbeeindruckt. »Jeder Bewerber weiß, daß die Universitäten eine galaktische Macht darstellen«, meinte das Baumwesen. »Die Uni ist nur eine unter vielen und bei weitem nicht die wichtigste. Wenn ich nur an die Finanzakademie denke . . .«

». . . oder die Verkehrsakademie«, fügte das Nadelkissen hinzu. »Jedes Raumschiff, jeder Transmitter wird von den Absolventen der Uni entworfen und bedient . . .«

». . . oder die Fernmeldeakademie«, fiel ihm der Ameisenbär ins Wort. »Die Fernmeldeakademie hat mehrere Uni-Planeten – keiner von ihnen ist so ein schäbiger Himmelskörper wie dieser Zahnarztglobus. Ohne technische Verständigungsmittel gibt es keine Zivilisation. Dabei fallen ein paar kranke Zähne doch gar nicht ins Gewicht.«

Dillingham war schockiert. »Ihr seid doch alle Zahnärzte! Wie könnt ihr das Leben, dieses gigantische Wissen, das hier vermittelt wird, eure Verantwortung – wie könnt ihr das alles so gering achten!«

»Aber, aber«, meinte der Ameisenbär, »die Technologie der Zahnheilkunde hat sich seit einem Jahrtausend nicht mehr verändert. Die Uni ist ein Fossil, ein uralter Zopf. Warum soll man sich über alte Klamotten ereifern?«

»Man darf sich durch Ideologien nicht den Kopf vernebeln lassen«, pflichtete Baumwesen dem Ameisenbär bei. »Ich studiere hier, weil ich mir damit zu Hause eine Lebensstellung sichern kann. Ich brauche nicht mal mehr eine Praxis zu führen. Ich werde nur als Sachverständiger arbeiten. Wir bekommen hier die beste Ausbildung in der Galaxis – das wissen wir alle –, aber man muß schließlich die Dinge aus der richtigen Perspektive betrachten.«

Die anderen Kommilitonen stimmten ihm zu. Dillingham erkannte, daß er mit seiner Ansicht alleine stand.

Die anderen interessierten sich für das Studium nur, weil ein galaktischer Doktorgrad ihnen finanzielle Vorteile und Privilegien verschaffte. Bildung an sich war für sie kein Wertbegriff.

Und diese Kommilitonen hatten allesamt größere Chancen als er, an der Uni aufgenommen zu werden. War seine Ansicht vom Studium demnach verkehrt?

Am nächsten Tag absolvierten sie die erste praktische Prüfung. Dillingham mußte mit den klinischen Geräten der Uni eine Reihe von Aufgaben erfüllen: Zahnziehen, polieren, bohren und plombieren mit Amalgam, anatomisch vermessen. Abdrücke von ihm bekannten und unbekannten Kiefern herstellen. Er mußte diagnostizieren und verordnen. Er mußte seine Kenntnisse und Fertigkeiten in allen Phasen der Laborarbeit beweisen, wobei er seine Wissenslücken und Schwächen immer deutlicher erkannte. Instrumente waren in reicher Vielzahl vorhanden, und er hatte keine Mühe, sich mit dem Instrumentarium vertraut zu machen. Aber die Bestecke und Geräte wiesen einen so hohen Grad an Präzision und Spezialisierung auf, daß er fürchtete, seine eigenen Fähigkeiten könnten viel geringer als die seiner Patienten sein, die er mit diesen Instrumenten behandeln sollte.

Die ersten Übungen waren reine Routineaufgaben, und er erledigte sie mühelos in der vorgeschriebenen Zeit. Doch allmählich wurden die Aufgaben immer schwieriger. Er mußte sich konzentrieren wie noch nie im Leben, um die Aufgaben überhaupt zu bewältigen, geschweige denn in der vorgeschriebenen Zeit. Ein paar Kiefer waren so fremdartig, daß er nicht einmal ihre Funktion begriff. Hier mußte er sich achselzuckend geschlagen geben, obwohl die Zahnbehandlung bei diesen Kiefern gar nicht so kompliziert zu sein schien. Seine Zurückhaltung, diese Kiefer zu behandeln, gründete sich auf seine jüngsten Erfahrungen in der galaktischen Zahnpraxis. Manchmal traten die verrücktesten Komplikationen auf, wenn man bei anscheinend ›harmlosen‹ Zähnen einen Eingriff machte. Deshalb weigerte Dillingham sich, ein Modellstück zu behandeln, wenn diese Behandlung sich vielleicht schlimmer für den Patienten auswirken konnte, als gar keine Behandlung.

Während der Pausen unterhielt er sich mit seinen Kommilitonen, die in den angrenzenden Praxisräumen – jeder hatte sein eigenes Labor und sein eigenes Behandlungszimmer – arbeiteten. Voll Schrecken stellte er fest, daß keiner der anderen Mühe bei der Bewältigung seiner Aufgaben hatte.

»Wie hast du denn die Füllung bei Nummer 17 hergestellt?« fragte er das Baumwesen. »Bei diesem Fall war doch keine obere Kinnlade vorhanden, um sich ein Bild von den Schneidezähnen machen zu können!«

»Ach – das war ein Oopoo-Kiefer«, meinte das Baumwesen wegwerfend. »Die Oopoos haben keine oberen Schneidezähne, nur eine Knochenplatte ohne besondere Formung. Wußtest du das denn nicht?«

»Kennst du denn alle Kiefertypen in der Galaxis?« fragte Dillingham, mehr im Scherz.

»Selbstverständlich. Ich habe die Lehrbücher über die Zähne jeder galaktischen Spezies studiert. Wir Baumwesen vergessen nie etwas, das wir einmal gelesen haben.«

O Gott! Ein photographisches Gedächtnis! Wie konnte ein schlichter Mensch so vermessen sein, mit einem Wesen zu konkurrieren, das eine Million Bücher lesen konnte, ohne ein Wort vom Text zu vergessen. Jetzt begriff Dillingham erst richtig, warum seine Aufnahmechance so gering war. Vielleicht war sein Prozentsatz noch viel zu hoch gegriffen.

»Was war denn Nummer 36, der letzte Fall?« fragte Nadelkissen. »Ich habe den Kiefer nicht wiedererkannt, obwohl ich sie doch alle studiert habe.«

Baumwesen schrumpfte sichtlich zusammen. »Ich habe so einen Kiefer hier auch zum erstenmal gesehen«, gestand er seinen Kommilitonen. »Entweder war er außergalaktisch oder eine theoretische Scheinform, um unser Reaktionsvermögen zu testen.«

»Auf jeden Fall war es sonnenklar, was wir mit dem Kiefer anfangen sollten« warf der Ameisenbär ein. »Ich habe das Ding in vier Sekunden poliert.«

»Vier Sekunden!« echoten die anderen verblüfft.

»Und, wir sind solchen Routineaufgaben organisch angepaßt«, meinte Ameisenbär ein wenig gönnerhaft. »Unsere Bohrer und Polierscheiben und was sonst noch dazugehört sind uns angeboren. Nur die Diagnose macht uns Kopfzerbrechen. Nummer 36 war eine simple Labialhöhle. Hier wurde ein plastoider Unterbau verlangt und eine metallische Deckschicht, die man für siebenunddreißig Mikrosekunden bis auf 540 Grad Celsius erhitzen mußte.«

»Neununddreißig Mikrosekunden«, korrigierte Baumwesen mit einer Spur von Selbstgefälligkeit. »Du hast die Absorption im Rotspektrum bei der Beleuchtung nicht berücksichtigt.«

»Selbstverständlich habe ich meine eingebaute Organlampe verwendet«, erwiderte Ameisenbär ebenso selbstgefällig. Er ließ ein gelbes Licht in seiner spitzen Schnauze aufflammen. »Hier gibt es keine Absorption im Rotspektrum. Außerdem weicht meine Metallverbindung geringfügig von der Standardmischung ab, was ebenfalls die kürzere Schmelzzeit erklärt. Dennoch ist dein Einwand vollkommen richtig. Ich hoffe, daß keiner von den anderen vergessen hat, den Absorptionsfaktor zu berücksichtigen.

Der Elektrolyt sackte um ein paar Zentimeter zusammen. »Doch«, meinte er kleinlaut.

Dillingham war viel zu benommen, um auch noch niedergeschlagen zu sein. Hatten alle seine Mitbewerber den Fall Nr. 36 so rasch diagnostizieren können? Waren sie alle so scharfsichtig, daß sie automatisch die Wellenlängen eines Lichtstrahls ausrechnen konnten? Waren die Instrumente für Meßzahlen geeicht, die er nicht kannte? Er hatte den Kiefer eingehend studiert und sich schließlich achselzuckend abgewandt, als die Zeit um war. Zugegeben – die Zahnhöhle hatte ganz simpel ausgehen – zu simpel für seinen Geschmack. Wäre es möglich, daß hier nur ...

Ein Summer ertönte und rief sie zur letzten Prüfungsrunde. Jeder verschwand in der ihm zugeteilten Praxis.

Dillingham studierte Kiefer Nr. 41. Er kämpfte gegen sein Gefühl des Unvermögens an, als Baumwesen über den Translatoranschluß den Ameisenbär fragte: »Ich komme mit dieser geschlängelten Ausbohrung nicht zurecht. Könntest du mir nicht mal einen Moment deine Schnauze leihen?«

Das ist natürlich nur ein Scherz, dachte Dillingham. Eine Aussprache nach der Prüfung war vollkommen in Ordnung. Doch gegenseitige Unterstützung während der Prüfung ...

»Aber gern«, hörte er die Antwort des Ameisenbären. Kurz darauf kam der Ameisenbär an Dillinghams Labor vorbei und betrat den Prüfungsraum des Baumwesens.

Man hörte das hohe Zwitschern seines eingebauten Schnellbohrers. »Schrecklich, wenn man sich auf künstliche Werkzeuge verlassen muß«, kamen Ameisenbärs Worte über den Translatoranschluß. »Ich frag' mich wirklich, wie ihr euch überhaupt für dieses Studium qualifizieren wollt.«

»Na ja«, erwiderte Baumwesen gutgelaunt – und revanchierte sich kurze Zeit später mit einer Diagnose, die sich auf einen uralten Text stützte, den Baumwesen vor Jahren einmal gelesen hatte. Diesmal hatte Ameisenbär Schwierigkeiten. »Jeder Punkt zählt!« bemerkte Baumwesen. »Wir wollen uns doch im Wettbewerb nicht gegenseitig aus dem Rennen werfen!«

Dillingham quälte sich weiter. Diese Episode machte ihm zu schaffen. Selbstverständlich hatte in den Examensbedingungen nichts davon gestanden, daß man sich nicht gegenseitig helfen dürfe. Doch Dillingham setzte stillschweigend voraus, daß das Mogeln bei der Prüfung verboten war.

Kiefer Nummer 41 war ein anderes Problem. Bei Nummer 36 hatte es kurz und bündig geheißen: »Tun Sie, was nötig ist.« Doch hier lautete der Text: »Fertigen Sie eine geeignete mesookklusodistale Metallfüllung für den schadhaften fünften Molaren in diesem humanoiden Kiefer an.«

Das war natürlich ohne weiteres zu schaffen. Trotz der eigenartigen anatomischen Struktur des Kiefers – wenn man irdische Maßstäbe anlegte –, war dieser Kiefer humanoid und Dillingham deshalb einigermaßen vertraut. Die Menschen hatten nur drei Backenzähne in einer Reihe; doch andere Spezies besaßen noch mehr Backenzähne hintereinander oder nebeneinander.

Inzwischen beherrschte Dillingham seine komplizierten Instrumente schon so gut, daß er die Füllung in einem Bruchteil der Zeit herstellen konnte, die er auf der Erde dafür gebraucht hatte. Kein Problem für ihn, die Füllung in der vorgegebenen Zeit zu formen, zu gießen und einzusetzen.

Doch seine Erfahrung und das Studium des Prüfungsstückes verboten ihm, der Anweisung Folge zu leisten. Er hielt die Metallfüllung nicht für angemessen. Erstens mußte er dafür viel mehr gesundes Zahnbein entfernen, als notwendig war. Zweitens warnte ihn eine auffallende Röte des Zahnfleisches vor einer Entzündung, die auf ein peridentales Leiden hindeutete.

Schließlich entschloß er sich zu einer provisorischen Füllung. Er hoffte, man würde ihm bei der Auswertung seines Tests Gelegenheit geben, seine Behandlung zu verantworten. Aber er fürchtete, daß er bereits durchs Examen gerasselt war. Die Zeit reichte einfach nicht, er wußte zu wenig, und die Konkurrenz war ihm turmhoch überlegen.

Die praktische Prüfung war am Spätnachmittag zu Ende. Am Abend hatten die Kandidaten frei. Am folgenden Tag sollten sie das schriftliche Examen ablegen; eine kombinierte schriftliche, mündliche und praktische Prüfung. Deshalb büffelte jeder eifrig seine Prüfungstexte. Nur Baumwesen nicht. Er diktierte einen langen Brief nach Hause.

Dillingham studierte die dreidimensionalen Bilder und lauschte den Begleittexten. Er mußte so viel in so kurzer Zeit lernen! Das Lehrmaterial war faszinierend, aber wie sollte er das alles im Gedächtnis behalten? Wieviel Material mußte er während des Studiums denn noch verarbeiten, wenn man bereits das ganze Fachwissen der Galaxis beherrschen mußte, um überhaupt als Student aufgenommen zu werden! Zahntransplantationen? Gewebeerneuerung? Erzeugung von lebendigem Zahnschmelz statt primitiver Metallfüllungen?

Der Fahrstuhl öffnete sich. Ein Wesen, das einer wandernden Auster glich, trat in den Wohnraum. Die meterlange Schale klaffte auf, so daß man die Stielaugen und einen verhältnismäßig kleinen Mund sehen konnte.

»Ist das die – die Zahnklinik?« erkundigte sich die Auster furchtsam.

»Bei meinen Purpelkiemen!« fluchte Nadelkissen leise. »Einer von diesen unverschämten Bettlern! Ich dachte, man hätte diese Burschen schon vor hundert Jahren aus dem Universitätsgelände verbannt!«

Baumwesen, das dem Fahrstuhl am nächsten war, schaltete seinen Sektor des Translators ab und knurrte: »Der ganze Planet ist eine einzige Zahnklinik, du Dummkopf! Aber dieses Zimmer ist eine Privatunterkunft.«

Die Auster ließ sich nicht abweisen. »Aber ihr seid doch ausgebildete Zahnärzte, nicht wahr? Ich habe so schreckliche Zahnschmerzen . . .«

»Wir sind Studienbewerber«, wies das Baumwesen die Auster schroff zurecht. »Du suchst eine Klinik. Hier ist keine. Jetzt schwirr wieder ab.«

»Aber die Klinik hat doch geschlossen! Bitte, mein Kiefer tut so weh, daß ich nichts essen kann! Ich bin eine alte Auster . . .«

Baumwesen schaltete einfach seinen Translator ab und widmete sich wieder seinem Brief. Schweigen senkte sich über den Raum.

Doch Dillingham konnte sich mit dieser Lage nicht abfinden. »Hat denn kein Zahnarzt Dienst, den Sie aufsuchen können, damit er Ihnen bis morgen früh eine schmerzstillende Einlage macht? Wir bereiten uns nämlich auf ein sehr wichtiges Examen vor.«

»Ich habe keinen Kredit – keine Frummstiche – kein Geld für eine private Behandlung«, klagte die Auster. »Die Klinik ist über Nacht geschlossen, und mein Zahn . . .«

Dillingham starrte den Bücherstapel vor sich an. Er hatte so wenig Zeit und die Texte waren so wichtig. Er mußte sich morgen in der mündlichen Prüfung bewähren, wenn er die Schlappe von heute ausbügeln wollte.

»Bitte«, wimmerte die Auster, »es tut so schrecklich weh . . .«

Dillingham gab nach. Er hatte keine Ahnung, ob die Satzungen der Uni ihm eine Behandlung erlaubten. Aber er mußte doch etwas tun! Immerhin hatte er inzwischen so viel gelernt, daß er sich zutraute, die Schmerzen dieses Patienten lindern zu können.

»Kommen Sie mit«, sagte er.

Nadelkissen fuchtelte mit seinen Nadeln – hochempfindlichen Zellgebilden, die komplizierte Handgriffe ausführen konnten. »Aber nicht in der Praxis nebenan!« protestierte er. »Wie sollen wir uns auf unseren Stoff konzentrieren, wenn du nebenan Krach machst?«

Dillingham unterdrückte seinen Zorn und führte seinen Patienten zum Fahrstuhl. Nach einigen Irrfahrten fand er ein leerstehendes Testlabor im Bewerberblock. Glücklicherweise waren die Simultantranslatoren überall im Gebäude angebracht, so daß er sich mit dem fremden Wesen unterhalten und sich über dessen Leiden ein Bild machen konnte.

»Der große, flache Zahn«, sagte das Wesen, während es sich auf den Behandlungsstuhl setzte und seine Schale öffnete. »Er tut höllisch weh.«

Dillingham betrachtete die Zähne. Der Patient litt Schmerzen, das war klar. Die meisten Zähne waren mit Standardplomben aus Plastizin behandelt. Doch eine davon war aus einem Zahn herausgefallen. Es handelte sich hier um eine Klasse-II-Füllung. Der hohle Zahn war mit faulenden Speiseresten vollgestopft. (Seetang?) und machte dem Patienten zweifellos Beschwerden.

»Sie müssen wissen«, erklärte Dillingham dem Patienten, »daß ich hier in der Klinik nicht als praktizierender Zahnarzt anerkannt werde. Ich bin noch nicht einmal als Student zugelassen. Ich besitze weder die Vollmacht noch die Ausbildung, die es mir erlauben, Ihre Zähne fachgerecht zu behandeln. Ich kann den hohlen Zahn nur reinigen und versuchen, den Schmerz zu lindern, so daß Ihr Zustand bis morgen früh, wenn die Klinik öffnet, erträglicher wird. Dann wird ein zugelassener Zahnarzt die Behandlung durchführen. Verstehen Sie, was ich meine?«

»Es tut schrecklich weh«, klagte die Auster.

Dillingham suchte den Planeten des Patienten aus dem galaktischen Adreßbuch und ließ sich von der Automatik die Formel für ein angemessenes Betäubungsmittel geben. Der Robotapotheker spuckte eine Tube und einen Tupfer aus. Dillingham drückte das Betäubungsmittel aus der Kunststofftube und verteilte es vorsichtig mit dem Tupfer neben dem schadhaften Zahn auf dem Kiefer. Er mußte sein Temperament beherrschen, weil der Patient selbst bei dieser harmlosen Operation nicht stillsitzen wollte. Während Dillingham wartete, bis das Betäubungsmittel wirkte, ließ er sich vom Translatorgerät weitere Informationen geben. Der ›Übersetzer‹ war ein sehr vielseitiges Gerät.

»Die beherrschende Gattung des Planeten Auster«, gab der Translator Auskunft. »Außerordentlich intelligente, nicht spezialisierte, emotional ausgeglichene Lebensform.« Dillingham versuchte, diese Informationen mit dem Verhalten seines Patienten in Einklang zu bringen. Sein Patient schien erheblich von der Norm der Austern abzuweichen. Dillingham ließ sich noch mehr Auskünfte über die Austern geben – über ihre physische Konstitution, ihre Lebenserwartung und wie vorsichtig man bei der Zahnbehandlung bohren mußte. Allerdings bekam er keinen Hinweis, daß gegen eine Notbehandlung Bedenken bestanden.

Er führte einen Spreizer ein (ungeachtet der Proteste des Patienten), und entfernte mühelos die Speisereste mit einem Löffelreiniger.

Doch beim Anblick des Diamantbohrers zuckte die Auster zusammen. »Tut schrecklich weh!« winselte das Wesen.

»Ich habe Ihnen eine entsprechende örtliche Betäubung gegeben«, erklärte Dillingham geduldig. »Sie werden keine Schmerzen spüren. Nur eine leichte Vibration. Es tut überhaupt nicht weh. Sehen Sie? Das ist ein ganz gewöhnlicher Bohrer, mit dem Sie schon öfters behandelt worden sind.« Im stillen staunte Dillingham, wie rasch er sich den Standardgeräten der Galaxis angepaßt hatte. Dieser Bohrer arbeitete mit 250 000 Umdrehungen pro Minute, war also den Hochgeschwindigkeitsbohrern der Erde turmhoch überlegen. Die Wirkung war geradezu phänomenal. »Ich muß das angegriffene Zahnbein entfernen und . . .«

Die Auster klappte einfach ihren Mund und dann ihre Schale zu. »Tut schrecklich weh!« drang es durch die zusammengepreßte Schale.

Dillingham dachte daran, wieviel kostbare Zeit hier vergeudet wurde. Wenn er nicht bald zu seinen Prüfungstexten zurückkehrte, verspielte er auch seine letzte Chance, das schriftliche Examen zu bestehen.

Er seufzte und legte die Bohrmaschine zur Seite. »Vielleicht kann ich die Zahnhöhle auch mit dem Handbesteck reinigen«, murmelte er. »Dazu brauche ich aber diesen Speicheldamm aus Gummi, weil es mit dem Handbesteck viel länger dauert.«

Ein Blick auf den Patienten belehrte ihn, daß auch der Speicheldamm nicht in Frage kam. Dillingham unterdrückte einen Fluch und legte den Gummidamm ins Fach zurück. Mit diesem Gerät hätte er das Operationsfeld sauber und trocken halten können, während er das angegriffene Zahnbein entfernte.

Jetzt mußte er einen Knochenmeißel nehmen, um durch das überstehende Zahnbein bis an die Höhlung heranzukommen. Jedesmal, wenn er den kleinen Hammer hob, zuckte der Patient zusammen. Dillingham wünschte sich seine Assistentin herbei. Auf der Erde hatte Miss Galland auch den nervösesten Patienten zum Stillsitzen gebracht. Er schielte hinüber zur Hammermaschine. Aber das Gerät kam natürlich ebenfalls nicht in Frage. Dieser Patient hätte vor Schreck wahrscheinlich den Hammer verschluckt.

Es war eine verdammt heikle und schwierige Behandlung. Er mußte immer wieder den Meißel neu ansetzen, um die Wände der kugelförmigen Höhlung zu reinigen. Er konnte kaum sehen, was er da tat. Er hätte eine dritte Hand gebraucht, die ihm den Mundspiegel über das Operationsfeld hielt. Er mußte die Füllung schräg in die Zahnkrone hineinpressen. Eine Klasse-II-Füllung als Provisorium herzustellen war viel schwieriger als eine permanente Plombe. Die Arbeit war eine Zumutung, wenn man keine Geräte dabei verwenden durfte. Er hätte die

Behandlung ohne weiteres beschleunigen können. Schließlich mußte die Füllung ja nur bis zum Morgen halten. Aber Dillingham hatte nicht das Talent zum Pfuschen. Selbst bei einem Provisorium nicht.

Eine halbe Stunde verging, ehe er den Heißluftbläser nahm, die Zahnbeinsplitter aus der Höhlung entfernte, das Loch mit Alkohol ausspritzte und es anschließend wieder trocknete.

»Ich werde das Loch jetzt mit einer Wachsfüllung schließen«, klärte Dillingham die Auster auf. »Sie dürfen nur nicht zu kräftig kauen, dann wird die Füllung bestimmt bis zum Morgen halten.« Wahrscheinlich mußte sie noch viel länger halten, denn die Beschwerden hatten sicher schon begonnen, als die alte Füllung sich gelockert hatte. Der Patient war erst zur Behandlung gekommen, als die Schmerzen unerträglich geworden waren. Jetzt tat der Zahn nicht mehr weh, und die Auster würde erst wieder einen Zahnarzt aufsuchen, wenn die Füllung erneut zu Bruch ging. Offenbar war die schlechte Angewohnheit, sich um die Behandlung zu drücken, solange es ging, nicht nur auf die Menschheit beschränkt.

»Nein«, knurrte die Auster eigensinnig, »Wachs schmeckt schlecht.«

»Das ist doch nur Pseudowachs – steril und für die meisten Lebensformen geschmacklos! Außerdem soll die Füllung ja nur ein paar Stunden im Mund bleiben. Sobald Sie sich in der Klinik zur Behandlung melden . . .«

»Schmeckt schlecht!« wiederholte der Patient störrisch und klappte die Schalen zu.

Dillingham dachte wütend daran, wie das Übersetzungsgerät diese Austerwesen charakterisiert hatte: »Außerordentlich intelligente, emotional ausgeglichene Lebensform.« Du lieber Himmel! Er preßte die Zähne zusammen und verlangte vom Robotapotheker ein Amalgam.

»Scheußliche Farbe«, protestierte die Auster.

»Aber das Amalgam ist doch nur deshalb rot pigmentiert, damit man erkennt, daß es sich um eine provisorische Füllung handelt! Die Farbe entstellt Sie nicht. Die Füllung muß rot sein, damit in der Universitätsklinik keine Mißverständnisse aufkommen.«

Die Auster schloß auch den letzten Spalt in ihrer Schale und klemmte Dillingham fast die Fingerspitzen ab. »Scheußliche Farbe«, wiederholte sie dumpf.

Hier handelte es sich nicht nur um einen launischen Patienten. Wahrscheinlich dachte der Bursche gar nicht daran, in die Klinik zu gehen, um sich nachbehandeln zu lassen. Er wollte sich eine echte Plombe erschwindeln.

»Was für eine Farbe würde Ihnen denn passen?«

»Gold.« Die Schale klaffte wieder einen Spalt auf.

Natürlich, immer wieder das gleiche Lied. Aber es war immer noch besser, nachzugeben, als diesen Patienten auf den richtigen Instanzenweg zu zwingen. Er konnte ja morgen den Fall den Universitätsbehörden melden, die dann die Auster zwangsweise vorführen ließen, um Dillinghams Arbeit sachkundig zu prüfen.

Diesmal spuckte der Robotapotheker Goldfolie aus. Dillingham legte sie in den Miniatur-Schmelzofen und wartete, bis das Gold weich wurde.

»Sie verbrennen ja das kostbare Gold!« protestierte die Auster.

»Keineswegs. Ich erhitze das Gold nur, damit es besser haftet. Sehen Sie, ich . . .«

»Heiß«, unterbrach ihn die Auster. Dillingham hätte ja auch ein Metall verwenden können, das nicht so gut haftet. Aber das wäre ein Nachteil für den Patienten gewesen. Dillingham geizte nie mit seiner Zeit, wenn die Behandlung darunter litt.

Endlich hatte er so viel Gold aufbereitet, daß er den Zahn damit füllen konnte. Er trug die erste Metallschicht auf und wollte sie gerade feststampfen, als die Tür des Fahrstuhls aufflog.

Ein zweites Austernwesen stürzte in den Behandlungsraum und schwang ein durchsichtiges Rohr. »Schuft!« rief das Wesen, »du vergreifst dich an meinem Großvater?«

Dillingham rang nach Fassung. »Ihr *Großvater?* Ich lindere seine Schmerzen, damit ...«

»Pah, Schmerzen lindern! Du marterst ihn, meinen armen, lieben, gequälten Großvater, du Scheusal!«

»Aber ich behandle doch nur seinen hohlen Zahn!«

Der Austernenkel richtete das Rohr auf Dillingham. Dillingham ahnte, daß das Rohr eine gefährliche galaktische Waffe war. »Laß meinen Großvater in Ruhe! Ich habe genau beobachtet, wie du einen spitzen Nagel in sein ehrwürdiges Gebiß hineingeschlagen hast! Du bist ein Sadist! Ich nehme meinen Großvater sofort mit und bringe ihn nach Hause!«

Dillingham wich keinen Zentimeter zur Seite – aus Klugheit, nicht aus tollkühnem Übermut. Und aus moralischer Überzeugung. »Ich muß erst die Behandlung abschließen. Ich kann den Patienten nicht mit einem aufgebohrten Zahn entlassen.«

»Bestie! Pervertiertes Wesen! *Humanoide!«* kreischte die junge Auster. »Ich werde dich in Atome auflösen!«

Gleißendes Licht schoß aus dem Rohr. Der Metallhammer in Dillinghams Hand schmolz und tropfe auf den Boden.

Gleichzeitig sprang Dillingham auf die Auster zu und rang mit ihr um die Strahlenwaffe. Die gewaltigen Schalen klappten zu, als sie beide zu Boden stürzten. Dillingham wollte sich wieder aufrichten. Sofort zog die Auster all ihre Extremitäten ein. Sie war jetzt nur noch ein zwei Zentner schweres Gewicht, das Dillinghams rechte Hand zwischen den Schalen eingeklemmt hatte.

»Schänder der Unschuld!« preßte die junge Auster zwischen ihren Schalen hervor. »Provokateur! Aggressor! Nimm deine dreckige Pfote aus meinem Ohr!«

»Das tue ich mit Vergnügen, mein Freund, sobald du meine Hand losläßt«, erwiderte Dillingham keuchend. Was für eine unmögliche Situation für einen Zahnarzt!

»Hilfe! Ein Schlächter! Ein Rassenmörder!«

Dillingham fand endlich wieder festen Halt und riß an seinem Arm. Die Auster hing zwar mit ihrem ganzen Gewicht daran, öffnete aber wieder ihre Schalen. Dillingham setzte sich rasch auf die Auster, damit sie sich nicht ganz öffnen konnte, und betrachtete seine gequetschte Hand.

Das Blut tropfte aus unzähligen Kratzwunden unterhalb des Handgelenkes. Die Hand tat zwar ganz schön weh; aber ernsthaften Schaden hatte sie nicht genommen.

»Laß meinen Enkel los!« zeterte jetzt die alte Auster. »Sie haben kein Recht, meinen Enkel so zu knebeln! Wir leben hier auf einem freien Planeten!«

Dillingham war jetzt sicher, daß das Übersetzungsgerät sich geirrt haben mußte. Diese Austern gehörten *nicht* zu den vernunftbegabten Wesen. Er erhob sich rasch und griff nach dem Strahler.

»Meine Herren – es tut mir leid, wenn ich Ihre Haltung aus Unkenntnis Ihrer Sitten und Gebräuche mißverstanden habe. Aber ich muß darauf bestehen, daß der junge Mann dort das Labor räumt.«

Die junge Auster spähte zwischen halb geschlossenen

Schalen heraus. »Unselige Kreatur! Fresser von Meeresgeschöpfen! Wie kannst du nur solche Forderungen stellen!«

Dillingham richtete den Strahler auf die junge Auster. Er hatte zwar keine Ahnung, wie man das Ding auslöste, hoffte jedoch, den jungen Mann mit seiner Drohung zu bluffen. »Bitte, verlassen Sie sofort den Raum! Ich werde Ihren Großvater entlassen, sobald die Behandlung abgeschlossen ist!«

Der Austernenkel schielte jetzt auf die Waffe, brummelte zwar, aber gehorchte schließlich doch. Dillingham legte sofort die Sperre vor die Fahrstuhltür, als die Auster verschwunden war.

Die alte Auster saß wieder im Behandlungsstuhl. Sie hatte irgendwie die Lehne verstellt, so daß sie jetzt wie in einem Korb bequem ruhte.

»Sie entwickeln viel mehr Mut, als man Ihnen beim ersten Blick zutraut«, sagte die Auster. »Ich habe den Jungen noch nie zur Vernunft bringen können.«

Dillingham betrachtete die erstarrten Metalltropfen auf dem Boden. Der Hitzestrahl war verdammt knapp danebengegangen. Seine Hände fingen jetzt erst an zu zittern, als er sich vorstellte, in welcher Gefahr er geschwebt hatte. Er war kein Mann, der Gewalttätigkeiten liebte. Um so mehr überraschte ihn jetzt seine Reaktion.

»Aber er ist ein guter Junge«, fuhr die alte Auster fort. »Ein bißchen ungestüm, aber das hat er von mir geerbt. Ich hoffe, Sie werden dieses kleine Mißverständnis nicht weitermelden.«

Daran hatte Dillingham nicht gedacht. Selbstverständlich war es seine Pflicht, ausführlich über diesen Zwischenfall zu berichten. Kostbares Gerät konnte bei dem Handgemenge verlorengegangen sein, ganz zu schweigen von der Lebensgefahr, in der er selbst geschwebt hatte. »Ich fürchte, das läßt sich nicht vermeiden«, sagte Dillingham laut.

»Aber die Behörden hier sind so schrecklich stur!« klagte die alte Auster. »Man wird meinen armen Enkel in einen stinkenden Salzweiher werfen! Man wird ihn jede Stunde in reinem Essig kochen! Seine Kinder werden geächtet!«

»Ich kann das Gesetz nicht in die eigenen Hände nehmen.« Aber das hatte er doch bereits getan! »Das Gericht – oder was für eine disziplinarische Instanz auf diesem Planeten zuständig ist – muß entscheiden. Und ich schreibe einen ausführlichen Bericht über den Vorfall.«

»Aber der Junge hat sich doch nur um seinen Großvater gesorgt! Für die Austern ist die Pflege der Ahnen heilige Pflicht! Er ist ein guter...«

Die Auster unterbrach sich, als Dillingham energisch den Kopf schüttelte. Die Schalen begannen zu zittern. Das weiche Fleisch darunter verfärbte sich gelb.

Dillingham erschrak. »Oh – ist Ihnen nicht gut?«

Das Übersetzungsgerät meldete sich jetzt unaufgefordert zu Wort: »Die Auster zeigt die Symptome eines schweren seelischen Schocks. Ihr Leben steht auf dem Spiel, wenn nicht sofort eingegriffen wird.«

Das fehlte ihm gerade noch zu seinem Glück! Einen Exitus auf dem Behandlungsstuhl!

»Wie kann ich ihm helfen?«

Die Schale schloß sich bereits über dem schrumpfenden Fleisch.

»Die negative seelische Ursache muß beseitigt werden«, klärte ihn der Übersetzer auf. »In diesem Austernalter kann jede seelische Erschütterung zum Tode führen.«

Dillingham warf einen prüfenden Blick auf die offenbar in Verwesung übergehende Auster. »Also gut!« brüllte er verzweifelt. »Ich werde keinen Bericht schreiben!«

Der Patient lebte sofort wieder auf.

»Sie werden niemand etwas davon erzählen?« fragte die Auster aus der Tiefe ihrer Fleischmasse. »Egal, was kommt?«

»Niemandem.« Dillingham war nicht gerade glücklich über sein Versprechen, sah aber keinen anderen Ausweg. Immer noch besser zu schweigen, als das Leben eines Patienten zu gefährden.

Der Morgen dämmerte schon, als Dillingham endlich mit der Plombe fertig war und die Auster entlassen konnte. Er hatte seine Studienzeit und seinen Schlaf geopfert. Er mußte unvorbereitet in das entscheidende schriftliche Examen gehen.

Es wurde noch schlimmer, als er sich das vorgestellt hatte. Aus Mangel an Schlaf arbeitete sein Verstand nur langsam, und verglichen mit dem Wissensstand der anderen galaktischen Wesen waren seine Kenntnisse schon dürftig genug. Selbst wenn er sich sorgfältig vorbereitet hätte, hätte er die Aufgaben kaum lösen können. Er mußte ganze Fragenkomplexe überschlagen, weil sie Spezialgebiete behandelten, die er gestern nicht mehr büffeln konnte. Wenn er doch nur genügend Zeit gehabt hätte, sich einigermaßen vorzubereiten!

Auch für die anderen war die Prüfung nicht leicht. Er sah seine Kommilitonen über ihre Tische gebeugt — oder unter den Tischen, wenn das ihrer Lebensweise entsprach. Sie kritzelten, rechneten, verglichen Werttabellen, Formensammlungen, Toleranzen und Materialbeschreibungen. Selbst Baumwesen schien zu schwitzen. Wenn Baumwesen mit seinem fotografischen Gedächtnis und einer kompletten gespeicherten galaktischen Fachbibliothek unter seiner Rindenhaut schon ins Schwimmen kam, was sollte er dann sagen, ein armer Humanoide von einem rückständigen Planeten?

Aber Dillingham hielt bis zum bösen Ende durch, wohl wissend, daß seine Note ihn vom Universitätsstudium ausschloß. Er war entschlossen, sein Bestes zu geben, auch wenn er den Anforderungen nicht genügte. Seine Situation war absurd. Doch er wünschte sich immer noch, an der Universität aufgenommen zu werden. Wenn er sich überlegte, was für ein gewaltiges Reservoir an Wissen und Technik ihm sonst entging, wurde ihm regelrecht übel.

Während der Nachmittagspause schlief er erschöpft auf seiner Couch ein. Morgen war die letzte Prüfung, der entscheidende Test – Verhör vor dem Universitätsarzt. Das, belehrte man ihn, war die schwerste Hürde für jeden Bewerber. Mehr Aspiranten fielen bei diesem Verhör durch, als bei den beiden Vorprüfungen zusammengenommen.

Am Abend weckte ihn ein lauter Schrei. »Die Aufnahmechancen der Bewerber werden gerade durchgegeben!« hupte das Nadelkissen und rüttelte Dillingham an der Schulter.

»Meine Chancen sind einundzwanzig Prozent, nicht ein Zehntel mehr«, murmelte Dillingham schlaftrunken. »Sie sind nicht besser geworden . . .«

»Es sind die revidierten Aufnahmechancen«, sagte Nadelkissen. »Sie stützen sich auf die Testergebnisse. Der Summer hat sie gerade angekündigt!«

Dillingham wurde hellwach. Er erinnerte sich jetzt wieder an den Einführungsvortrag: Für die praktische und wissenschaftliche Prüfung wurden keine Noten veröffentlicht. Statt dessen wurden die ursprünglichen Aufnahmechancen auf Grund der Prüfungsergebnisse korrigiert. Das gab den aussichtslosen Kandidaten Gelegenheit, zurückzutreten, ehe sie sich vor dem Rat der Universität eine Absage einhandelten. Zweifellos vereinfachte das auch die Arbeit dieser Behörde, weil sich dann weniger Bewerber dem Verhör stellten.

Im Halbkreis scharten sich die Kandidaten um das Übersetzergerät in der Mitte des Wohnraumes. Die Ergebnisse wurden in der Reihenfolge von oben nach unten durchgegeben. Dillingham wunderte sich, warum man in dieser Angelegenheit nicht diskreter vorging. Aber die Universität mußte gute Gründe dafür haben. Wahrscheinlich ermunterte der Vergleich zu größeren Leistungen und sonderte die Versager um so rascher aus.

»Ameisenbär«, übersetzte die Maschine. Eine kurze Pause, dann: »Sechsundneunzig Prozent.«

Ameisenbär zuckte erleichtert mit der spitzen Nase. »Ich muß die Belastungsformeln also doch richtig erraten haben«, sagte er. »Ich wußte, daß ich bei der Berechnung gepatzt habe.«

»Baumwesen – fünfundachtzig Prozent.« Baumwesen hätte sich vor Freude fast selbst entwurzelt.

»Fünfundzwanzig Prozent Aufbesserung. Ich muß in der schriftlichen Prüfung also doch ganz gut abgeschnitten haben!«

»Roboter – achtundsechzig Prozent.« Das Roboterwesen nahm das Ergebnis ohne Gemütsbewegung hin.

Die letzten drei zuckten nervös. Sie wußten ja, daß ihre Chancen geringer sein mußten.

»Nadelkissen – fünfzig Prozent.« Das Wesen beglückwünschte sich offenbar in stillen selbst, obwohl es auf ein besseres Ergebnis gehofft hatte.

»Elektrolyt – dreiundzwanzig Prozent.« Der felsblockartige Kandidat rollte auf seine Schlafkammer zu. »Das hatte ich befürchtet«, murmelte er. »Ich reise ab.«

Die anderen blickten Dillingham voller Mitgefühl an und rechneten mit dem Schlimmsten. Dann kam es. »Erdmensch – drei Prozent«, verkündete das Gerät lakonisch.

Der letzte Strohhalm war zerrissen. Die Chancen standen jetzt dreißig zu eins gegen ihn, und an ein Wunder hatte er noch nie geglaubt. Die anderen verdrückten sich leise, schämten sich für Dillingham, während er wie erstarrt vor dem Gerät stand.

Er hatte ja gewußt, daß es nicht gut für ihn aussah. Aber das! Daß man ihm trotz gründlicher Prüfung praktisch keine Chance gab, die galaktische Zahnheilkunde zu studieren...

Er war jetzt einundvierzig Jahre alt. Am liebsten hätte er losgeheult.

Der Ausschuß für das Verhör der Kandidaten setzte sich aus Wesen zusammen, die selbst nach den Begriffen der Galaxis nicht gerade typisch zu nennen waren. Es waren nur drei ›Leute‹. Dillingham schloß daraus, daß diese Wesen nur den Rat repräsentierten, obwohl dieser als Ganzes sich mit jedem Bewerber befaßte. Offenbar fanden in diesem Augenblick Hunderte von Verhören statt, wurden Tausende durch die Ratszimmer geschleust.

Der erste Universitätsrat war ein wabenförmiges Gebilde, das wie Gelatine aussah und sich an einem Rahmen festhielt, der zweite Angehörige des Ausschusses war ein riesiger purpurfarbener Schwamm. Das dritte Mitglied war ein schwebendes, pulsierendes Etwas in einem Tank oder Aquarium. Also ein Wasser-Atmer, wenn die Flüssigkeit in dem Tank Wasser war. Und vorausgesetzt, daß dieses Etwas auch atmete.

Der Lautsprecher, der in der Wand des Aquariums eingebaut war, gab Geräusche von sich. Offensichtlich war das Wesen in dem Tank der Wortführer der drei. »Wir verhören nur selten einen Kandidaten mit einer so geringen Chance, an dieser Universität als Student aufgenommen zu werden«, sagte das Aquarium. »Warum haben Sie trotzdem auf einem Verhör vor dem Rat bestanden?«

Warum wohl? Nun, er hatte nichts mehr zu verlieren, wenn er sich offen erklärte. »Ich möchte immer noch an der Universität aufgenommen werden. Solange eine Chance besteht, gebe ich nicht auf.«

»Ihre Prüfungsergebnisse sind nicht gerade ermunternd«, sagte das Aquariumwesen. Dillingham staunte, wieviel Ironie man selbst einer mechanischen Stimme abgewinnen konnte. »Während Sie sich in der galaktischen Prüfung ganz wacker gehalten haben, war Ihre schriftliche Probearbeit ungenügend. Sie scheinen nur die primitivsten und simpelsten Grundlagen der Zahnchirurgie zu kennen. Warum streben Sie ein Studium an, für das Sie offenkundig völlig ungeeignet sind?«

»Die meisten Fragen der zweiten Prüfung bezogen sich meiner Meinung nach auf Stoffgebiete, die erlernbar sind, nicht auf die individuellen Fähigkeiten der Kandidaten«, erwiderte Dillingham mit hölzernem Gesicht. »Wenn ich diese Stoffgebiete bereits beherrschte, würde ich mich ja nicht als Student bei Ihnen bewerben, um mir diese Kenntnisse anzueignen.«

»Eine durchaus akzeptable Einstellung. Trotzdem setzen wir eine gründliche Vorbildung voraus. Sonst wird unser Studienplan zu sehr verwässert.«

Darauf wußte Dillingham keine Antwort. Offensichtlich sollten die führenden Spezialisten der Galaxis keine Grundkenntnisse vermitteln. Das verstand er recht gut. Doch etwas in ihm wollte nicht nachgeben. Warum hörte der Rat ihn überhaupt an, wenn er nur Noten für Prüfungsarbeiten verteilte, deren Ergebnisse zweifelhaft waren? Schließlich hatten seine Kommilitonen bei den Ergebnissen ein bißchen nachgeholfen, und er selbst hatte durch einen unglücklichen Zufall wertvolle Vorbereitungszeit verloren. Warum verhörte der Rat die Kandidaten, wenn er sich nur an eine Schablone hielt? Da mußte mehr dahinterstecken.

»Wir wenden uns jetzt Ihrer praktischen Prüfungsarbeit zu«, sagte das Wabenwesen im Stützrahmen. Seine Gelatinewaben vibrierten wie eine Membrane, aber die Stimme drang aus dem Übersetzungsgerät. »Warum haben Sie bei einigen Prüfungsstücken die Behandlung verweigert?«

»Sprechen Sie jetzt von dem Modell Nr. 17? Ich war mit der Anatomie dieses Kiefers nicht vertraut und konnte es deshalb nicht sachkundig behandeln.«

»Sie verweigerten also nur die Behandlung, weil Sie dieses Prüfungsstück nicht bewältigen konnten.« Wieder dieser ätzende Spott in der mechanischen Stimme.

»Nein. Ich hätte einen Eingriff gewagt, wenn ich deutlichere Hinweise auf die Struktur des Kiefers besessen hätte. Aber der Kiefer war nicht vollständig. Die Hinweise reichten meiner Meinung nach nicht aus, eine Behandlung zu rechtfertigen.«

»Aber Sie hatten doch nur ein Modell vor sich – ein totes Stück Knochen, dem Sie mit einem Eingriff nicht schaden konnten. Sie waren sich doch bewußt, daß eine unrichtige Behandlung immer noch eine bessere Note einbringen würde als gar keine Behandlung, oder?«

Dillingham hatte das tatsächlich nicht gewußt. »Ich ging davon aus, daß die Modelle so zu behandeln sind, als wären es lebendige Wesen. Ich habe sie mit der gleichen Rücksicht versorgt, die ich einem lebendigen, gefühlsbegabten Lebewesen entgegenbringen würde. Wenn man einen kranken Zahn bei einem lebenden Patienten nicht behandelt, kann das zum Verlust des Zahnes führen. Aber eine unsachgemäße Behandlung kann einen viel größeren Schaden anrichten. Manchmal ist es besser, einen Eingriff zu unterlassen.«

»Erklären Sie uns das näher!«

»Als ich den Planeten Elektrolus besuchte, erkannte ich, daß die Metallplomben in den Zähnen der Eingeborenen das Sprachvermögen der Behandelten empfindlich störten. Diese Sprachstörungen wirkten sich katastrophal auf das Wohlbefinden der Patienten aus. Das bewies mir eindrücklich, wie gefährlich Ignoranz sein kann, selbst wenn sie gut gemeint ist. Und dabei handelte es sich nur um eine simple Metallfüllung!«

»Der Vorsitzende der zahnärztlichen Vereinigung des Planeten Elektrolus ist Lehrstuhlinhaber dieser Universität. Werfen Sie ihm etwa Ignoranz vor?«

Verdammt!

»Vielleicht ist ihm das Problem nicht bewußt geworden«, versuchte Dillingham die hier lauernde Falle zu umgehen.

»Wir werden später noch einmal auf dieses Problem zurückkommen«, sagte der Purpurschwamm mit grimmiger Stimme. Dillinghams Argumente schienen die Mitglieder des Rates nicht beeindruckt zu haben.

»Sie haben auch das Modellstück Nummer 36 ignoriert«, sagte das Wabenwesen. »Sind Sie hier dem gleichen Prinzip gefolgt?«

»Ja. Der Kiefer war mir so fremd, daß ich keineswegs voraussetzen konnte, daß hier ein Leiden oder ein anatomischer Schaden vorlag. Ich konnte also überhaupt nicht an eine Behandlung denken. Ich gebe zu, es war töricht von mir, daß ich die Labialhöhle nicht plombiert habe, wenn ich Ihr Notensystem in Betracht ziehe. Trotzdem bleibt es dabei. Meine Einstellung verbot mir jeden Eingriff.«

»Wie lange haben Sie für Ihren Entschluß gebraucht, keinen Eingriff zu machen?« fragte das Wabenwesen mit zuckersüßer Stimme.

»Eine halbe Stunde.« Es hatte natürlich keinen Zweck, diesen Herren zu erklären, daß er das Modell Nr. 36 Zentimeter für Zentimeter abgesucht hatte, um eine Ähnlichkeit mit ihm vertrauten Kieferbildungen zu entdecken.

»Wenn *ich* Ihnen mal eine Frage stellen darf – welcher Eingriff wäre bei diesem Modell denn richtig gewesen?«

»Gar keiner. Es war ein gesunder Kiefer.«

Dillingham blieb für einen Moment die Luft weg. »Wenn ich also den hohlen Zahn – was aussah wie ein hohler Zahn – plombiert hätte . . .«

». . . würden Sie die Gesundheit dieses extragalaktischen Lebewesens zerstört haben.«

»Dann half also meine Entscheidung bei Kiefer Nummer 36, meine Examensnote zu verbessern!«

»Nein. Ihre Entscheidung beruhte nur auf Ungewißheit, nicht auf einer zutreffenden Diagnose. Damit haben Sie nur Ihre Bewertung gefährdet.«

Dillingham hielt den Mund und wartete auf den nächsten Schlag.

»Sie haben sich auch nicht an die Anweisungen bei Nummer 41 gehalten«, stellte das Wabenwesen fest. »Warum nicht?«

»Ich hatte den Eindruck, daß die Anweisungen fehlerhaft waren. Eine Plombe war unnötig, um den Schaden zu beheben, und sogar falsch, wenn man die Gefahr betrachtete, die dem Zahn durch eine Zahnfleischentzündung drohte. Warum sollte man einen teuren und komplizierten Zahnersatz herstellen, wenn ein unbehandeltes Gaumenleiden die Arbeit des Dentisten von vornherein in Frage stellt?«

»Hätte die vorgeschriebene Plombe die Funktion des Zahnes beeinträchtigt?«

»Ja, denn ein Zahnersatz wird die Leistung des Originals nie hundertprozentig erfüllen können. Selbst wenn kein Unterschied in der Leistung zwischen Original und Ersatz bestünde, war der Metallersatz hier fehl am Platze. Man muß auch das Unbehagen und die Ausgaben berücksichtigen, die man dem Patienten zumutet. Der Zahnarzt ist verpflichtet, seinen Patienten nach bestem Wissen und Gewissen . . .«

». . . Sie wiederholen sich. Sie werten Ihr eigenes Urteil also höher als die Meinung der Universität?«

Wieder eine Falle. »Ich muß nach bestem Wissen und Gewissen handeln, wenn ich die Verantwortung für eine Behandlung übernehme. Vielleicht hätte ich eine bessere Entscheidung getroffen, wenn ich bereits an Ihrer Universität studiert hätte.«

»Bitte unterlassen Sie jeden Appell an das Wohlwollen der Prüfungsbehörde.«

Irgend etwas schien sich hier gegen seine Aufnahme verschworen zu haben. Seine Logik, seine Überlegungen und Entschlüsse standen offenbar im krassen Widerspruch zu den Ansichten dieser Institution. Waren denn die Prinzipien und Erfahrungen dieser ›Herren‹ so grundlegend von seinen eigenen Anschauungen verschieden?

Konnte es ein, daß seine professionellen und ethischen Instinkte so grundverkehrt waren?

»Ihre Leistungen beim schriftlichen Examen waren ungenügend«, sagte der Purpurschwamm. »Sind Sie von Natur aus dumm, oder haben Sie sich nur nicht die richtige Mühe gegeben?«

»Ich hätte besser abgeschnitten, wenn ich mehr studiert hätte.«

»Sie haben sich nicht genügend vorbereitet?«

Es wurde immer schlimmer. »Nein.«

»Sie wußten doch, wie wichtig die schriftliche Prüfung ist, nicht wahr?«

»Ja.«

»Und Ihnen standen alle Lehrtexte zur Verfügung, die Sie zur Vorbereitung brauchten?«

»Ja.«

»Trotzdem glaubten Sie, auch ohne das Studium dieser Texte durch die Prüfung zu kommen!«

»Nein. Ich wollte sie büffeln, aber . . .« Jäh fiel ihm das Versprechen an die Auster ein. Er konnte den Grund, weshalb er sich nicht genügend vorbereitet hatte, hier nicht angeben. Wenn diese Herren auch nur ahnten, was in der vergangenen Nacht vorgegangen war, würden sie nicht eher ruhen, bis die Wahrheit bekannt war. So gnadenlos, wie die Kommission ihn hier ins Gebet nahm, würde sie auch gegen die junge Auster vorgehen. Kein Wunder, daß der Großvater so sehr um das Schicksal seines Enkels besorgt gewesen war.

»Haben Sie eine Ausrede für Ihr Versäumnis?«

»Nein.«

Das Schwammwesen verfärbte sich dunkelrot. »Ein Bewerber, der sich weder genügend vorbereitet, noch seine Fähigkeit entschuldigen kann, verdient unsere Mißbilligung. Wir erwarten eine andere Einstellung von unseren Studenten!«

Dillingham sagte nichts. Seine Lage war hoffnungslos geworden. Aber er konnte immer noch nicht aufgeben, bis man ihm endgültig bestätigte, daß er durchgefallen war.

Das Aquariumwesen übernahm jetzt wieder das Verhör.

»Sie haben einen interessanten Werdegang. In mancher Hinsicht ist er sogar sensationell. Sie stammen von der Erde – einer der primitiven Kulturen. Warum haben Sie Ihren Stamm verlassen?«

Diese Leute hatten eine Art, Tatsachen auf den Kopf zu stellen! »Ein galaktischer Raumfahrer trat mit mir in Verbindung, weil er dringend eine Zahnbehandlung brauchte. Ich nehme an, er suchte meinen Namen aus dem Adreß- oder Telefonbuch heraus.« Dillingham schilderte sein Erlebnis mit den galaktischen Wesen, die er Enen getauft hatte.

»Sie haben einen Eingriff gewagt, obwohl Ihnen die Anatomie des Kiefers vollkommen fremd war!« sagte das Aquariumwesen scharf.

»Ja.« Unter Zwang! Sollte er die Herren daran erinnern?

»Aber Sie weigerten sich, den gleichen Eingriff bei einer Attrappe hier an der Universität vorzunehmen«, warf das Wabenwesen ein.

Diesen Brüdern entging auch nichts!

»Ich habe damals getan, was ich für notwendig hielt.«

»Glauben Sie nicht auch, daß Sie manchmal gegen Ihre eigenen Prinzipien handeln?« fragte das Schwammwesen.

Dillingham lachte bitter. »Manchmal ja.« Wie tief sollte sein Sturz denn noch werden!

Aquariumwesen: »Warum haben Sie die fremden Wesen zu ihren Planeten begleitet?«

»Ich hatte keine andere Wahl, wie ich bereits ausführte.«

»Sie kamen also nicht in die Galaxis, um sich fortzubilden und sich die Errungenschaften der galaktischen Zahnchirurgie anzueignen, oder?«

»Nein. Hätte ich bereits damals von Ihrer überlegenen Technik gewußt, hätte ich mich mit dieser Absicht von der Erde getrennt.«

»Ja, Sie haben uns das ja schon mehrmals während des Verhörs erzählt«, bemerkte das Aquariumwesen trocken. »Trotzdem hielten Sie es nicht für nötig, die besten Lehrtexte der Galaxis auf Ihrem Fachgebiet zu studieren, als man Sie dazu ermunterte und Sie Zeit dafür hatten.«

Wieder hielt ihn das Versprechen, das er der Auster gegeben hatte, von einer Antwort ab. Jetzt verstand er, warum seine Kommilitonen sich geweigert hatten, der Auster zu helfen. Dieser Akt der Nächstenliebe mußte jedem Kandidaten das Genick brechen.

Hätte er die Prüfung bestanden, wenn er die Behandlung verweigert hätte? Hätte er sein Berufsethos in diesem einen Fall über Bord werfen sollen, um später Hunderten oder Tausenden helfen zu können, nachdem er sein Studium absolviert hatte?

Aber gleichzeitig wußte er, daß er unter ähnlichen Umständen wieder so handeln würde. Er hatte einfach nicht das Zeug zum Egoisten. Schade. Das kam hier nicht an. Diese Universität, die nur den Erfolg wertete, hatte kein Verständnis für sentimentale Dussel wie ihn.

»Auf dem Planeten Gleep«, sagte das Aquariumwesen, »füllten Sie das Loch eines einzigen Zahnes mit vierundzwanzig Tonnen Goldlegierung der besten Qualität.«

»Richtig.«

»Wußten Sie nicht, daß Gold – obwohl es verhältnismäßig häufig auf Gleep vorkommt – in der Galaxis ein außerordentlich teures Metall ist? Warum haben Sie nicht eine billigere Metallegierung für diese Plombe entwickelt.«

Dillingham versuchte zu erklären, daß er damals unter außergewöhnlichen Umständen gearbeitet hatte: in der dunklen Mundhöhle eines Riesenwals, im Orkanwind und bei Sturzwellen. Trotzdem kam es ihm heute so vor, als habe er auf Gleep einen Fehler gemacht. Er hätte nämlich statt Gold eine Kobalt-Chrom-Molybdän-Legierung verwenden können, die hart, dauerhaft, elastisch und korrosionsbeständig gewesen wäre. In diesem Fall wäre diese Legierung einer Goldplombe überlegen gewesen. Er hatte sich damals auch überlegt, daß die Goldplombe verdammt viel wog. Die Kobaltlegierung, die viel leichter war als Gold, hätte ihm diese Sorge sofort genommen. Dabei war das Zeug auch noch viel billiger. Er hatte damals nicht gründlich genug über den Werkstoff nachgedacht. Das gab er jetzt zu.

»Warum haben Sie denn nicht Ihre Kollegen vom Planeten Enen um Rat gefragt?«

»Das konnte ich nicht. Das englisch-enensche Übersetzungsgerät war ausgefallen.«

»Aber Sie unterhielten sich später wieder mit Ihren Begleitern, nachdem das Gold bereits für die Plombe verschwendet worden war. Da gelang es Ihnen ohne weiteres, die Verständigungsschwierigkeiten zu überbrücken, oder?«

Dillingham bemerkte voller Unbehagen, daß diese Wesen seine Personalakte sehr gründlich studiert hatten.

»Ich fand durch einen Zufall heraus, daß die englisch-gleepschen und die gleepsche-enenschen Übersetzungsgeräte parallel geschaltet werden konnten. Das wußte ich aber noch nicht, als wir die Plombe gossen.«

»Sie ahnten es nicht, weil Sie sich ganz auf Ihre Aufgabe konzentrierten. Stimmt das?«

»Jawohl.«

»Ihre Konzentration konnte ja gar nicht so groß gewesen sein. Denn Sie inspizierten auch die Nachbarzähne und stellten dort Kariesschäden fest!«

Wieder hatten sie ihn ertappt. Wie dumm von ihm, daß er sich damals bereits mit der weiteren Zahnbehandlung des Patienten beschäftigte, während er für die Reparatur, die er gerade erledigte, bedenkenlos tonnenweise kostbares Metall verschwendete. Warf das nicht ein schiefes Licht auf seinen selbstlosen Akt, als er der Auster half? Hatte er damit nicht die höheren Ziele der Universität verraten? Gab es einen roten Faden, einen tieferen Sinn in allen seinen Handlungen, oder suchte er nur ständig nach einer Begründung, um seine Fehlurteile zu rechtfertigen?

War die offenkundige Ungerechtigkeit, mit der man ihn in diesem Verhör behandelte, nur eine Methode, um ihm die Augen zu öffnen für sein wahres Wesen?

Aber das Verhör ging weiter. Die Stimme aus dem Aquarium sprach: »Als nächstes schlossen Sie sich einem durchreisenden Diplomaten von zweifelhaftem Ruf an, der Ihnen einen Weg zeigte, wie Sie sich von Ihrer Verpflichtung gegenüber dem Gleep befreien konnten.«

»Er war sehr nett zu mir.« Dillingham bedauerte auch heute noch nicht, daß er sich Trach, dem freundlichen Dinosaurier, anvertraut hatte.

»Er glich einem der gefährlichsten Raubtiere aus der Vergangenheit Ihres Heimatplaneten. Trotzdem gingen Sie an Bord seines Raumschiffes?«

»In Anbetracht der Vielfalt der galaktischen Lebensformen hielt ich es für verkehrt, mich nur nach dem Aussehen meines Gastgebers zu richten. Man muß Vertrauen anbieten, wenn man Vertrauen gewinnen will.«

»Sie glauben wirklich?« fragte das Wabenwesen sofort.

»Ich versuche, mich so zu verhalten!« Es war sehr schwer, sich gegen das geballte Mißtrauen dieser Kommission zu wehren.

»Aber den Richtlinien der Universität schienen Sie nicht so sehr zu vertrauen.«

Was sollte er darauf nun wieder antworten? Wenn man seine frühere Entscheidung so auslegte, nahmen sie ihn erneut in die moralische Mangel.

»Und anschließend untersuchten Sie wieder ein Gebiß, das Ihnen vollkommen neu war«, fuhr das Aquariumwesen fort. »Was Ihren erklärten Grundsätzen widersprach. Warum?«

»Trach hatte mir einen Freundschaftsdienst geleistet. Ich wollte das gleiche für ihn tun.«

»Und Sie haben ihm auch wirklich geholfen?« fragte die Stimme aus dem Aquarium.

»Ja. Ich habe aus einem Ultraschallgerät einen wirksamen Reiniger für seine Zähne entwickelt.«

»Was für ein Honorar verlangten Sie für diese Dienstleistung?«

Dillingham unterdrückte seinen aufkommenden Unwillen. »Nichts. Ich dachte damals nicht an eine Bezahlung.«

»Vorhin spielte die Kostenfrage für Sie doch eine große Rolle, oder etwa nicht?«

»Ich sprach von den Kosten für den Patienten. Das ist etwas ganz anderes.«

»Selbstverständlich hatte der Verkauf Ihres Dienstvertrages an den Planeten Ra keinerlei Einfluß auf Ihren Entschluß, einem Freund zu helfen«, schloß das Wabenwesen mit triefender Ironie.

Purpurschwamm kam Dillinghams Antwort zuvor: »Und der Dinosaurier berichtete Ihnen dann von der Universität für Zahnheilkunde.«

»Unter anderem, ja. Wir sprachen über viele Dinge.«

»Sie beschlossen, sich hier zu bewerben – auf Grund der Information aus zweiter Hand.«

»Das ist nicht fair!«

»Deutet Ihre Gesichtsfarbe darauf hin, daß sie mit unserer Verfahrensweise unzufrieden sind?«

Er begriff, daß man ihn absichtlich außer Fassung bringen wollte. Deshalb schwieg er lieber. Warum sollte er sich über kleine Patzer aufregen, nachdem er bereits über die großen Hindernisse gestolpert war? Wenn er hier auch noch ins Schwimmen kam, würde man ihn auch charakterlich abqualifizieren.

»Und hatten Sie ernsthaft geglaubt«, fuhr Purpurschwamm boshaft fort, »Sie hätten eine Chance, als Student bei uns aufgenommen zu werden?«

Wieder schwieg Dillingham.

»Auf dem Planeten Elektrolus haben Sie durch einen leichtfertigen Rat einen Krieg heraufbeschworen«, sagte Wabenwesen. »Darauf schmiedeten Sie ein Komplott, damit man Sie verbannte – hierher an unsere Universität. Was für einen Empfang hatten Sie sich eigentlich nach diesem Intrigenspiel vorgestellt?«

Das war es also! Es war sinnlos, ihnen zu erklären, daß er nicht intrigiert hatte, daß Trach nur eine kluge politische Lösung vorgeschlagen hatte, die alle Beteiligten befriedigte. Diese drei ›Weisen‹ würden ja doch jede Antwort nur zu seinem Nachteil auslegen.

»Ich habe Fehler auf diesem Planeten gemacht«, sagte er schließlich. »Wie ich auch sonst nicht immer das Richtige getan habe. Ich hoffte, in Zukunft solche Fehler zu vermeiden, indem ich noch einmal als Student anfange. Nur aus Unkenntnis irrte ich, nicht aus Absicht. Ich weiß, daß mir diese Universität viel bieten kann.«

»Aber wir haben uns mit der Frage zu beschäftigen«, mischte sich das Aquariumwesen wieder hochmütig ein, »was *Sie* der Universität zu bieten haben. Wollen Sie noch weitere Erklärungen abgeben, die Ihrer Ansicht nach unsere Entscheidung beeinflussen könnte?«

»Ich schließe aus Ihrer Wortwahl, daß Sie Ihre Entscheidung bereits gefällt haben. Deshalb möchte ich Ihre kostbare Zeit nicht länger vergeuden. Ich bin auf Ihre Entscheidung vorbereitet.«

»Wir haben entschieden, daß Sie als Studienbewerber für unsere Universität nicht in Frage kommen«, verkündete die Stimme aus dem Aquarium.

»Bitte, verlassen Sie den Saal durch die Tür am oberen Ende.«

Damit er dem nächsten Kandidaten nicht in die Quere kam. Alles sehr hübsch. Dillingham stand müde von seinem Stuhl auf. »Vielen Dank für Ihre Bemühungen«, sagte er steif, ohne ironisch zu werden. Er ging auf die Tür zu, die man ihm genannt hatte.

»Noch einen Augenblick, Ex-Bewerber«, sagte das Wabenwesen. »Was für Pläne haben Sie für die nächste Zukunft?«

Dillingham wunderte sich, daß die Kommission sich dafür überhaupt noch interessierte. »Ich werde wieder praktizieren – dort, wo man mich braucht oder gern sieht. Ich bin vielleicht nicht der beste Zahnarzt im Angebot – nach Ihren Maßstäben vielleicht nicht einmal hinreichend ausgebildet. Aber ich liebe meinen Beruf, und ich kann in diesem Beruf noch viel leisten.«

Warum zog es ihn aber nicht mehr zurück zur Erde? Er war jetzt wieder ein freier Mensch, und dort reichten seine Kenntnisse vollkommen aus. Hatten die wunderbaren Dinge, die er hier zu sehen bekam, ihn für eine irdische Praxis verdorben?

»Ich hätte zu gern die Universitätsausbildung als unschätzbare Bereicherung meiner Berufserfahrung absolviert. Aber ich habe keinen Grund, das aufzugeben, was ich bereits besitze, nur weil ich einen Wunschtraum nicht erfüllen darf.« Dann ging er zur Tür hinaus.

Der Korridor führte nicht zu den Fahrstühlen. Als Dillingham zerstreut dem Führungslicht seines Armbands folgte, fand er sich plötzlich in einer eleganten Zimmerflucht wieder. Verlegen wollte er schon kehrtmachen, weil er sich in einen falschen Flügel verirrt hatte, als eine Stimme ihn zurückhielt.

»Setzen Sie sich doch bitte, Erdenmensch!«

Die alte Auster hatte ihn angesprochen – sein Bettlerpatient von vorgestern. Dillingham war noch nicht darin geübt, die Individuen fremder Lebensformen ohne weiteres auseinanderzuhalten. Doch bei dieser Auster irrte er sich bestimmt nicht. »Was machen Sie denn hier?« fragte er verblüfft.

»Oh – wir müssen uns ja alle irgendwo aufhalten.« Die Auster deutete auf eine Couch, die sich den verschiedenartigsten Körperformen anpassen ließ. »Sitzen Sie ruhig bequem. Ich muß Verschiedenes mit Ihnen besprechen.«

Dillingham staunte nur, wie sehr sein Patient sich verändert hatte. Hier redete nicht mehr der arme schmerzgeplagte, nicht ganz zurechnungsfähige Bettelpatient. Hier sprach jemand mit guten Manieren und Autorität. Trotzdem paßte die Auster nicht ganz ins Bild.

»Ihnen ist doch inzwischen klargeworden, Doktor, daß es nur drei Personengruppen auf diesem Planeten gibt, nicht wahr? Die Studienanwärter, die Studenten – und das Personal der Universität. Glauben Sie, daß eine von diesen Gruppen ohne gesundheitliche Betreuung auskommen muß? Wer kann sich hier aufhalten, ohne ein Legitimationsband bei sich zu tragen?«

»Sie . . .« Dillingham starrte die Auster an, und die kleinen grauen Zellen begannen plötzlich zu schalten. »Sie haben kein Band; aber der Fahrstuhl öffnete sich vor Ihnen! Sie sind ein Angestellter! Es war ein abgekartetes Spiel!«

»Es war ein Teil Ihrer Prüfungsaufgabe.«

»Die ich nicht bestanden habe.«

»Wie kommen Sie denn darauf?«

Himmel, Himmel . . .!

»Der Rat der Universität meinte, daß ich nicht für das Studium geeignet bin.«

»Das kann ich kaum glauben, Doktor.«

Dillingham lief jetzt doch noch rot an. Er war nicht gewillt, sich an der Nase herumführen zu lassen. »Ich habe keine Ahnung, warum Sie oder die Universität meine Bewerbung mit allen Mitteln sabotieren wollten. Auf jeden Fall ist es Ihnen gelungen. Man hat mich abgewiesen.«

»Vielleicht sollten wir diesen Punkt erst einmal klarstellen«, erwiderte die Auster ungerührt. Er sprach in den Translator: »Rufen Sie die Verhörgruppe von Dr. Dillingham zu mir!«

Sie kamen: der Purpurschwamm, das Wabenwesen und der Wortführer in seinem Aquarium. Sie fuhren auf Transportbändern in die Zimmerflucht.

»Sir?« fragten alle drei respektvoll.

»Was für ein Urteil haben Sie über diesen Bewerber gefällt?«

Das Aquariumwesen erwiderte: »Wir haben entschieden, daß dieser Humanoide als Studienbewerber für unsere Universität nicht in Frage kommt.«

Dillingham nickte. Was für widersprechende Interessen hier auch im Spiel waren – dieser Punkt war eindeutig geklärt.

»Entdeckten Sie eine schwache Stelle? In seinem Leumund? In seiner Aufrichtigkeit?« fragte die Auster leise. Es war der sanfte Tonfall der absoluten Autorität.

»Nein, Sir«, sagte das Aquariumwesen.

»In seiner Berufsauffassung?«

»Nein, Sir.«

»In seiner moralischen Haltung als Arzt?«

»Nein, Sir.«

»In seinem Respekt vor dem Leben der Verantwortungsbereitschaft?«

»Nein, Sir.«

»Beherrschung?«

»Nein, Sir.«

»Berufsbegeisterung? Zivilcourage? Besonnenheit?«

»Das können Sie besser beurteilen als wir, Sir.«

Die Auster warf Dillingham einen verständnissinnigen Blick zu.

»Aus eigener Erfahrung, sehr richtig. *Wofür,* meine Herren, *fanden Sie also den Bewerber geeignet?«*

»Für die Verwaltung der Universität, Sir.«

»Sehr gut, meine Herren. Sie können gehen.«

»Jawohl, Herr Direktor.« Die Räte entfernten sich hastig.

Dillingham schrak zusammen. »Ja – *wer*?«

»Sehen Sie, es besteht ein qualitativer Unterschied zwischen dem talentierten Praktiker und der verantwortlichen Führungskraft«, sagte die Auster. »Ihre Zimmerpartner wurden als Studenten bewertet – und sie haben ja auch noch eine Menge zu lernen. Sicher, in technischer Hinsicht sind sie schon recht gut – erfahrene Praktiker sozusagen, wenn auch keiner von ihnen seine fachliche Qualifikation und Umsicht unter widrigen Umständen beweisen konnte, wie Sie das getan haben. Bei ihrer Einstellung jedoch – nun, da müssen sich diese Herren noch gewaltig umstellen, oder sie werden bestimmt nicht an dieser Universität ihren Abschluß machen. Ich vermute, Sie wissen, worauf ich anspiele.«

Man hatte also die Mogelei bei der Prüfung genau beobachtet!

»Aber ...«

»... wir sind bestens dafür gerüstet, manuelle Geschicklichkeit und theoretisch-technische Kenntnisse zu vermitteln. Dabei sind die Verfahren, die bei den Aufnahmeexamen geprüft werden, primitiv. In der fortschrittlichen Dentaltechnik finden sie keine Verwendung mehr. Das Aufnahmeverfahren ist nur für uns wichtig, nicht für den Kandidaten. Es gibt uns Hinweise, welches Studienprogramm wir für den einzelnen Bewerber auswählen müssen.

Doch einen Wesenszug kann man nicht ausbilden. Man kann ihn auch nicht nach einem Fragebogen beurteilen. Ein Charakter, der sich im Leben bewährt hat, ist ein viel zuverlässigeres Angebot als ein Bewerber, der bestimmte charakterliche Eigenschaften zu besitzen glaubt. Das ist einer der Gründe, weshalb wir nicht immer unsere Kandidaten aus den Studienabsolventen oder talentierten Studenten auswählen. Wir schalten sehr schnell, wenn sich Bewerber melden, die die von uns gewünschten Charakteranlagen besitzen, um sie zu testen. Dabei nehmen wir keine Rücksicht auf den Planeten oder die Lebensform. Ein brauchbarer Charakter kann sich in der rückständigsten Kultur entwickeln, und Kultur ist keine Garantie für Charakter. Keine Statistik ist in diesem Punkt zuverlässig. In außerordentlichen Fällen wird das zu einer ganz persönlichen Angelegenheit, zu einem subjektiven Testfall. Können Sie mir folgen?«

In Dillinghams Kopf drehte sich alles. »Das hört sich ja so an, als ob Sie wünschten, daß ich . . .«

». . . Sie sich auf Universitätskosten ausbilden lasse,, um schließlich meinen eigenen Posten zu übernehmen – *den Posten des Rektors der Universität für Zahnheilkunde.«*

Dillingham war sprachlos.

»Ich erwarte nämlich eine Beförderung, verstehen Sie?« fuhr die Auster fort. »Und ich bin persönlich für die Wahl meines Nachfolgers verantwortlich. Ich akzeptiere keinen Bewerber, dem ich nicht die Behandlung meiner eigenen Zähne anvertrauen kann.«

»Aber ich kann doch nicht – ich habe nicht . . .«

»Nur keine Angst. Sie haben sich hervorragend zurecht gefunden, als man Sie aus Ihrer gesicherten Umwelt in die Galaxis entführte. Ihre neue Aufgabe ist bestimmt nicht schwerer als das, was Sie bereits bewältigt haben. Die Verwaltungsakademie bereitet ein umfassendes Studienprogramm für Sie vor, damit Sie Ihrer zukünftigen Stellung in jeder Hinsicht gewachsen sind. Sie werden ein paar Jahre als mein Assistent arbeiten, bis Sie den Bogen herausHaben. Wir haben es nicht eilig. Auf keinen Fall wird man Sie unvorbereitet vor heikle Probleme stellen. Diese Zeit ist jetzt für Sie vorbei.«

Dillingham konnte es immer noch nicht fassen. »Ihr Enkel – wenn er erfährt . . .«

». . . ich werde Sie diesem jungen Mann, meinem Sicherheitsoffizier, formell vorstellen. Bedauerlicherweise ist dieser junge Mann nicht mein Enkel. Aber er ist der beste Schütze auf diesem Planeten – mit dem einschüssigen Laser. Er wird sich bei Ihnen entschuldigen wollen. Wir versuchen unsere Prüfungen so lebensecht wie möglich zu gestalten.«

Dillingham sah wieder das schmelzende Metall vor sich, als der ›Enkel‹ auf ihn geschossen hatte. Doch als er dann den Spieß umdrehte und den jungen Mann mit dem Laser bedrohte, war die Waffe nicht mehr geladen gewesen. Der ›Enkel‹ hatte seine Rolle perfekt gespielt. Das brachte Dillingham auf einen anderen Gedanken.

»Den hohlen Zahn, den ich behandelt habe. Ich weiß ganz genau, daß das Loch nicht künstlich . . .«

»Nein, das war echt. Ich habe den Schaden drei Monate unter Schmerzen hochgezüchtet, als Prüfungsaufgabe für meinen Nachfolger. Ich bin sehr froh, daß ich das Loch im Zahn jetzt nicht mehr brauchte, weil Sie es gründlich verdorben haben.«

»Ich . . .«

»Sie haben den Zahn so gut plombiert, daß ich mir für Prüfungszwecke einen neuen Kariesschaden zulegen müßte. Selbst wenn ich die Goldplombe wieder herausbrechen würde und Speisereste hineindrückte, würde kein erfahrener Zahnarzt sich mehr täuschen lassen. Das, Doktor, ist Tüchtigkeit, die mich beeindruckt – solide Arbeit, auch wenn die technischen Hilfsmittel ausfallen.

Der gute Wille bedeutet nichts, wenn nicht Fähigkeiten, Autorität und Diskretion dahinterstehen. Sie arbeiteten langsam, aber Sie haben den unbequemen, schwierigen Patienten sehr gut in der Hand gehabt. Wäre es nicht so gewesen . . .«

»Aber weshalb ausgerechnet *mich?* Sie hätten doch unter so vielen Kandidaten wählen können.«

Die Auster lächelte. »Kaum, Doktor. Ich habe an jenem Abend elf Studienquartiere besucht – ohne Erfolg. Überall waren Kandidaten untergebracht, deren Lebenslauf und beruflicher Werdegang vielversprechend schienen. Sie waren der zwölfte Kandidat, haben sich unter Ihren Mitbewerbern selbst ausgewählt und Ihre Examensaufgabe mit Auszeichnung erfüllt. Noch deutlicher ausgedrückt – Sie boten sich als einziger Kandidat für meinen Posten an. Und wir akzeptierten Ihre Kandidatur.«

»Unglaublich!«

»Ich gebe zu, daß Ihr Werdegang selbst für uns unglaublich gewesen ist. Wie haben nämlich bezweifelt, daß ein Mann mit so geringer galaktischer Erfahrung so viel geleistet hatte, wie es in Ihrer Personalakte stand. Doch wir haben uns inzwischen überzeugt, daß Sie die Fähigkeiten und Courage besitzen, in einer ungewöhnlichen und kritischen Situation das Richtige zu tun. Diese Eigenschaft ist eine wesentliche Voraussetzung für den Posten, den wir Ihnen anvertrauen wollen.«

»Ich – ich habe mich selbst für Ihren Posten ausgewählt?« fragte Dillingham benommen. »Ich wüßte nicht . . .«

»Doch, Doktor. Sie haben eine überzeugende Entscheidung getroffen.«

»Ich?«

»Sie opferten Ihre kostbare – unersetzbare – Studienzeit, um einem Lebewesen zu helfen, das Ihrer Meinung nach schreckliche Schmerzen litt.«

Judy verlor jede Hoffnung, als sie Ra zu Gesicht bekam. Auf der Planetenoberfläche war kein Fleckchen Grün zu sehen; die Landschaft schien nur aus Minen, Stollen, aufgeschütteten Bergen und künstlich gegrabenen Tälern zu bestehen.

Radiumminen – zu spät war Judy klar geworden, was dies bedeutete: Sklavenarbeit in extrem lebensfeindlicher Umwelt. Die Minen von Ra waren in der gesamten Galaxis berüchtigt. Das Erz, das hier geschürft wurde, war außerordentlich ergiebig; dennoch mußten fünfzig Tonnen Erdreich und Gestein abgebaut werden, um eine einzige Unze Radium zu gewinnen. Die kommerziell nicht verwertbaren Abfallprodukte, wie Uran zum Beispiel, landeten auf riesigen Abraumhalden, die in chaotischer Unordnung aufgeschüttet waren.

Falls Dr. Dillingham auf diesen Planeten gekommen war . . .

Kaum war das Raumschiff unsanft gelandet, flog die Luke auf; ein Schwall übelriechender Luft drang ins Schiffsinnere, und mehrere dreibeinige, trollähnliche Lebewesen stürmten herein. Einer der Trolle brüllte irgend etwas; seine Stimme hörte sich an, als würden trockene Knochen in einem rostigen Schredder zermahlen.

»Sklaven von Ra«, drang es knirschend aus dem Übersetzungsgerät, »wenn ihr mit uns zusammenarbeitet, werdet ihr vielleicht ein paar Jahre überleben. Wer hier aber auf krank macht, der kommt zur Sprengkolonne oder zu einem anderen Himmelfahrtskommando! Noch irgendwelche Fragen?«

Judy taten die Gefangenen leid; aber sie wußte, daß sie nichts für die armen Kreaturen tun konnte.

»Sir«, sagte ein lieblicher Käfer weiblichen Geschlechts mit melodischer Stimme zum Wortführer der Trolle. »Wir möchten ja nicht unverschämt erscheinen, aber wir haben großen Hunger . . .«

Wie wahr! dachte Judy. An Bord des Raumschiffes hatte sich keine Nahrung befunden, und die Reise hatte mindestens sechzehn Stunden gedauert. Viele galaktische Lebensformen besaßen einen Stoffwechsel, bei dem der Körper mehr Energie benötigte, als beim Menschen, und niemand wußte, wie lange diese Wesen schon hungern mußten, bevor man sie an Bord dieses Schiffes verfrachtet hatte.

»Die Passagiere werden nach der Abfertigung zur Schnellfutterstation gebracht«, sagte der Troll. Er starrte den Käfer an. »*Du* wirst bis zur nächsten Schicht warten, bevor du was zu fressen bekommst. Außerdem wirst du während der ersten beiden Tage deiner *besonders schweren* Arbeit auf halbe Ration gesetzt. Noch irgendwelche Fragen?«

Nein, es gab keine Fragen mehr. Die unglückseligen Gefangenen hatten begriffen, was Sache war.

»Und jetzt der Reihe nach raus mit euch!« Der Troll blickte auf eine Liste.

»Als erster . . . Erdferkel!«

Ein Lebewesen, das entfernte Ähnlichkeit mit seinem irdischen Namensvetter hatte, zwängte sich aus seinem viel zu kleinen Sitz und trottete zum Ausgang.

»Zu langsam!« brüllte eine Stimme aus dem Translator. Einer der Trolle richtete eine Laserwaffe auf den Gefangenen. Ein Energiestrahl schoß aus dem Lauf. Ein dunkler Fleck erschien auf Erdferkels Fell, und der Gestank nach verbranntem Fleisch breitete sich aus. Das Wesen raste im wilden Galopp aus dem Raumschiff.

Judy hatte sich während des Fluges mit einigen Gefangenen unterhalten und deren Pessimismus, was den Planeten Ra betraf, nicht teilen können. Jetzt erkannte sie, wie naiv sie gewesen war. Das hier war die Hölle!

»Wanzenbär!« rief der Troll.

Ein wanzenähnliches Wesen von der ungefähren Größe eines Bären krabbelte ins Freie, so schnell es konnte, bekam aber dennoch eine Laserladung verpaßt.

»Grillenbein!«

Der Aufgerufene hüpfte mit einem mächtigen Satz aus dem Raumschiff, blieb aber auch nicht vom Laser verschont.

»Hundeschnauze!«

Das Wesen winselte, als ein Schuß aus der Laserwaffe ihm den Schwanz versengte.

»Erdenmädchen!«

Judy erstarrte. Das alles konnte nicht wahr sein! Sie war doch nur hierher gekommen, um ...

Einer der Trolle stapfte auf seinen drei knorrigen Beinen den Mittelgang herunter, den Laser im Anschlag. Mit grimmiger Miene streckte er seinen behaarten Arm aus, packte Judys Haar mit seiner riesigen Pranke und zerrte daran.

»Nein!« schrie Judy, deren Augen ganz groß und rund waren, da die Gesichtshaut sich spannte, als der Troll sie an den Haaren aus dem Sitz zu heben versuchte. »Ich bin nur zu Besuch hier! Ich bin kein Gefangener!«

»*Besucher!*«höhnte der Troll. »Hä, hä, hä!« Er richtete den Laser auf ihr Gesicht.

»Trach!« kreischte Judy. »Trach von Trachos! Ich möchte ihn hier aufsuchen, und ...«

»Aaah! Eine Simulantin«, stellte der Troll voller Zufriedenheit fest. »Das gibt mir die Gelegenheit, ein Exempel zu statuieren! Zuerst schweiße ich ihr die große Klappe zu.« Er legte einen seiner vier Daumen auf einen Druckknopf an der Laserwaffe.

»Einen Moment, bitte«, drang es aus dem Translator. Diese Geräte waren in der Tat ausgesprochen vielseitig verwendbar: als Übersetzer, als Telefon und als Radiosender.

Der dreibeinige Troll hielt inne und verzog das Gesicht. »Wer wagt es, mir diesen kleinen Spaß zu verderben?«

»Trach, natürlich. Ich bin freiberuflicher Diplomat. Seien Sie so freundlich, und händigen Sie mir diese Dame aus. Unversehrt, bitte.«

»Ich kenne keinen Trach!« rief der Troll.

»Hier, bitte – mein Erkennungszeichen.« Aus dem Translator drang ein nicht zu beschreibendes Geräusch.

»Ach so«, sagte der Troll mürrisch. »*Der* Trach. Also gut. Schicken Sie diese Kreatur zum Bränden, sobald Sie mit ihr fertig sind.«

Judy wurde unsanft aus dem Raumschiff gezerrt. Während sie ihr schmerzendes, zerwühltes Haar zu ordnen versuchte, folgte sie den Wegbeschreibungen des Translators, der sie zu Trachs Büro dirigierte. Sie wandte sich nach rechts, während die bemitleidenswerten Gefangenen nach links geführt wurden, um die entwürdigende Prozedur der Abfertigung über sich ergehen zu lassen. Judy fühlte sich schuldig.

»Die nächste Treppe rauf, Simulantin!« drang eine schroffe Trollstimme aus dem Translator, als Judy ein mehrgeschossiges Gebäude erreichte. »Vierter Stock, drittes Zimmer links!«

Schließlich stand Judy vor der Tür und drückte auf den Klingelknopf.

»Herein«, erklang eine tiefe, viel freundlichere Translatorstimme aus dem Innern. Judy war beinahe versucht zu fragen, wo der herrische Tonfall geblieben war.

Sie drückte zögernd die schlichte Metalltür auf und spähte vorsichtig ins Zimmer. Es war leer. Sie hörte das Plätschern von Wasser und sah Dunstschwaden unter der Decke schweben. Da stand jemand unter der Dusche!

»Ich bin sofort fertig!« erklang wieder die freundliche, wohlklingende Stimme; offensichtlich aus dem Badezimmer. Sie hörte sich wie eine natürliche Stimme an, so, als spräche jemand Englisch, ohne einen Translator zu benutzen. Aber das konnte natürlich nur Einbildung sein. Judy war keinem Erdenbewohner mehr begegnet, seit sie das verhängnisvolle Stellenangebot angenommen hatte.

Das Plätschern des Wassers verstummte. Trach pfiff fröhlich vor sich hin, während er sich abtrocknete. Kurz darauf hörte Judy das Stampfen seiner Füße, als er sich anzog. Dieser Trach mußte ein ziemlich schwerer, großer Bursche sein.

»Sie sind Miss Galland von der Erde!« rief Trach. »Muck-o-Muck von Gleep hat mich bereits informiert!«

»Sie benutzen keinen Translator, nicht wahr?« rief Judy erstaunt zurück.

»Brauch' ich nicht«, erwiderte Trach, der immer noch nicht zu sehen war. »Wo hab' ich denn bloß meine Jacke, verflixt noch mal? Ich kann einer Dame ja nicht halb nackt gegenübertreten. Ha-ha-ha.«

»Doktor Dillingham . . . ist er hier?«

»Ich fürchte nein. Er besucht jetzt die Universität und hat Elektrolus verlassen. Zur Zeit belegt er Vorlesungen in Verwaltungswissenschaften. Tut mir leid, das sagen zu müssen, aber Sie haben die Reise hierher umsonst gemacht.« Dröhnende Schritte näherten sich jetzt dem Wohnzimmer.

»O nein, ich bin *froh,* daß Doktor Dillingham nicht hier ist! Ich meine...«

Und dann sah sie Trach. Einen leibhaftigen, vier Meter hohen Dinosaurier.

»Sie sehen ja wirklich *zum Fressen* gut aus!« sagte er lächelnd. Er hatte zweitausend Zähne.

Judy war nicht der Typ, der schnell in Ohnmacht fiel.

Diesmal fiel sie in Ohnmacht.

6

»Als Rektor der Universität«, sagte die Auster, »muß man Probleme meistern können, bei denen die Untergebenen versagen.«

»Natürlich«, stimmte Dr. Dillingham seinem Chef zu; aber ihm war dabei nicht ganz wohl in seiner Haut. Er hatte sein erstes Quartermester an der Verwaltungsuniversität hinter sich und hatte die Zwischenprüfungen recht gut bestanden. Trotzdem hielt er sich noch lange nicht für qualifiziert, den Posten seines Chefs einzunehmen. Selbstverständlich leistete er jetzt nur seine Praktikantenzeit ab und mußte anschließend wieder an die Verwaltungsakademie zurückkehren, um sein Abschlußexamen zu machen. Aber er hatte den schlimmen Verdacht, daß die Auster ihm auch als Praktikanten ganz gründlich auf ›den Zahn fühlen‹ wollte.

»Wir haben einen Notruf von Metallika erhalten, von einem Planeten der Robotoiden«, fuhr der Rektor fort. »Die Eingeborenen sehen sich einem heiklen Problem gegenüber, das unser Außenagent an die Universität weitergegeben hat. Ich weiß nicht, ob dieses Problem in unsere Zuständigkeit fällt. Deshalb wollen wir uns selbst von der Lage überzeugen.«

Dillingham atmete erleichtert auf. Für einen Moment hatte er geglaubt, man würde ihn alleine losschicken. Selbstverständlich dachte die Auster nicht daran, seinen Assistenten ohne Aufsicht zu lassen, wenn es heikle Probleme auf anderen Planeten zu lösen gab. Schließlich hing von der richtigen Diagnose der Ruf der Universität ab. Jeder Schritt, jede Maßnahme eines Rektors einer galaktischen Universität wurde von allen Planeten sorgfältig registriert. Ein Fehler bei seinen Entscheidungen konnte schreckliche Folgen haben.

»Ich habe Unterkünfte für drei Personen bestellt«, sagte die Auster mit energischem Unterton. Seine Schalen gaben seiner Stimme einen sonoren, autoritären Klang, den das Übersetzungsgerät beflissen nachahmte, »der Ausflug wird rund achtundvierzig Stunden dauern. Ändern Sie Ihren Terminkalender entsprechend.«

Dillingham hatte nichts auf seinem Terminkalender eingetragen, was sein Chef sehr wohl wußte. »Sie haben für drei Personen gebucht?« fragte er verwundert.

»Meine Sekretärin wird uns begleiten. Miss Tarantula. Eine sehr tüchtige Person. Erfaßt sofort den Kern der Sache und saugt ihm das Blut aus. Im übertragenen Sinne, versteht sich.«

Ein Dienstwagen der Universität brachte sie zum Universitätstor, wo sich eine Menge Studenten zusammengerottet hatte. Dillingham fragte sich im stillen, welche Probleme die Studenten wohl haben mochten. Aber er hatte keine Zeit, seinen Chef danach zu fragen. In drei Lichtminuten trafen sie schon im Raumhafen ein. Miss Tarantula erwartete sie bereits. Mit ihren acht besohlten Spinnenbeinen schob sie den Rektor und den Erdenmann in den Aufzug, der sie direkt zum Raumschiff brachte. Sie trug auch das Gepäck und die Ausrüstung.

»Bitte, weihen Sie Dr. Dillingham in kurzen Sätzen in unser Problem ein, Miss Tarantula«, sagte die Auster, als sie in ihrer Kabine untergebracht waren. Der unentbehrliche Translator war hier in der Kabinenwand eingebaut.

»Ich mache inzwischen ein kleines Nickerchen.« Während die Simultananlage übersetzte, zog der Rektor seine Arme und Beine ein und schloß seine Schalen.

»Sehr wohl«, erwiderte Miss Tarantula und spann inzwischen in ihrer Ecke ein Netz aus. Sie unterbrach auch während des Vortrags das Spinnen nicht.

»Metallika gehört zu den unterentwickelten Roboter-Welten und ist vor ein paar tausend Jahren beim berüchtigten Jann-Aufstand vollkommen verwüstet worden. Im Augenblick finden auf diesem Planeten Ausgrabungen statt, um die technologischen Überreste der Janns ans Tageslicht zu fördern. Ihre Zivilisation war einmalig in der Galaxis.

Man hatte bisher angenommen, daß alle Janns vernichtet worden sind. Doch jetzt hat man einen Jann in den unterirdischen Ruinen gefunden.«

»Sein Skelett, meinen Sie wohl«, unterbrach Dillingham.

»Nein, Sir. Einen vollständigen Roboter.«

Zu dumm von ihm. Er hatte ganz vergessen, daß sie es hier mit einer robotoiden Kultur zu tun hatten. Metall und Keramik statt Fleisch und Knochen. »Muß ja ziemlich mitgenommen sein, dieser Jann. Verrostet und oxidiert.«

»Die Janns rosten und oxidieren nicht. Die Janns sind Superroboter, unzerstörbar durch natürliche, physische und chemische Kräfte. Sie sind praktisch unsterblich. Doch dieser wiederentdeckte Roboter ist nicht ganz Herr seiner selbst . . .«

»Wollen Sie damit sagen, daß er noch *lebt?* Nach Tausenden von Jahren?«

»Er ist so lebendig, wie ein Roboter nur sein kann, Sir.« Miss Tarantula hatte inzwischen ihr Netz vollendet und ließ sich jetzt darin nieder. Sie hockte in einem perfekten Sicherheitsgurtsystem, obwohl man so etwas in einem modernen Raumschiff gar nicht brauchte. »Doch dieser Roboter ist, wie gesagt, nicht Herr seiner Fähigkeiten, weil er an Zahnschmerzen leidet. Die Eingeborenen wagen sich nicht an den Roboter heran. Andererseits können die Ausgrabungen nicht weitergehen, bis der Roboter entfernt ist. Deshalb forderte man Unterstützung von unserer Universität an.«

Dillingham war sehr beeindruckt. Das mußten ja kolossale Zahnschmerzen sein, die einen unsterblichen, unverwundbaren Roboter über tausend Jahre lang gelähmt hatten.

Er war froh, daß die Auster, sein Chef, für dieses Problem verantwortlich zeichnete. Er konnte von seinem Beispiel viel lernen.

Aber was sollten sie mit dem Roboter anfangen, nachdem sie ihn geheilt hatten? Und wozu braucht ein Roboter überhaupt *Zähne?* Bisher war er noch keinem Roboter begegnet, der Nahrung zerkaute oder überhaupt einen Mund besaß. Obwohl er Roboter kannte, die recht tüchtige Zahnärzte waren.

Metallika *war* ein unterentwickelter Planet. Sein Raumhafen glich einem Schrottplatz. Überall sah man vor sich hin rostende Raumschiffe. Ein halbverfallener Kontrollturm stand neben dem Landefeld. Es gab kein Landenetz, das seine Energie in den Raum hinausschickte und die Schiffe mit sanfter Präzision auf den Planeten herunterholte.

Doch die Begrüßung war großartig.

»Eure Magnifizenz!« rief ein kleiner Roboter, der ein

wackliges Übersetzungsgerät hinter sich her zog, »wir haben Eure Ankunft glühend erwartet!«

Miss Tarantula gab einen Laut von sich, den der Translator als verächtliches Schnaufen wiedergab: »Roboter glühen nicht.«

»Wir haben nicht geschlafen und nicht gegessen, so sehr sehnten wir Eure Ankunft herbei!«

»Roboter schlafen auch nicht und essen nicht«, tadelte Miss Tarantula.

Der grüne Roboter drehte sich um und hob einen metallenen Fuß. Dann gab er dem Translator einen Tritt gegen das Schienbein. Das Übersetzungsgerät gab einen metallischen Schmerzlaut von sich und korrigierte hastig: »Wir haben seit zwei Tagen kein Fernsehprogramm mehr gesehen!«

»Das klingt schon überzeugender«, erwiderte Miss Tarantula besänftigt. »Ein Roboter, der keinen Geschmack mehr am Fernsehen findet, wird zu einem beinahe leidgeprüften Wesen. Dann ist die Situation wirklich kritisch. Allerdings sollte der Translator mal gründlich durchgesehen werden, damit keine weiteren Mißverständnisse aufkommen.«

Mit so einer Sekretärin kann ein Universitätsrektor sich auch in kritischen Situationen durchsetzen, dachte Dillingham bei sich. Er war froh, daß sie ihre eigenen Drei-Sprachen-Übersetzungsgeräte mitgenommen hatten.

»Was habt ihr denn für Probleme?« erkundigte die Auster sich gelassen. Dillingham erinnerte sich an einen Kernsatz seiner Vorlesungen: Stelle keine Fragen, wenn du nicht schon vorher die wichtigsten Antworten kennst.

Der kleine Roboter schilderte wortreich, wo sie der Schuh drückte. Miss Tarantula hatte im Raumschiff das Problem bereits viel kürzer und treffender erläutert. Deswegen ließ Dillingham seine Gedanken wandern. Er fragte sich zum Beispiel, ob die Roboter sich fortpflanzten. Gab es männliche und weibliche Roboter? Heirateten sie? Gab es sexuelle Tabus? Metallpornographie? Gebrochene eiserne Herzen?

»Herr Direktor!« rief Miss Tarantula auf ihrer Privatwelle.

Die Auster stellte ihren Empfänger für den internen Sprachverkehr an. Sie trug ihn unter ihrer Schale verborgen, damit sie zuhören konnte, ohne den Redefluß des Roboters zu stören. Auch Dillingham schaltete sein Gerät auf internen Sprachverkehr.

»Ich bekomme eben einen dringenden Notruf von der Universität«, sagte Miss Tarantula. Sie hatte irgendwo an ihrer kompliziert gebauten Anatomie einen Trans-Star-Empfänger festgeschnallt. »Demonstrierende Studenten sind in Ihre Büroräume eingedrungen und schnüffeln in Ihren Akten herum . . .«

Die Augenstiele der Auster verfärbten sich hellgrün. »Verdammte Austernbrühe!« fluchte der Rektor.

Der kleine, grüne Roboter stockte erschrocken mitten im Satz. »Wie meinen Eure Magnifizenz? Hatten Sie etwas von verdorbenem Maschinenöl gesagt?«

»Sie übernehmen den Laden hier, Nachfolger!« befahl die Auster auf der internen Welle. »Ich fliege sofort mit einer Sondermaschine zurück zum Universitätsplaneten. Meine Akten – ha!« Und schon lief die Auster über das Feld auf das Fernmeldebüro zu, so rasch ihre Füße sie tragen konnten. Miss Tarantula folgte auf acht hornbesohlten Beinen.

»Hat er ›verdorbenes Öl‹ gesagt?« wiederholte der grüne Roboter schockiert. Er verbreitete einen leisen Geruch von schmorendem Isolierdraht. »Ich gebe ja zu, daß er eine sehr wichtige Persönlichkeit darstellt. Aber auch als Lebewesen sollte er seine gute Kinderstube nicht vergessen . . .«

»Ein Mißverständnis«, fiel Dillingham hastig ein. »Seine Magnifizenz weiß doch, was sich gehört, da muß Ihrem Übersetzer wieder das falsche Wort herausgerutscht sein. Man sollte ihn wirklich ölen. Ich bin da ganz der Meinung des Herrn Direktors.«

»Ah«, sagte der Roboter verstimmt. »Nun – äh – werden *Sie* jetzt unser Problem lösen, nachdem Seine Magnifizenz sich geweigert hat?«

»Selbstverständlich«, versicherte Dillingham und hütete sich, seine Stimme zittern zu lassen, damit der Translator sein Unbehagen nicht mit übersetzte. »Seine Magnifizenz hat sich übrigens gar nicht geweigert. Er hat die ganze Angelegenheit mir übergeben. Die Universität steht immer treu zu ihren Verpflichtungen.« Im stillen gab er allerdings dem Roboter recht. Er war wirklich ein Pechvogel. Die Lage entwickelte sich jedesmal so, daß er die Suppe allein auslöffeln mußte. »Am besten sehe ich mir den Patienten erst mal an.«

Soll bloß einer sagen, Roboter hätten keine Gefühle! Der grüne Wicht überstürzte sich fast, als er Dillingham zu einem altmodischen Gleiter brachte. Sie flogen über Krater hinweg und über aufgewühltes Erdreich. Es gab auch Pflanzen auf dieser Welt, aber sie hatten ein metallisches Aussehen. Trotzdem war die Luft sauerstoffhaltig, und das Klima und die Schwerkraft waren für irdische Wesen angenehm.

Der Gleiter landete mit einem seufzenden Laut. »Ich wage mich nicht näher heran«, sagte der grüne Roboter, und irgendwie gab der Übersetzer das Klappern von Schrauben und Bolzen wieder, als ob ein Mensch vor

Angst mit den Zähnen schnatterte. »Der Jann liegt in dem Graben dort drüben. Geben Sie mir ein Zeichen, wenn Sie fertig sind. Ich hole Sie dann wieder ab. Vorausgesetzt, es besteht dabei keine Gefahr.«

Als Dillingham mit seiner Arzttasche ausstieg, setzte der Gleiter sich sofort in Bewegung. Er wendete die Nase und flog davon.

Das konnte ja heiter werden. Was für ein Roboter mußte das sein, vor dem sich sogar andere Roboter fürchteten! Warum hatten sie den Burschen nicht einfach zerstört, wenn er so gefährlich war? Ach – angeblich sollte der Jann ja unzerstörbar sein.

Dillingham ging zum Rand der Grube und spähte hinunter.

Ein gewaltiger Roboter lag dort unten, noch halb begraben unter dem Schutt. Der Jann mußte mindestens vier Meter lang sein, und sein Panzer schimmerte wie frisch poliertes Glas. Jahrtausende hatten seiner Haut nichts anhaben können. Der gewaltige ›Brustkorb‹ schien vor Kraft zu pulsieren.

Ein grausamer, schneidender Pfeifton peinigte Dillinghams Trommelfell. Er wußte nicht sehr viel über die technische Anatomie eines Roboters, aber er hatte ein feines Gespür für das Leid, ob es sich nun in Fleisch und Blut, Metall oder sonstwie äußerte. Ja, dieses Wesen war lebendig – und litt schrecklich. Mehr brauchte er nicht zu wissen.

Der Kopf war kugelförmig und maß rund sechzig Zentimeter im Querschnitt. Eine Lade war dort, wo man bei einem Menschen das Gesicht erwartete, zur Hälfte herausgezogen. Diese Lade war teilweise mit Sand gefüllt, und in dem Sand glühte etwas.

Roboter besaßen in der Regel keinen Mund; doch manche Modelle hatten im Kopfstück Öffnungen, in die man alle möglichen Gegenstände zur Weiterverarbeitung hineinschieben konnte. Das Getriebe zur Zerkleinerung von harten Materialien konnte man mit organischen Zähnen durchaus vergleichen.

Während er seinen Patienten betrachtete, kam ihm wieder zu Bewußtsein, was er auf der Uni gelernt hatte. Er besaß ausreichende Grundkenntnisse, um die Zähne eines Roboters reparieren zu können. Aber diesen speziellen Typ hatte er auch im anatomischen Kursus nicht durchgenommen. Wenn er ihn behandelte, konnte ihm ein schwerer Fehler unterlaufen. Schließlich gehörte er zur Gattung der am höchsten entwickelten Roboter und galt als ausgestorben.

Wenn der anatomische Aufbau des Jann aber ungefähr der Bauweise der zeitgenössischen Roboter entsprach, mußten seine ›Zähne‹ eine doppelte Funktion erfüllen. Erstens hatten sie dann eine außerordentlich harte Oberfläche, damit sie Gegenstände mechanisch zerkleinern konnten. Und zweitens befanden sich in den ›Zähnen‹ komplizierte Schaltkreise zum Speichern und Verarbeiten von Daten und zur Verständigung. Die Zähne der Elektrolyten hatten einen ähnlichen Aufbau. Daraus mußte man schließen, daß ein kranker Zahn nicht nur die Rachenhöhle beeinträchtigte. So ein Zahn konnte sogar die Gehirnfunktion stören . . .

Dillingham saugte zuerst mit einer Vakuumpumpe den Sand aus der Lade und studierte das ›Gebiß‹. Ein Zahn war glühend rot. Der Schmerzlaut wurde offenbar von diesem Zahn ausgesendet. Eine rasche Überprüfung mit seinen Geräten, die er in der Uni eingepackt hatte, bestätigte ihm den Schaden. Hier lag ein Kurzschluß vor.

»Schön, Jann – ich glaube, die Diagnose ist nicht

schwierig«, sagte Dillingham mehr zu sich selbst, als er die Instrumente auspackte. »Leider bin ich nicht dafür ausgerüstet, den Zahn selbst zu reparieren. Ich habe auch keinen Ersatzzahn mitgebracht. Ich kann den Schmerz aber lindern, indem ich einen Leiter um den Zahn herum baue und den Kurzschluß gewissermaßen überbrücke. Das ist zwar eine primitive Methode und wird den Zahn lahmlegen. Aber wenn der Zahn nicht ein Hauptschaltelement enthält, wird der Rest Ihres Systems wieder voll einsatzfähig sein. Anschließend werden Sie sich in einer Roboterklinik behandeln lassen, wo alle Ersatzteile auf Lager liegen. An Ihrer Stelle würde ich nicht lange damit warten, denn Sie bekommen von mir ja nur eine provisorische ›Einlage‹. Die hält nicht sehr lange, und Sie wollen doch nicht wieder diese grausamen Schmerzen bekommen, nicht wahr?«

Jeder eingeborene Dentist hätte doch ohne weiteres diese Notschaltung herstellen können, überlegte Dillingham. Warum war das nicht geschehen? Wovor fürchteten sie sich so sehr, daß sie einen ihrer Vorfahren unnötig leiden ließen? Ein einziger Jann, der letzte Vertreter seines Stammes, konnte doch nicht eine ganze Welt gefährden, selbst wenn er das wollte! Und ein Vertreter der galaktischen Uni würde den Jann auch nicht von seinen Plänen abhalten können, falls er den Roboter heilte.

Zu dumm, daß er vorher nicht mehr die Geschichte der Janns studieren konnte und den Grund ihrer Revolte nicht kannte. Vielleicht wäre ihm vieles klar geworden, was er sich jetzt nicht zusammenreimen konnte. Aber wenn die Auster ihn einfach so im Stich ließ . . . Nun, dieses Wesen hatte Schmerzen. Es brauchte seine Hilfe. Basta.

Alles war jetzt zur Behandlung vorbereitet. Er legte die Schaltbrücke an und lötete die Enden fest. Der Eingriff selbst war kinderleicht, nur die Vorbereitung verlangte Sachkenntnisse: die Materialtoleranzen, der Schaltplan, die elektronischen Verhältnisse. Es wäre ein Fehler gewesen, den Zahn zu ziehen, denn er war mit den anderen Zähnen in Serie geschaltet, so daß die Extraktion für den Patienten tödlich verlaufen konnte. Und viele Roboter – das wußte Dillingham aus den Memokursen – waren auf Selbstvernichtung programmiert, wenn man sie tötete. Sie waren lebendige Bomben.

Die Schmerzfrequenz ebbte ab, und der überbrückte Zahn fing an, sich abzukühlen. Der Jann bewegte den linken schimmernden Arm um wenige Zentimeter. »Nnnn«, kam es aus einem Metallsieb auf seiner Stirn. Eine Röhre seitlich am Kopf glühte schwach auf. War das ein Auge?

Erleichtert richtete Dillingham sich auf. Er wartete vorsichtig ab, was sich jetzt entwickelte. Er wollte sich vergewissern, daß sein Eingriff richtig gewesen war. Sein Mitgefühl und sein Berufsstolz verlangten das von ihm. Wenn das Befinden des Patienten sich verschlechterte, mußte er die Notschaltung sofort wieder entfernen und sich etwas anderes einfallen lassen.

Die Erde riß auf, und Steine polterten, als der Jann die Beine bewegte. Ein glatter, schimmernder Fuß kam zum Vorschein. Der Jann richtete sich auf und bewegte die Glieder wie eine schimmernde Wehr. Er war schon ein prachtvolles Stück Maschine.

»Keinnn«, sagte er und richtete eine kleine Antenne auf Dillingham.

War das ein Kommentar oder nur ein Nachhall vergangener Schmerzen?

Dann ragte der Jann wie ein Berg über ihm auf. »Keiner außer mir«, sagte er mit dröhnender Stimme, so daß die

Worte von den Grabenwänden widerhallten, als kämen sie aus einer mächtigen Orgel.

Keiner außer mir? Das klang verdammt irdisch, und Dillingham hatte genau aufgepaßt. Der Übersetzer war stumm geblieben.

»Sind Sie – haben Sie ...?« stotterte Dillingham. Selbst wenn dieser Roboter einen eingebauten Simultanübersetzer hatte, konnte er unmöglich auf Englisch programmiert sein. Er war seit Jahrtausenden lebendig begraben!

Der Jann betrachtete ihn mit Prismenaugen, die vorher im Kopf versenkt gewesen waren. Die Sonnenstrahlen spiegelten sich im Torso aus nichtrostendem Stahl oder aus welchem Material der Roboter auch immer bestand. Dampf kräuselte sich von seinen Fingerspitzen, spannte einen schwachen Regenbogen über der Gestalt. »*Keiner außer mir wird dich töten!*«

Oha!

»Das ... da ... scheint eine ... Verwechslung vorzuliegen«, stotterte Dillingham. »Ich wollte nicht – ich meine – ich habe Ihren Zahn repariert. Zumindest den Schmerz habe ich gelindert und ...« Dillingham stolperte über einen Stein und setzte sich auf seinen Hosenboden.

Der Jann schritt auf ihn zu, und die Erde bebte unter seinen Sohlen. »Du hast mich aus meiner Ohnmacht erlöst«, sagte der Roboter. »Du hast den Kurzschluß überbrückt!«

Dillingham schob sich von dem Ungetüm fort. »Ja doch, ja! Sie haben es begriffen!«

Der Jann streckte seinen schimmernden Arm aus. Der Zeigefinger war wie eine Kanone auf Dillinghams Stirn gerichtet. »Hör gut zu, Sterblicher, denn ich habe dir etwas Wichtiges zu verkünden!«

Dillingham erstarrte zur Salzsäule. Er begriff das Verhalten des Riesen keineswegs – im Gegenteil, es jagte ihm sogar panische Angst ein –, aber überstürzte Reaktionen hätten seine Lage nur noch verschlimmert.

»In den Tagen und Jahren des Haders zwischen den Stämmen der Janns und ihren minderwertigen Vettern«, sagte der Roboter, »hatte ich das Pech, leichtsinnigerweise auf eine Knopf-Granate zu beißen. Dabei schaltete ich einen Schwingkreis kurz. Ich konnte weder meine Glieder noch meinen Rumpf bewegen, solange dieser Schaltkreis kurzgeschlossen war, obgleich mein Verstand gesund blieb. Nur die Schmerzen trübten das Denkvermögen. Als später Trümmer und Erde mich verschütteten, konnten meine Freunde mich nicht mehr finden, denn es war ja Krieg im Lande und es gab viele elektrostatische Überlagerungen, Störungen und andere Turbulenzen. Deshalb hielten mich meine Freunde für tot. Ich fing zwar alle möglichen Frequenzen und Peilsignale auf, konnte aber nicht darauf antworten und litt schreckliche Qualen. Tausend Jahre habe ich in dieser Grube verbracht und wälzte nur einen Gedanken in meinem Herzen: ›Wer mich aus meinem Grab befreit, den werde ich für eine ganze Ewigkeit glücklich machen.‹ Doch das erste Jahrtausend ging vorüber, ohne daß mein Wunsch erhört wurde. Als das zweite Jahrtausend begann, schwor ich in meinem Herzen: ›Wer mich jetzt aus meiner Ohnmacht befreit, der soll durch meine Hand sterben.‹ Du warst es, der mich aus meiner Ohnmacht befreit hat. Deshalb muß ich nun meinen Schwur einlösen.«

Dillingham war jetzt klar, daß er es mit einem geistesgestörten Roboter zu tun hatte. Der überbrückte Zahn mußte einen wichtigen Schaltkreis enthalten, der die Denkvorgänge regelte. Aber jetzt war es zu spät, den

Schaden zu reparieren. Der Jann würde ihn bestimmt nicht mehr an seinen abgeschalteten Zahn heranlassen. Zweifellos war er ein toter Mann, sollte er das versuchen.

Doch die Geschichte des Jann klang ihm irgendwie vertraut. Der gefangene Geist – natürlich! Der Geist in der Flasche, der schwor, seinen Befreier zu töten. Ein Fischer entdeckte die Flasche mit dem Geist in seinem Netz und zog den Korken heraus, nicht ahnend, was ihn erwartete ...

Jetzt begriff Dillingham auch, warum die Einheimischen sich nicht an diesen Patienten herangewagt hatten. Sie mußten von diesem Schwur gewußt haben.

Und wie hatte sich damals der Fischer auf der Erde aus der Affäre gezogen? Da war doch irgendein Trick dabeigewesen ...

Der Jann wankte, und Dillingham sprang rasch zur Seite. »Meine Kraftreserven sind fast erschöpft!« klagte der Roboter. »Viertausend Jahre Kurzschluß; doch ich habe meine Lebenskraft bis zu diesem Augenblick gerettet! Hätten Sie meine Besonnenheitssynapse nicht stillgelegt, wäre ich mir der Gefahr bewußt gewesen, ehe ich sinnlos Kraft vergeudete und mich unter dem Schutt hervorgrub. Jetzt kann ich mich nicht mehr bewegen!«

Gott sei Dank, dachte Dillingham, turnte rasch die Grabenwand hinauf und rannte davon.

»O Sterblicher!« rief dic Orgelstimme des Roboters hinter ihm her. »Du willst mich in dieser verzweifelten Lage zurücklassen – ohne Kraft, mich aus diesem scheußlichen Loch zu befreien?«

Dillingham verfluchte seine Dummheit; aber die Klage des Roboters griff ihn ans Herz. Er blieb stehen. »Wirst du deinen Sinn ändern und mich nicht töten, wenn ich dir jetzt zum zweitenmal helfe?«

»Sterblicher, ich darf meinen über zweitausend Jahre alten Fluch nicht umstoßen. Keiner außer mir wird dich töten!«

»Warum sollte ich dir dann helfen?«

Doch der Jann hatte jetzt seine letzten Kraftreserven verbraucht. Dillingham hörte nur: »Keiner außer mir . . .« Dann war die Stimme verhaucht.

Trotz dieser Schlappe kehrte Dillingham an den Rand der Grube zurück und blickte hinunter. Der Jann lag der Länge nach auf der Grabensohle. Das Licht am Kopf glühte nur noch ganz schwach.

Dillingham seufzte erleichtert. Er machte sich auf den langen Marsch zurück zum Raumhafen. Er hatte seinen Auftrag erfüllt, die Zahnschmerzen geheilt. Jetzt blieb nur noch das Problem, wie er an die Universität zurückkommen sollte.

Stundenlang marschierte er in die Richtung, wo er den Raumhafen vermutete. Seine Instrumententasche schien sich in Blei zu verwandeln; aber er warf sie nicht weg. Blasen bildeten sich an seinen Zehen. Seine Zunge schwoll an. Hier gab es weit und breit kein Wasser; die Bäche schienen hier aus Öl und Benzin zu bestehen.

Trotz der Strapazen kreisten seine Gedanken immer noch um den Jann. Was für ein Gegensatz – dieser antike Robotergott und diese feigen, kleinen, grünen Roboterwichte! Die Operation war gelungen, dachte er sarkastisch, doch der Patient starb. Die Vorstellung quälte ihn – der Sterbende, der aus Energiemangel verdurstete. War das eine ordentliche Behandlung? Tod anstatt Schmerzen? »O Sterblicher!« hatte der Patient gerufen. »Willst du mich verlassen?«

Aber der Patient wollte seinen Retter doch töten! Dillingham war froh, mit knapper Not seinem Verderben entronnen zu sein. Er wäre ja verrückt, wenn er sich noch einmal dieser undankbaren Maschine näherte!

Doch das Flehen des Sterbenden ließ ihm keine Ruhe.

Endlich erreichte er den Raumhafen und wankte in die Abteilung für die Betreuung fremder Lebenssysteme. Der Raum war überfüllt und schrecklich heiß. Aber dort erhielt er wenigstens alles, was er zur Erhaltung seines Lebens brauchte. Er trank lauwarmes Wasser und verband seine schmerzenden Füße. Er hatte seinen Auftrag erfüllt.

»Willst du mich verlassen . . .?« klang es in ihm nach.

»Diese Janns«, fragte er hastig, »besaßen diese Riesen irgendeinen Moralkodex? Hatten sie zum Beispiel die Gewohnheit, sich mit einem Eid zu belasten, den sie strikt einhielten?«

Der Translator im Saal sprühte Staub aus seinem Lautsprecher und antwortete: »Die alten Jann-Roboter unterlagen einem Moralzwang. Ihre Schaltkreise waren so eingerichtet, daß sie niemals einen Schwur zurücknehmen konnten, den sie ausgesprochen hatten. Nur eine totale Lähmung konnte sie daran hindern, ihren Eid zu erfüllen. Und ein Schwur ging ihnen rasch von der eisernen Zunge.«

Aber er konnte den letzten Jann doch nicht einfach hilflos sterben lassen!

»Von welchen Energiequellen haben die Janns gelebt?«

»Sie verwendeten ein einzigartiges Kraftpaket, dessen Geheimnis mit ihnen ausgestorben ist«, sagte das Übersetzungsgerät. »Eine winzige Kraftzelle erhielt sie jahrtausendelang in voller Roboterkraft. Doch im Notfall konnten sie frische Kräfte aus fast allen verfügbaren Energiequellen schöpfen.«

Auch aus der Bodenwärme oder aus Radiowellen?

Wohl kaum. Oder doch? Hatten diese Energiequellen das Kraftpaket des Jann viertausend Jahre lang immer wieder aufgetankt, so daß er trotz des Kurzschlusses am Leben blieb?

»Wann geht denn das nächste Kursschiff zurück zum Planeten der Uni für Zahnheilkunde?«

»In achtzehn Stunden.«

Die Zeit reichte aus. »Stellen Sie mir einen Gleiter mit einer Ersatz-Energie-Zelle bereit. Ich fliege allein.« Dillingham wußte, daß sein Status als stellvertretender Rektor einer galaktischen Universität ihm interplanetarischen Kredit einräumte. Er konnte buchstäblich alles bestellen und bekam es auch, ohne daß Fragen gestellt wurden. Wenn er seinen Kredit überzog, würde die Universität die Schulden anstandslos begleichen – und ihn diskret zur Rechenschaft ziehen. Auf diese Weise bewahrte sie ihr Gesicht.

Während Dillingham mit seinen Blasen an den Füßen auf das Flugfeld humpelte, wurde der Gleiter startklar gemacht. Dillingham setzte sich hinter das Steuerpult und schwebte in wenigen Minuten wieder über der Ausgrabungsstelle. Der Jann lag noch immer an der gleichen Stelle, das Gesicht nach unten. Doch das Licht im Kopfstück glühte jetzt etwas heller, ein Beweis, daß sich die Energiezelle schon wieder etwas erholt hatte.

Dillingham hob die Reservezelle aus dem Gleiter und stellte sie neben den Roboter. »Hier ist ein Notpaket mit frischem Energievorrat«, sagte er. »Das bedeutet aber nicht, daß ich mit Ihrem Verhalten einverstanden bin – keineswegs –, doch es verstößt gegen meine Prinzipien, ein Wesen leiden oder sterben zu lassen, wenn ich das verhindern kann. Bis Sie die Batterie angeschlossen haben, bin ich wieder fortgeflogen. Eine Energiezelle, wie

Sie sie für Ihre Größe brauchen, müssen Sie sich schon selbst besorgen. Ich fürchte, die mitgebrachte Batterie reicht nur wenige Stunden für Sie. Viel Glück!«

Die schimmernde Metallhand des Jann griff nach der Batterie. Der Roboter würde die Batterie also irgendwie anschließen können. Dillingham sprang in den Gleiter und startete durch. *»Keiner außer mir . . .«* hörte er die Stimme des Jann unter sich.

Konnte man sich eigentlich noch dümmer verhalten? Dieser Jann war ein Mörder! Aber Dillingham konnte einfach nicht über seinen Schatten springen. Es war die gleiche Dummheit, die ihn an jenem Abend vor dem Examen dazu zwang, einer armen Auster zu helfen, weil sie angeblich schreckliche Zahnschmerzen hatte. Damals hatte seine selbstlose Sentimentalität ihm Glück gebracht. Doch diesmal? Hier konnte er keine Belohnung für seine gute Tat erwarten. Er hatte einer lebendigen Maschine geholfen, die sich nicht erweichen und nicht umstimmen ließ. Er mußte den Planeten verlassen, ehe der Jann wieder im Vollbesitz seiner Kräfte war.

»Keiner außer mir . . .«

Dillingham hätte vor Schreck den Gleiter fast auf den Kopf gestellt. Er war jetzt mindestens eine Meile von der Ausgrabungsstätte entfernt und flog mit Höchstgeschwindigkeit. Er blickte sich nervös um.

»Keiner außer mir wird dich töten!« Die Stimme kam aus dem Lautsprecher des Translators.

Dillingham atmete erleichtert auf. Natürlich konnte der Jann sich direkt in dieses Gerät einschalten. Der Jann bestand ja zum größten Teil aus Elektronik.

»Wie ich höre, haben Sie sich bereits gut erholt«, sagte Dillingham.

»Ich danke dir dafür, Sterblicher. Zum zweitenmal hast

du mich vor einem Schicksal bewahrt, das schlimmer ist als die Zerstörung. Deine primitive Energiezelle reicht zwar nicht aus, um mein Antigravsystem einzuschalten; aber ich kann wenigstens gehen und mir eine bessere Energiequelle suchen. Dann hole ich dich ein, um meinen Eid einzulösen. Keiner außer mir wird dich...

»Ich hab's kapiert.« Antigravsystem? Dieser Jann war wirklich ein fortschrittliches Modell. Er hatte noch nie von einem fliegenden Roboter gehört. Das bedeutete, daß der eidbeflissene Roboter ihn auch in seinem Gleiter fangen konnte. Dillingham fühlte sich plötzlich gar nicht mehr sicher in seiner Haut.

»Wie lange werden Sie brauchen, bis Sie ein besseres Kraftpaket finden?« fragte er.

»Keine zehn Meilen von mir entfernt liegt eine noch einsatzfähige Energiezelle unter einem Schuttberg begraben. Sie stammt noch aus unserer großen Zeit. Es wird keine zwanzig Minuten dauern, bis ich das Energiepaket geborgen habe. Dann bin ich wieder voll einsatzfähig.«

Zwanzig Minuten! Sein planmäßiges Kursschiff zu dem Universitätsplaneten war erst in ein paar Stunden fällig.

Der Raumhafen kam wieder in Sicht, doch der Anblick munterte ihn nicht mehr auf. Wo sollte er sich vor einem allwissenden Roboter verstecken?

»Jann, Sie sind ganz sicher, daß Sie mich töten müssen?«

»Sterblicher, ich habe geschworen, daß nur ich dich töten werde!«

»Und es gibt kein Hintertürchen? Keinen doppelten Sinn, den man ausnützen könnte?«

»Wenn du stirbst, ehe ich dich einholen kann, erledigt sich der Schwur von selbst.«

»Können Sie den Eid nicht als uneinbringliche Schuld abschreiben?«

»Keiner außer mir . . .«

»Ja doch, ja! Ich kenne den Spruch bereits auswendig!« Aber hatte er nicht einen Ton des Bedauerns aus der Stimme des Roboters entnehmen können? »Ich dachte, die Umstände rechtfertigen eine Ausnahme . . .«

». . . wird dich töten!«

Okay, da war nichts zu machen.

»Jann«, versuchte es Dillingham mit einer anderen Masche. »Ihr Eid galt doch nur für die erste Rettung. Schulden Sie mir nicht noch einen Schwur für meine zweite Rettungsaktion?«

»Daran hatte ich noch gar nicht gedacht, Sterblicher. Ich werde dir deshalb meinen vorletzten Eid zugestehen und dir drei Wünsche erfüllen. Das ist eine ehrenhafte Lösung.«

»Ausgezeichnet. Mein erster Wunsch lautet, daß du den anderen Eid nicht einlöst.«

Dillingham hörte so etwas wie ein Kichern im Transcoder. »Nicht so voreilig, Sterblicher. Du kannst einen Jann-Eid nicht nach Belieben beugen. Du darfst dich erst auf den zweiten Eid berufen, wenn der erste erfüllt ist.«

»Blödsinn! Wie kann ich mir etwas wünschen, wenn ich tot bin?«

»Sterblicher, ich habe den Moralkodex der Jann nicht erfunden. Ich gehorche ihm nur. Der erste Schwur kommt auch zuerst.«

Dillingham schaltete ab, landete auf dem Flugfeld und eilte zum Schalter. »Geben Sie mir einen Flugschein für das nächste Schiff. Ich hoffe, es startet eins innerhalb der nächsten Viertelstunde.«

Der Fahrkartenroboter blickte ihn bestürzt an. »Ist irgend etwas schiefgegangen, Sir?«

»Ihr Jann-Vorfahre möchte mich umbringen.«

»Das ist sehr bedauerlich. Wir hatten uns so etwas fast gedacht. Hätten Sie die Liebenswürdigkeit, das Gebäude zu räumen, ehe der Jann hier eintrifft? Wir sind gegen höhere Gewalt nicht versichert!«

»Höhere Gewalt!«

»Feindseligkeiten, zum Beispiel. Wir haben leider nie einen Friedensvertrag mit den Janns geschlossen, da wir die Rasse für ausgestorben hielten. Theoretisch befinden wir uns noch im Krieg mit den Janns. Wenn er das Raumhafengebäude zerstört...«

»Ist Ihnen eigentlich klar«, erboste sich Dillingham, »daß der Jann Sie und Ihresgleichen in der Luft zerreißt, wenn er erst mal mich erledigt hat? Wenn ich also das Gebäude verlasse...«

»O nein, Sir!« rief der Roboter hastig. »Es ist bestimmt ratsam, wenn Sie Ihr Leben vorläufig schonen – wenigstens so lange, bis wir ausreichende Verteidigungsmaßnahmen eingeleitet haben.«

Keine fünf Minuten später befand er sich an Bord eines Transporters, der Hazard ansteuern sollte. Das war ein kalter Planet, der vorwiegend als Wintererholungsort für Mammuts diente. Dillingham war das egal. Hauptsache, es gab dort einen ordentlichen Raumhafen, wo er gleich einen Anschluß zu seinem Universitätsplaneten fand. Dort würde er schon einen Weg finden, wie man den Eid des Jann neutralisieren konnte. Aber warum sollte er so lange warten? Er rief auf der internen Dienstfrequenz den Planeten der Zahnheilkunde: »Ich rufe den Rektor der Universität...«

»Nett, wieder mal von Ihnen zu hören!« vernahm er

die Antwort seines Chefs. Obwohl die Stimme mehrere Lichtjahre überbrücken mußte, hatte sie den typischen Unterton einer verschlossenen Auster. »Wann werden Sie hier eintreffen?«

»Vorläufig gar nicht, fürchte ich. Ich fliege nämlich in die verkehrte Richtung, weil . . .«

Eine rauhe, etwas nasale Stimme platzte plötzlich in die Leitung: »Wir verlangen Gebührennachlaß für schwierige Spezialkurse. Außerdem . . .«

Hatte da jemand die Frequenz verwechselt?

»Unsinn, Ameisenbär!« zeterte die Stimme seines Chefs. »Machen Sie Ihr Examen, dann brauchen Sie auch keinen Gebührennachlaß.«

Ameisenbär! Jetzt erkannte auch Dillingham die Stimme wieder. Das war sein ehemaliger Zimmerkollege, der bei der Aufnahmeprüfung gemogelt hatte, obwohl er das gar nicht nötig hatte. Offenbar war Ameisenbär der Anführer einer Studentenrevolte.

»Sind Sie immer noch in der Leitung, Assistent?« fragte jetzt die Auster. »Man hat uns in einen Hörsaal gesperrt! Wir brauchen dringend Verstärkung!«

»Wir fordern ein Erholungssemester nach zwei Jahren Studium!« platzte die Stimme von Ameisenbär wieder in die Leitung.

»Erholungssemester! Für *Studenten!*« zeterte sein Austernchef. »So etwas genehmigen wir nicht mal unseren Professoren! Wo sollen wir denn das Geld dafür hernehmen? Wenn Sie diesen Artikel nicht streichen, verspreche ich Ihnen ein arbeitsreiches Semester in unserem Universitätsverlies! Haben Sie den Jann repariert?«

Dillingham schaltete sich wieder in die Konferenz ein: »Deswegen habe ich Sie ja angerufen! Der Jann ist . . .«

»He! Der spricht ja auf einer Außenfrequenz!« mischte

sich jetzt ein anderer Student ein. »Diese verdammte Auster!«

»Augenblick mal!« schimpfte Dillingham.

»Ach, das ist der Erdenmensch!« knurrte der Ameisenbär dazwischen. »Den kenne ich! Ein Überläufer! Schmuggelte sich in die Verwaltung ein, nachdem er beim Aufnahmeexamen durchgefallen war! Schmeißt ihn aus der Leitung!«

»Doktor, kommen Sie so rasch wie möglich hierher...«

»Hört euch den Herrn Rektor an«, höhnte der Ameisenbär. »Er kommt allein nicht mehr zurecht!«

»*Keiner außer mir...*«

Nein, nur das nicht! Dillingham ballte die Fäuste. »Sie können sich also auch in den Raumsprechverkehr einschalten, Jann. Stramme Leistung für einen Roboter, der ein paar tausend Jahre unter der Erde gelegen hat.«

»Technisch bin ich trotzdem auf dem laufenden geblieben, Sterblicher, obwohl ich mich nicht bewegen konnte.«

»Ah – Sie beherrschen meine Sprache, brauchen keinen Übersetzer! Sie haben meinen Transcoder elektronisch ausgeplündert, ehe ich Ihren Zahn reparierte!«

»Sehr richtig.«

»Trotzdem – Ihre Moralauffassung...«

»Ich erwarte dich auf Hazard, Sterblicher!«

Dillingham schluckte. »Sie haben ein schnelleres Raumschiff erwischt?«

»Ich *bin* ein schnelleres Raumschiff!«

Die Lage wurde immer prekärer. Er hatte sich unter dem Antigravvermögen des Roboters nur ein Schweben vorgestellt. Statt dessen war der Jann Fußgänger und Raumschiff in einer Person. Er hatte diesen Robotertyp gewaltig unterschätzt. Der Jann konnte ihn überall anpeilen, wo er einen Translator oder ein anderes elektronisches Gerät verwendete. Und er würde ihm auf Hazard auflauern.

»Ich verstehe nur nicht, wie Sie bei Ihren überragenden technischen Fähigkeiten einen Krieg verlieren konnten!«

»Ich habe über dieses Problem tatsächlich jahrhundertelang nachgedacht«, erwiderte der Jann. »Leider sind wir Roboter keine originären Denker. Deshalb fiel mir auch keine schlüssige Antwort auf diese Frage ein.«

Keine originären Denker. Das war die Lösung! Eine typische Maschine, die sich so verhielt, wie sie programmiert war. Keine Phantasie. Wie konnte sich aber eine reine Maschinenkultur entwickeln, ohne daß ein beseeltes Lebewesen sie steuerte? Wenn selbst einer der hochentwickeltsten Vertreter dieser Maschinenwelt, der Jann, weder einen Krieg gewinnen noch begreifen konnte, warum er ihn verloren hatte – wo lag dann der Ursprung dieser Zivilisation?

Fragte sich nur, ob auch die Erde von originären Denkern beherrscht wurde. »Sind Sie wenigstens zu einer unschlüssigen Antwort gelangt?« fragte Dillingham den Jann.

»Ich vermute, daß wir Janns als hochentwickelte und friedliebende Wesen die Fähigkeiten einer uns unterlegenen Spezies nicht richtig einschätzten. Wir glaubten, alle Roboter seien so friedliebend wie wir. Als wir dann angegriffen wurden ...

»Wie ich hörte, sollen Ihre Artgenossen die Aggressoren gewesen sein!«

»Nein, Sterblicher. Wir beherrschten den Planeten und alle anderen Planeten im Umkreis von einhundert Lichtjahren. Unser Reich bestand schon viele Jahrtausende.

Wir kannten keine Gewaltmittel, weil wir sie nicht brauchten. Es waren unsere dienenden Mechaniker – die kleinen Roboter, die wir als Hausboten und Arbeiter konstruierten –, die gegen uns rebellierten. Ehe wir das volle Ausmaß ihrer Tücke erkannten, waren wir schon erledigt.«

Zwar erzählten die kleinen, jetzt herrschenden Roboter eine andere Geschichte, aber die Version des Jann konnte trotzdem wahr sein. Die Sieger verleumdeten meistens den Charakter und die Motive des Verlierers. Der Jann gehörte zweifellos einer höheren Gattung an, und eher konnte ein Jann einen zeitgenössischen Roboter bauen als umgekehrt.

»Wenn Sie und Ihre Artgenossen die kleinen Roboter gebaut haben, wer baute dann *Sie?*«

»Wir haben uns selbst entwickelt, Sterblicher. Natürliche Auswahl . . .«

»Aber Sie – äh – zeugten doch nicht? Wie können Sie sich entwickeln wie die Tiere?«

»Ich habe nie begriffen, wie die Tiere sich entwickelt haben. Keine Werkzeuge, keine Pläne, keine Vorbereitung. Nur ein flüchtiger physischer Kontakt. Nicht einmal das Öl wird gewechselt. Sehr untechnologisch, ganz dem Zufall überlassen. Ich habe mal zugesehen. Also, ich muß schon sagen, so etwas Schlampiges . . .«

»Schon gut. Wie steht es aber mit Ihrem Gemütsleben?«

Es folgte eine Pause. Als der Jann wieder das Wort ergriff, klang es ganz gedämpft und kleinlaut: »Wie gut erinnere ich mich noch an meine Janni, an ihre herrlichen Glieder aus schimmerndem Platin, ihre Zähne aus Iridium . . . und den Kleinen, den wir gemeinsam gebaut haben, unseren Stolz aus eigenen Schrauben und Bolzen!

Ihr Bauplan und meiner – wie gut sie zusammenpaßten. Wir wußten, daß die Kreuzung aus den beiden Entwürfen ein höheres Wesen hervorbringen würde, eine Maschine wie keine zuvor. Doch dann brach die Rebellion aus. Janni zerschmolz in einem Atomofen, und unser Sohn wurde demontiert, um Ersatzteile für die Aufständischen zu liefern. Ich lag inzwischen hilflos in meiner Grube . . .«

Dillingham wußte darauf nichts zu sagen. Dieser Jann war beileibe kein seelenloses Monster. Er war ein eigenwertiges Wesen, eine Persönlichkeit wie jedes andere denkende Wesen aus organischen Substanzen. Wäre nicht dieser dumme Eid gewesen . . .

Es prasselte und knackte im Translator. Welche Überraschungen kamen jetzt auf ihn zu?

»Verdammter Zahn. Die Kälte im Weltraum bekommt ihm nicht. Die Notbrücke bricht zusammen . . .«

Noch mehr atmosphärische Störungen. Dillingham begriff, daß die Vorsehung ihm noch eine letzte Chance gab. Der Jann würde noch einmal ausfallen und seine Bewegungsfreiheit verlieren – diesmal im All.

»Leb wohl, Sterb. . . « Mitten im Satz verstummte der Jann. Der Zahn war wieder kurzgeschlossen. Die Kälte hatte gesiegt.

Dillingham lauschte eine halbe Stunde schweigend den atmosphärischen Störungen. Er wußte, wie schrecklich die Schmerzen sein mußten, die der Roboter litt. Wenn jetzt nichts geschah, würde der Jann bis in alle Ewigkeit hilflos durch das All treiben.

»Verdammte Gefühlsduselei«, schimpfte er, während er die Verbindung mit dem Raumhafen von Hazard herstellte. »Ein gelähmter Roboter bewegt sich auf Ihren Planeten zu und befindet sich in etwa zwei Stunden in Reichweite Ihres Landenetzes. Holen Sie ihn herunter und führen Sie folgende Reparatur durch.« Dillingham beschrieb, wie die Notbrücke befestigt werden mußte. »Vielleicht können Sie den schadhaften Zahn ersetzen lassen. Ein wichtiger Schaltkreis ist in diesem Zahn eingebaut.«

»Wird alles prompt erledigt, Sir«, antwortete der Beamte im Raumhafen. »Wohin sollen wir den Roboter schicken, nachdem wir ihn repariert haben?«

»Ach, lassen Sie ihn laufen, wenn Sie ihn behandelt haben, und belasten Sie das Konto der Universität mit den Reparaturkosten.«

»Sehr wohl, Sir.« Der Beamte schaltete ab.

Niemand kann über seinen Schatten springen, dachte Dillingham und seufzte. Er konnte doch nicht sein eigenes Leben retten, indem er ein anderes Wesen ewigen Qualen aussetzte. Er wollte leben – das war eine Selbstverständlichkeit, aber nicht auf Kosten eines anderen, und wenn dieser auch nur eine belebte Maschine war.

Ameisenbär würde seine Einstellung nie begreifen. Na ja, Dillingham verstand sich ja kaum selbst.

Ameisenbär würde ihn bestimmt überleben.

Auf jeden Fall hatte Dillingham eine Gnadenfrist von wenigen Stunden. Aber wenn sein Schiff in Hazard landete . . .

Da fielen ihm die Rettungsboote des Raumschiffes ein. Er durfte keinesfalls die Translatoranlage benützen, in die sich der Jann jederzeit einschalten konnte.

Dillingham holte eine papierartige Folie aus der Tasche, auf der ein Zahn im Querschnitt abgebildet war. Er drehte die Folie um und begann zu zeichnen. Dann verließ er seine Kabine, wobei er die Mechanik für Notfälle benützte. Als er die Kajüte des Kommandanten erreicht hatte, klopfte er mit den Fingerknöcheln gegen die Türfüllung. Den elektronischen Signalgeber durfte er nicht benützen.

Der Schirm des Translators leuchtete auf. Aber Dillingham blieb stumm. Jedes Wort, das er hier an Bord des Raumschiffes sprach, würde nicht nur dem Kommandanten, sondern auch dem Roboter Jann übermittelt werden.

Nach einer Minute erlosch der Schirm wieder. Falscher Alarm, dachte der Kommandant wohl bei sich. So etwas passiert öfter auf alten Raumschiffen. Dillingham klopfte noch einmal.

Es dauerte, bis der Kapitän des Raumschiffes persönlich die Tür öffnete, um die Ursache dieser Klopferei festzustellen. Dillingham hielt dem Kapitän die Folie mit den verschlungenen Symbolen unter die Tentakel.

Jetzt kam der kritische Moment. Würde er begreifen? Er hatte mindestens hundert Jahre Erfahrung als Raumschiffskipper und mußte sich schon in den entferntesten Ecken der Galaxis herumgetrieben haben. So ein Wesen sollte eigentlich mit den Symbolen der galaktischen Kurzschrift vertraut sein.

Die galaktische Kurzschrift verwendete Bildsymbole, keine phonetischen Zeichen. Jede Lebensform der Galaxis, die sehen konnte – und die meisten konnten sehen –, besaß die wesentliche Voraussetzung, Steno zu lernen und zu lesen. Doch nicht jeder gab sich die Mühe, diese Universalschrift der Galaxis zu beherrschen. Im Gegenteil. Transcoder und Übersetzungsgerät waren überall in der Galaxis verbreitet – allgegenwärtige Standardgeräte. Deswegen verkümmerte die Schriftsprache.

Der Kapitän schielte also mit seinem linken Augenstiel auf die Folie und deutete dann mit seinem kleinen Strahler, den er im Tentakel hielt, den Korridor hinunter. Hatte das Wesen ihn begriffen? Dillingham ging stumm vor dem Skipper her.

Dillingham wurde in eine kleine Kabine hineingeschoben, in der nur ein Aktenschrank stand. Wie alt mußte dieser Frachter sein, wenn er noch mit so vorsintflutlichen Büromöbeln ausgestattet war! Der Kapitän zog eine Schublade auf, blätterte mit seinen Tentakeln in den Akten und zog schließlich eine Karteikarte heraus. Er hielt sie Dillingham vor das Gesicht.

Auf dem Karteiblatt war eine Figur abgebildet mit dem Kurzschriftvermerk: *Jann!*

Der Kapitän hatte verstanden! Dieser listige alte Fuchs erkannte Dillinghams Nöte ganz genau. Wahrscheinlich hatte er sich in Metallika erkundigt, warum der Passagier ausgerechnet mit seiner uralten Kiste reisen wollte, wenn in einer halben Stunde ein modernes Linienschiff zur Verfügung stand.

Nachdem der Kommandant des Frachters erst einmal die Kurzschrift entziffert hatte, war der Rest einfach. Der Kapitän schrieb den Preis auf, den er verlangte, um den Flüchtling in einer Rettungsfähre auszusetzen, und Dillingham stimmte zu. Der Preis war gepfeffert; aber zum Feilschen blieb keine Zeit.

Der Kapitän führte Dillingham dann zu einer Luftschleuse und schnallte ihn in einer Rettungsfähre fest. Er tastete ein Steuerkode ein, ohne den Translator zu benützen. Bis jetzt war alles glatt gelaufen. Solange keine Elektronik benützt wurde, konnte der Jann nicht ahnen, was Dillingham unternahm.

Allerdings wußte auch Dillingham nicht, wohin der Kapitän ihn schickte.

Die Luftschleuse schloß sich. Dillingham bekam einen Stoß in den Rücken, als die Rettungsfähre in den Raum hinauskatapultiert wurde. Die Belastung war ungeheuer, denn die Fähre arbeitete noch mit vorsintflutlichen Feststoffraketen. Dillingham war unterwegs auf neuem Kurs.

Verdammt, der Kapitän hatte hoffentlich keine Koordinaten im leeren Raum eingetastet! Er konnte hinterher behaupten, sein Passagier sei über Bord gegangen ...

Nein, der Kapitän hatte eine viel zu ehrliche Schnauze gehabt.

Dillingham wagte nicht, den Kontrollschirm einzuschalten, weil der Jann auch diese Signale empfangen würde. Es war ein Blindflug mit unbekanntem Ziel. Hoffentlich blieb dem Roboter der Landepunkt genauso verborgen wie ihm selbst.

Dillingham träumte von atmenden Maschinen mit glühenden Zähnen, als die Bremsraketen ihn unsanft aus dem Schlaf rissen. Die Fähre tauchte in die Atmosphäre eines Planeten ein. Hoffentlich war diese Welt zivilisiert. Sonst hatte er seinen Tod nur um wenige Stunden hinausgeschoben.

Es wurde eine harte Landung. Als der Druck und die Hitze wieder nachließen und Dillingham seine Sinne einigermaßen beisammen hatte, zog er seinen Anzug an und öffnete die Druckkabine. Er wagte immer noch nicht, die Elektronik einzuschalten. Er war auf alles gefaßt: Eis und Schnee, orkanartige Stürme, Sturmfluten:

Er wurde enttäuscht. Kein Zweifel – das war eine Landschaft auf Metallika!

Was hatte er eigentlich erwartet? Mit einer so uralten Fähre konnte er nur den nächstbesten Planeten erreichen, und dieser Planet war Metallika gewesen.

Und wo steckte jetzt der Jann? Inzwischen hatte man den Roboter längst repariert. Dillingham lächelte. Selbstverständlich befand sich dieser unsterbliche Superroboter noch auf Hazard und wunderte sich, wo sein Zahnarzt geblieben war.

Dillingham schaute sich um. Die Gegend war ihm nicht vertraut, konnte unmöglich in der Nähe der Ausgrabungsstätte liegen, wo er dem Jann erste Hilfe geleistet hatte. Die Vegetation war üppig, die grünen Kupfermoose knöcheltief und der Ölbach rein und ohne Rückstände. Rostbraune Berge erhoben sich im Norden, und über dem Dieselsee im Tal stiegen Benzinschwaden auf. Nirgends ein Zeichen von Zivilisation. Unberührte Wildnis.

Sehr gut. Der Jann würde nach einiger Zeit die Wahrheit herausfinden und nach Metallika zurückfliegen. Trotzdem würde er Dillingham hier nicht finden. Der Planet war viel zu groß. Dillingham würde sich von jeder Elektronik fernhalten und so seine Spuren verwischen . . .

Im Translatorgerät der Rettungsfähre knackte es.

»Keiner außer mir . . .«

Dillingham seufzte tief. Wieder hatte der Roboter ihn überlistet. Der Jann konnte sich nicht nur als Mithörer in die Sendefrequenzen einschalten. Er konnte auch die Sender und Empfänger fernsteuern. Er hatte sich auf die Sendefrequenz der Landefähre eingestellt und verwendete sie jetzt als Peilsignal.

So einfach war das!

»Wie lange wird es dauern, bis Sie hier sind?« fragte Dillingham müde.

»In siebzehn Minuten, Sterblicher. Sieh nur zu, daß du inzwischen nicht zu Schaden kommst, damit ich meinen Eid einlösen kann.«

»Zum Teufel mit deinem Eid!« brüllte Dillingham.

Siebzehn Minuten war eine verdammt kurze Zeit, um sich ein sicheres Versteck zu suchen.

»Warum haben Sie denn nicht die Sendeanlagen auf dem Raumhafen lahmgelegt? Ich hätte mir dann die Mühe erspart, in den Raum zu flüchten!«

»Dafür hätte ich deine Bewegungsfreiheit eingeschränkt, Sterblicher! Die Rechte eines beseelten Wesens dürfen nicht sabotiert werden, sofern sie den Eid eines Jann nicht verletzen. So steht es geschrieben, so muß es sein. Wo du auch hingehst, ich werde dir folgen und dich töten. Dann gewähre ich dir drei Wünsche, weil du mich zum zweitenmal gerettet hast...«

»... und wirst mich für alle Zeiten reich und glücklich machen, weil ich dich auch zum drittenmal gerettet habe. Oh, ich kann das nicht mehr hören!«

»Erst dann werden meine Schwüre eingelöst sein. Erst dann bin ich frei!«

Dieses Palaver brachte Dillingham nicht weiter. Der Roboter erkannte einfach nicht die Tatsache, daß die Schwüre in der *falschen Reihenfolge* abgelegt worden waren!

»Wie kann ich dich daran hindern, daß du mich umbringst?« sagte Dillingham in seiner Verzweiflung zu sich selbst.

»Ich darf dir das nicht sagen, Sterblicher, weil ich sonst meinen Eid verletze!«

»Es gibt also einen Ausweg?«

»Ich verweigere die Antwort. Sonst stelle ich meinen Eid in Frage und...«

»Ach, halt den Mund«, knurrte Dillingham. Warum gab er sich überhaupt noch mit dieser Maschine ab?

Trotzdem – es gab also einen Ausweg.

Vielleicht wollte ihm der Roboter sogar einen Wink geben, wurde durch seinen eisernen Moralkodex aber daran gehindert.

Nur noch fünf Minuten! Dillingham dachte fieberhaft nach, trank dabei mit gierigen Zügen das kostbare Wasser aus dem Notkanister der Rettungsfähre. Dann bog er ein paar Aluminiumzweige auseinander und suchte nach einem Versteck.

Er hatte nur noch wenige Minuten Zeit.

Und dann landete der Jann!

Mit einem lauten Pfeifton setzte er mitten in dem Gestrüpp auf, wo Dillingham sich versteckt hielt. Während Dillingham die Augen schloß, legten sich Metallgreifer um seinen Körper, hoben ihn hoch, setzten ihn wieder sanft auf einer freien Stelle auf den Boden.

»Ich wünschte, du würdest es nicht so spannend machen«, sagte Dillingham mit überraschend gefaßter Stimme.

»Ich muß dir noch einen letzten Wunsch erfüllen, ehe ich dich töte. Aber du hast nur fünzehn Sekunden Zeit, deine Bitte auszusprechen. So steht es im Gesetz der Janns.«

Der Roboter fing an zu ticken wie eine Zeitbombe. Er richtete den Lauf seiner Brustkanone auf Dillingham und wartete. Fünf Sekunden verstrichen. Dillinghams Geist war wie gelähmt . . .

»Eine Gnadenfrist!« rief er, weil ihm nichts Besseres einfiel.

»Gewährt«, sagte der Jann, »wie lange?«

Ach, das war doch alles nur das Spiel der Katze mit der Maus!

»Fünfzig Jahre!«

Er wartete auf den Gnadenschuß aus der Energiewaffe, doch der wollte nicht kommen.

»Gewährt, Sterblicher!«

Dillingham starrte den Roboter an. »Sie – Sie wollen wirklich so lange warten?«

Fast schien es Dillingham, als würde ein Lächeln über das Metallgesicht gleiten. Der Mund des Jann stand offen, und der neue Zahn blitzte silberweiß. Offenbar hatte man auf Hazard diese Roboterzähne auf Lager gehabt.

»Ich wollte dir eigentlich keine so lange Frist gewähren. Doch ich erkannte, daß ich dir unrecht getan habe. Du bist weder ein Narr noch ein Mann, der hinter dem Geld her ist, wie ich zuerst vermutet hatte. Wir Janns sind nicht undankbar, wenn man uns einen Freundschaftsdienst leistet.«

»Sie haben also Ihren Schwur doch ein wenig großzügig ausgelegt, wenn nicht gar seinen Sinn verändert!«

»Es kommt immer darauf an, wie wir unsere Schwüre auslegen«, stimmte der Jann ihm zu. »Ich durfte dir das nur nicht sagen. Deswegen habe ich die Erfüllung meines Eides hinausgezögert, damit du selbst darauf kommen solltest. Doch keiner außer mir wird dich töten: Kein Tier, kein fremdes Wesen, keine Bakterie, kein Akt der höheren Gewalt. Du wirst einen sanften Tod sterben, und er kommt in genau fünfzig Jahren, wie du dir das gewünscht hast. Ich werde immer in deiner Nähe bleiben, um dafür zu sorgen, daß mein Eid sich erfüllt.«

So war also aus Dillinghams Todfeind sein treuester Leibwächter geworden. Er würde ihn vor allen Gefahren in der Galaxis bewahren, bis er zweiundneunzig Jahre alt war. Man mußte die Auslegung des Eides nur ein bißchen verändern, und aus der Verdammnis war ein Segen geworden.

»Um noch einmal von dem Zahn zu sprechen – war darin auch der Schaltkreis deines Mitgefühls integriert?«

»Richtig, Sterblicher.«

»Dann brechen wir sofort auf, Jann«, rief Dillingham. »An der Universität für Zahnheilkunde ist eine Studentenrevolte ausgebrochen. Die Auster wird mich umbringen, wenn ich die Belagerung nicht aufhebe, ehe alle seine Akten verbrannt sind!«

7

»Die Angelegenheit Ihres Vertrages ist etwas kompliziert«, sagte Trach. »Gleep übertrug ihn auf Ra, und ...«

Judy hatte sich etwas beruhigt. Dieser Dinosaurier war nicht so ein Ungeheuer, wie sie auf den ersten Blick angenommen hatte. Bisher hatte das Monstrum sie noch nicht gefressen, obwohl es reichlich Gelegenheit dazu hatte. Im Gegenteil, Trach war von ausgesuchter Liebenswürdigkeit. Angeblich war er ein hundertprozentiger Vegetarier, und wenn er sie nicht für eine bessere Mahlzeit aufheben und deshalb mästen wollte ...

»Hier handelt es sich also nicht um ein Mißverständnis? Die Kobolde von diesem Planeten haben mich tatsächlich gekauft?«

»Sie stehen auf ihrer Liste.«

»Um hier in den Radiumminen zu sterben?« Vielleicht war es da immer noch besser, von einem Dinosaurier aufgefressen zu werden.

»Wie konnte mir der Muck-o-Muck so etwas antun? Ich habe mich darauf verlassen, daß er mir helfen wollte?«

»Das hatte wirklich nichts mit seiner persönlichen Einstellung Ihnen gegenüber zu tun. Er ist eben ein guter Geschäftsmann. Er wäre nicht der Muck-o-Muck, wenn er nicht auf die Kreditwürdigkeit seines Planeten achten würde. Fünfzig Pfund Frummstiche ...«

»Hundert Pfund, hat er mir gesagt!« warf Judy verärgert ein.

»Damit wollte er nur sein Image Ihnen gegenüber bewahren. Der Muck-o-Muck stand nämlich unter dem Eindruck, daß Sie zu sehr von Dr. Dillingham abhängig seien und kein volles Vertrauen in Ihre beruflichen Fähigkeiten hätten.«

»Aber ich bin doch kein Zahnarzt! Ich darf mich nicht als Dentist betätigen!«

»Dieser Muck-o-Muck ist schon ein scharfsinniger Beobachter. Ihnen fehlt tatsächlich Selbstvertrauen.«

»Blödsinn.«

»Auf jeden Fall hat er Ihnen geholfen. Er hat mich darüber informiert, daß Sie hier eintreffen würden, und verließ sich darauf, daß ich die Sache schon deichseln würde. Das ist schließlich mein Beruf, Dinge zum gegenseitigen Vorteil zu regeln. Unglücklicherweise . . .«

»Sie haben wohl keine fünfzig Pfund Frummstiche, nicht wahr?«

»Ich habe sogar noch erheblich mehr Frummstiche. Das verdanke ich einer erfolgreichen diplomatischen Mission auf Elektrolus und der großzügigen Abfindung für meinen Vertrag Dr. Dillingham betreffend. Aber . . .«

»Aber?«

»Die Kobolde von Ra sind sehr empfindlich, wenn ein Lebewesen diesen Planeten wieder verlassen will. Wenn sie erst mal einen Vertrag gekauft haben . . .«

». . . lassen sie den Betreffenden nicht mehr weg.«

»Nicht gern. Man hat hier in der Galaxis kein gutes Gefühl, was Ra betrifft. Wenn man zu viele Bewerber für die Radiumminen wieder entläßt, würden doch nur die üblen Gerüchte bestätigt, die man sich von den Arbeitsbedingungen auf diesem Planeten erzählt. Dann gäbe es Arbeitsprozesse, weil Ra gegen die Rechte der gekauften Minenarbeiter verstößt. Das könnte sogar zur

Quarantäne durch die GRK führen, und damit wäre Ra erledigt.«

»GRK?«

»Galaktische Rektorenkonferenz. Eine sehr mächtige Behörde.«

»Aha. Ich soll also zur Spitzhacke und zur Schaufel greifen.«

»Aber nein! Dafür hat man hier schon die richtigen Leute. Sie sollten sich natürlich um die *Zähne* der Arbeiter kümmern. Und dafür genügt schon die Ausbildung zur zahntechnischen Assistentin. Die geflickten Zähne brauchen ja nicht lange zu halten. Die Strahlen – Sie verstehen schon. Und diesen Strahlen wären Sie ja ebenfalls ausgesetzt.«

Judy nickte schicksalsergeben. Im Vergleich dazu war ihr Zustand auf der Erde noch paradiesisch gewesen.

»Ich habe Ihren Fall noch nicht aufgegeben, Miss Galland. Sie sollen nur wissen, wie kompliziert er ist. Selbstverständlich finden wir einen Weg, um Sie von Ra wegzubekommen.«

»Ich sehe jetzt ein, daß ich mich nicht nach Ra hätte versetzen lassen dürfen. Was muß ich denn tun, daß ich hier wieder herauskomme?«

»Sie müssen sich einen Bürgen besorgen, der die Hierarchie der Kobolde beeinflussen kann. Ich vermag Ihnen zwar erleichterte Arbeitsbedingungen zu verschaffen, doch mein Einfluß ist begrenzt. Ich bin nur ein Diplomat. Wenn ich den Bogen überspanne . . .«

». . . landen Sie selbst in den Radiumminen«, murmelte Judy.

»So weit wird es hoffentlich nicht kommen. Immerhin habe ich eine Menge Verbindungen.« Judy lächelte. Aber viel Vertrauen in Trachs Verbindungen hatte sie nicht.

Trach hatte nicht übertrieben. Knapp fünf Stunden später traf eine dringende Anfrage des Monarchen auf Lepidop ein. Er habe gehört, daß sich eine erfahrene zahntechnische Assistentin auf Ra befinde, die er dringend benötige. Da seine Untertanen strahlungsunempfindlich waren, transportierte seine Flotte schon seit Bestehen der Radiumminen die Jahreserzeugung von Ra – zehn Pfund reines Radium – zu den galaktischen Märkten.

Dieser Monarch hatte also großen Einfluß auf Ra.

Die Hierarchie der Kobolde schluckte ihren Zorn hinunter und beeilte sich, dem Monarchen Judys Kaufvertrag zu schenken. Als Anerkennung für die Verdienste des Monarchen um diesen Planeten gewissermaßen. Damit der Monarch auch nicht vergaß, von wem er dieses Ehrengeschenk erhalten hatte, beschlossen die Kobolde, Judy ihr Brandzeichen aufzudrücken. Als Judy das weiß glühende Eisen sah, schwor sie, nichts von dem zu verraten, was sie hier auf Ra alles gesehen hatte. Daraufhin verzichteten die Kobolde auf die kleine Widmung am Körper ihres Gastgeschenks.

Trach brachte Judy persönlich nach Lepidop. Judy wäre lieber mit einem normalen Kursschiff gereist, denn Trachs Privatjacht war eine furchterregende Klapperkiste. Doch Judy vermutete, daß Trach auf diese Weise nur seine Dinosaurierhaut retten wollte; denn die Kobolde von Ra hatten inzwischen längst begriffen, daß Trach an der Forderung des Monarchen von Lepidop nicht ganz unschuldig war.

Wirklich ein idyllischer Planet!

Lepidop dagegen war eine schöne Welt. Regenbogen spiegelten sich in seinen Meeren; vielfarbiger Glanz lag über seinen Landmassen. Das Raumschiff setzte auf einem Turm zwei Meilen über dem Boden auf. Judy fürchtete schon, das zerbrechliche Gebilde würde unter der Last des Schiffes zusammenstürzen. Doch nichts dergleichen geschah. Die Plattform schwankte nicht einmal. Sie stiegen aus, um ihre Gastgeber zu begrüßen.

»Schmetterlinge!« rief Judy erstaunt. »Was für herrliche Flügel sie haben!«

»Das ist Lepidop«, erinnerte Trach sie sanft an die Bedeutung des Namens, den der Planet trug, »die Zentralwelt des Imperiums von Lepidop. Das Imperium ist nicht mehr das, was es einmal gewesen ist. Aber Sie tun gut daran, die Schönheit ihrer Flügel zu preisen. Die Leps sind sehr empfänglich für Schmeicheleien. Die Ehrenwache wird Sie jetzt zum Monarchen bringen wollen.«

»Ehrenwache? Das ist sehr schmeichelhaft für mich!«

»Mag sein. Aber die Transportmittel der Lepidops sind nicht ganz nach meinem Geschmack. Besonders die Hofkutschen nicht. Ich würde lieber zu Fuß gehen. Da ich aber die Bannmeile des Palastes nicht überschreiten darf, kann ich mich dem Monarchen nur bestens empfehlen lassen und wieder abreisen.«

»Sie reisen schon wieder ab?« Ihr Mißtrauen gegen dieses Reptil war längst verflogen. So einem netten Dinosaurier wie Trach war sie noch nie begegnet. »Ich dachte . . .«

»Eine neue diplomatische Mission, wissen Sie. Außerdem sind die Gebäude hier von sehr empfindlicher Struktur, und ich bin ziemlich schwer gebaut«, erwiderte er. Das war leicht untertrieben. Sie schätzte das Gewicht des Dinosauriers auf mehrere Tonnen. »Doch der Monarch ist im Grunde ein feiner Kerl. Lassen Sie sich nur nicht von seiner Schroffheit täuschen. Und seien Sie auf der Hut vor den Hofintrigen.«

»Wie soll ich denn jetzt Dr. Dillingham wiederfinden?«

»Ich werde die Universität für Zahnheilkunde verständigen. Die Verwaltung wird Dr. Dillingham schon benachrichtigen. Warten Sie hier auf Antwort. Es kann allerdings eine Weile dauern.«

Judy hatte noch viele Fragen auf der Zunge, aber die Schmetterlinge flatterten jetzt um sie herum.

»Miss Erdenfüßler?« kam es aus dem Übersetzer. Sie konnte die Maschine zwar nirgends entdecken, hatte sich aber inzwischen daran gewöhnt, daß auf allen zivilisierten Planeten an jeder Ecke eine Translatormaschine eingebaut war.

»Das ist Miss Galland von der Erde«, stellte Trach seinen Schützling vor. Der Dinosaurier war ein Sprachgenie und brauchte fast nie ein Übersetzungsgerät. »Der Monarch hat Miss Galland für die Pflege und Behandlung seiner Zähne hierherbestellt«, fuhr Trach in der Sprache der Schmetterlinge fort. Dann leise zu Judy auf englisch: »Hoffentlich lebt der Monarch überhaupt noch.«

»Kommen Sie bitte mit«, forderte der Anführer der Ehrenwache Judy auf und spreizte seine riesigen gelben Flügel, während er kehrt machte. Judy folgte dem menschengroßen Schmetterling zu einer schmuckbeladenen, gebrechlichen kleinen Sänfte, während die anderen Mitglieder der Ehrenwache im Gleichschritt neben Judy her trippelten.

»Besteigen Sie die königliche Kutsche!«

Judy zögerte. Diese Hofkutsche hatte weder Räder noch ein Gespann. Sie erinnerte sie eher an eine Langustenfalle. Doch Trach gab ihr ein Zeichen mit der Schuppenhand, den Daumen nach oben. Sie konnte sich diesem Gefährt also unbedenklich anvertrauen. Judy öffnete die Tür der Sänfte und stieg ein.

In dem Ding gab es nicht mal einen richtigen Sitzplatz.

Offenbar wurde die Sänfte oder Kutsche in der Regel nur für Schmetterlinge verwendet; denn in der Decke befand sich eine längliche Ausbuchtung, in der man die zusammengefalteten Flügel unterbringen konnte.

Der Anführer der Ehrenwache schloß mit einem seiner sechs Beine den Kutschenschlag. Die anderen verteilten sich inzwischen um die Kutsche. Sie griffen nach den dünnen Fäden, die seitlich am Gefährt befestigt waren, und bewegten die Flügel im Takt, während der gelbe Anführer rief:

»Hopp – zwei – drei – vier – hopp!« Plötzlich schwebten sie in der Luft. Die Schmetterlinge, die Hofkutsche und Judy. Sie klammerte sich verzweifelt an die Haltestangen neben ihrem Platz. Kein Wunder, daß Trach sich diesen Fahrzeugen nicht anvertrauen wollte.

Der Königspalast war ein riesiges Nest aus Seide. Unzählige Fäden waren zu glitzernden geometrischen Mustern verschlungen, die das Licht der Sonne wie geschliffenes Glas in sprühende Farben zerlegten. Auf jedem Knüpfknoten saß ein pastellfarbener Schmetterling und wedelte sacht mit den Flügeldecken.

Die Klimaanlage, dachte Judy.

Die Hofkutsche kam in einer gepolsterten Kammer zum Stehen, und die Ehrenwache ließ die Tragfäden los. Judy stieg vorsichtig aus. Doch was sie für ein dünnes Gespinst gehalten hatte, war in Wirklichkeit ein zähes, festes Gewebe. Es federte angenehm wie ein dicker Teppich unter ihren Füßen. Es war wirklich ein Vergnügen, über so einen wippenden Boden zu gehen. Trach wäre allerdings schon beim ersten Schritt eingebrochen.

Der gelbe Schmetterling schritt als Führer voran und geleitete Judy in den Thronsaal. Schlanke Säulen verzweigten sich zu einem domartigen Netz hoch über ihrem

Kopf, und die Möbel bestanden allesamt aus gehärteter Seide.

Auf dem mächtigen und doch zerbrechlich wirkenden Thron saß der Herrscher dieses Planeten und des Imperiums von Lepidop.

Der Monarch war uralt. Sein Körper war steif und schuppenhäutig, die Fühler schlaff und die Flügel greisenhaft pergamentartig. Wäre der Schmetterlingsmonarch ein Mensch gewesen, hätte sie sein Alter auf mindestens achtzig Jahre geschätzt. Sie wußte sofort, daß dieser Schmetterling keine Zähne mehr haben konnte.

Warum hatte er dann einen zahntechnischen Assistenten angefordert?

»Treten Sie näher, meine Liebe!« flüsterte der Monarch, und das Übersetzungsgerät übermittelte korrekt alle gütigen und autoritären Unter- und Obertöne.

Judy ging auf den Thron zu, beeindruckt von der Würde und dem Alter dieses Schmetterlings. Kein Wunder, daß Trach um das Leben dieses Monarchen so besorgt war. Schon das Sprechen mußte für diesen Greis eine lebensverkürzende Anstrengung sein.

»Sie kümmern sich um die Zähne?«

»Jawohl, Eure Majestät.«

»Und Sie haben Erfahrung mit ...« hier legte der Monarch eine Pause ein, um wieder Atem zu schöpfen ... »Schmetterlingskiefern?«

»Auf meiner Welt haben die Schmetterlinge keine Zähne.«

»Interessant. Auf Lepidop haben die Affen auch keine Zähne.«

Der Monarch lachte – eher ein Röcheln, selbst in der Übersetzung. »Aber ich nehme an, auf Ihrer Welt gibt es wahrscheinlich genausowenig echte Schmetterlinge, wie es hier echte Affen gibt (Schnaufer, Schnaufer). Nur ein Vergleich (schnaufender Atemzug), um sich besser verständlich zu machen.«

Judy stimmte ihm nur zu gern zu. Dieser Monarch war nicht dumm. Ein schroffes Wesen war er bestimmt nicht. Seine Schwäche bestand eher darin, daß er sich bei der höflichen Konversation zu sehr verausgabte.

»Entlassen!« knurrte der Monarch.

Zwei purpurfarbene Schmetterlinge drängten Judy hastig aus dem Thronsaal.

»Er wird sofort ausfallend, wenn man ihm widerspricht«, raunte der eine Höfling Judy zu.

»Aber zum Glück stirbt er bald«, setzte der andere Höfling hinzu.

Das forderte Judys Gerechtigkeitssinn heraus. »Unterlassen Sie das!« meinte sie gereizt. »Ich halte ihn für einen sehr netten alten Schmetterling. Sie sollten nicht so häßliche Dinge hinter seinem Rücken sagen.«

Die beiden Höflinge kicherten. Judy war sich bewußt, daß sie sich mit ihrer Kritik nur lächerlich gemacht hatte. Bei einem Schmetterlingsrücken gab es kein ›Hinten‹, sondern nur ein ›Darüber‹. Damit hatte der Tadel irgendwie die Wirkung verloren. Trach hatte sie vor Palastintrigen gewarnt. Sie mußte in Zukunft vorsichtiger sein, wenn sie sich nicht noch lächerlicher machen und in eine Intrige hineinziehen lassen wollte.

Am nächsten Tag empfing der Monarch Miss Judy zum zweitenmal in Audienz. Er war diesmal viel leutseliger als am Tag zuvor. Judy vermutete, daß die Höflinge ihm ihre Antwort von gestern beflissen hinterbracht hatten. Sie hatte zwar spontan gesprochen; aber nur zum Vorteil des

Monarchen. Solche Kleinigkeiten waren manchmal von entscheidender Bedeutung. Das wußte sie aus der Praxis als Sprechstundenhilfe.

Trotzdem hatte der Monarch immer noch keine Zähne. Weshalb hatte er sie dann hierher an den Hof geladen? Judy spielte verwirrt mit ihrer Instrumententasche. Was hatte er eigentlich mit ihr vor?

»Meine Liebe, ich bewundere Ihren Mut (Schnaufer). Die Gäste an meinem Hof singen meistens ein Loblied auf mich (Schnaufer), wenn sie vor meinen Fühlern stehen (Schnaufer), doch sie verhöhnen mich dann hinter meinen Flügeln. Darf ich Sie zu einer Reise (Schnaufer) in meine Vergangenheit einladen?«

»Eure Majestät – ich verstehe nicht ganz . . .«

»Ich bin jetzt zweiundvierzig Jahre alt«, sagte der Schmetterling. Natürlich rechnete der Translator die Lebensjahre des Monarchen in irdische Sonnenjahre um. Trotzdem war sie überrascht. Der Monarch war nicht älter als Dr. Dillingham. »Wir Lepiden haben keine so hohe Lebenserwartung wie die erdgebundenen Lebewesen. Dafür (Schnaufer) haben wir größere Fähigkeiten.«

»Trotzdem weiß ich nicht, wie ich in Ihre Vergangenheit reisen soll.«

»Natürlich wissen Sie das nicht (Schnaufer), meine Liebe. Ich werde Sie selbst dorthinbringen. Zehn Jahre zurück. Ich habe (Schnaufer) immer noch genügend Kraft dafür.«

»Aber ich verstehe nicht, was das mit Ihrer Zahnbehandlung zu tun haben soll, Eure Majestät.«

»Geben Sie mir Ihre Hände«, befahl der Monarch schroff. »Ach. Sie haben nur zwei (Schnaufer)! Sehr unpraktisch. Aber ich vermute, Sie sind daran gewöhnt.«

»Ja.« Zögernd streckte sie beide Hände aus. Er nahm

sie mit seinen dünnen Gliedern. Sein Händedruck war so schwach, daß sie kaum wagte, einen Finger krumm zu machen. Sonst hätte sie bestimmt eines von den Chitingliedern abgebrochen.

Der Monarch erschauerte. Sie spürte einen leichten Schock im Arm, dann einen Schwindel im Kopf, als drehe sich alles wie rasend um sie.

»Zehn Jahre«, sagte der Monarch voller Stolz. »Meine Untertanen bringen es höchstens auf fünf, selbst im Vollbesitz ihrer Jugendkraft.«

Sein Griff war jetzt überraschend stark. Seine Flügel leuchteten orange. Sein Körper war wohlgerundet, die Fühler straff und aufrecht. Der Monarch sah mindestens zwanzig Jahre jünger aus.

Dafür kam Judy sich um so komischer vor. Ihre Kleider paßten ihr nicht mehr. Die Bluse saß viel zu locker, und der Rock zu stramm. Ihre Gesichtshaut juckte. Was war nur mit ihr los?

»Und jetzt habe ich auch meine Zähne wieder«, sagte der Monarch lächelnd.

Tatsächlich!

»Aber die Zähne sind nicht gerade in bester Verfassung. Fünf Jahre später verlor ich sie fast alle auf einmal. Doch mit Ihrer sachkundigen Unterstützung wird es mir bestimmt gelingen, meine Zähne länger zu erhalten.«

»Ich bin ebenfalls jünger geworden!« rief Judy überrascht.

»Natürlich! Alle sind jünger geworden: Ich, Sie, der Palast, dieser Planet, die ganze Galaxis. Das ist ja meine Vergangenheit.«

»Eine Zeitreise? Unmöglich!«

»Für Sie ganz bestimmt. Für die meisten Lebewesen ist die Zeitreise unmöglich. Deswegen habe ich ja mein

Imperium so rasch ausdehnen können, obwohl es jetzt auch wieder genauso rasch zerfällt, weil meine Kräfte nachlassen.«

»Aber ist das nicht absurd? Ich meine . . .«

»Nicht an sich. Wir beide sind zehn Jahre jünger geworden, und das Universum ist zehn Jahre jünger. Doch strenggenommen gehören wir diesem verjüngten Universum nicht an. Wir erleben mit, ohne einwirken zu können. Nur unsere Körper haben sich verjüngt.«

Judy schüttelte verwirrt den Kopf. »Wie konnten Sie ein Imperium erobern, wenn Sie es trotz Ihrer Fähigkeiten nicht fertigbringen, den Gang der Geschichte zu beeinflussen!«

»Ganz einfach. Ich reise zu einem fremden Planeten, besuche dann dessen Vergangenheit und mache mir Aufzeichnungen. Ich erkenne daraus die Schwächen seiner Vergangenheit und beute sie für die Gegenwart aus. Keine Taktik, keine List des Gegners kann mich überraschen, es sei denn, sie stammt noch aus der Zeit vor meiner Geburt.«

»Euer Majestät, das verstehe ich trotzdem noch nicht. Ich habe die Oberschule auf der Erde besucht, als ich sechzehn Jahre alt war. Und jetzt, bei meiner Rückkehr ins sechzehnte Lebensjahr . . .«

»Es ist *meine* Vergangenheit, meine Liebe, die wir besuchen, nicht die Ihre!« Der Monarch deutete auf einen schlanken Glockenturm, der über der Stadt aufragte. »Sehen Sie die Uhr dort drüben?« fragte er. »Sie lügt nicht. Wir sind mehr als zehn Jahre in die Vergangenheit gereist.«

Sie sah den Glockenturm mit der Uhr, konnte aber die Symbole nicht entziffern. Doch die Tatsachen sprachen für die Reise in die Vergangenheit: Sie selbst war jünger geworden. Und der Monarch war jetzt kräftig und stockte nicht bei jedem Satz, um Atem zu holen.

Ein gelber Schmetterling landete auf der Brüstung des Balkons. Judy wich einen Schritt zurück. Doch das Insekt beachtete weder sie noch den Monarchen. Der Mund bewegte sich, doch kein Laut war zu hören.

Warum konnte sie den Monarchen hören, aber nicht den Schmetterling?

»Meine Liebe«, sagte der Monarch, »Ihre Gedanken sind so offen wie Ihre Bluse. Wir können uns nicht mit den Wesen in dieser Zeit in Verbindung setzen oder uns diesen Wesen bemerkbar machen. Ich habe die Worte des Schmetterlings genausowenig hören können wie Sie.«

»Oh«, sagte Judy nur verwirrt.

Ein dickbauchiger Schmetterling mit haarigen Fühlern krabbelte auf den Balkon. Er schielte einen Moment über das Geländer, als beneide er die bunten Gaukelspiele seiner Vettern über den glitzernden Dächern der Stadt. Dann beugte die Motte den Kopf, rollte eine gewaltige Zunge aus dem Mund und säuberte damit die dicken Seidenfäden, aus denen die Mauern und Balkone gebaut waren. Judy bemerkte verdutzt, daß man dem Nachtfalter die Flügel gestutzt hatte, damit er nicht fortfliegen konnte.

»Die Tagelöhner kommen erst nachts aus ihren Schlupfwinkeln«, murmelte der Monarch mit verächtlicher Stimme. »Wir pflegen keinen Umgang mit ihnen, obwohl wir einsehen, daß die Zimmer auch mal gereinigt werden müssen.«

»Die Nachtfalter? Sie arbeiten für die Schmetterlinge?«

»So will es die Ordnung der Natur, da die Nachtfalter uns grundsätzlich unterlegen sind. Wir denken für sie und nehmen ihnen die Last der Entscheidung ab. Zweifellos sind die Nachtschwärmer glücklicher als wir.«

Der Monarch führte Judy in den Thronsaal, an der Motte vorbei, die gar nicht glücklich aussah, nur sehr entmutigt und niedergeschlagen.

»Sie werden mich jetzt in der Pflege der Zähne unterweisen«, sagte der Monarch.

Tatsächlich – der Monarch hatte Zähne! »Ich werde Ihre Zähne erst einmal säubern, Eure Majestät, während ich Ihnen die Zahnpflege erläutere.«

»Großartig«, sagte der Monarch, setzte sich auf den Thron und öffnete den Mund. Verblüffend menschenähnliche Zähne, vierundzwanzig an der Zahl. Davon waren sechzehn Schneidezähne und acht Backenzähne. Keine Zahnspitzen, ganz normaler Biß. Nach galaktischen Maßstäben war dieses Schmetterlingsgebiß mit Judys Zähnen so gut wie identisch.

Sie holte ihre Instrumente aus ihrer Tasche, stellte den Zerstäuber bereit und band ein weißes Tuch um den pelzigen Hals des Monarchen. Das ging gar nicht so leicht, denn Majestät hatte keinen nennenswerten Hals aufzuweisen. Sie hob einen spitzen Zahnreiniger vom Tablett und begann mit ihrer Untersuchung.

»Ihre Zähne sind nicht in der besten Verfassung, muß ich Ihnen leider sagen. Karies, und der Gaumen scheint entzündet . . .«

»Au!«

»Eben – schmerzempfindlich. Sie müssen unbedingt von einem Zahnarzt behandelt werden.«

»Ich soll einer *Motte* gestatten, meine königlichen Zähne anzubohren?«

»Verzeihung, Eure Majestät – haben Sie denn keine Schmetterlingsdentisten?«

»Natürlich nicht. Kein Schmetterling beschmutzt seine Würde mit einem Gewerbe.«

»Gewerbe? Zahnarzt ist ein *Beruf!*«

»Die *Königswürde* ist ein Beruf, meine Liebe. Jeder meiner Untertanen, der es wagen würde, ein Gewerbe zu betreiben, kommt unter das Licht.«

»Licht?«

»Nur eine euphemistische Umschreibung für das Wort Hinrichtung, meine Teure. Ich möchte Ihnen Einzelheiten ersparen, meine charmante Hygieneexpertin.« Erst jetzt erkannte er seine Taktlosigkeit. »Natürlich gibt es solche Beschränkungen für Fremdlinge nicht. Die Ansichten der Galaxis decken sich nicht immer mit unserer Schmetterlingsauffassung. Sie können schließlich nichts dafür, daß Sie unter Barbaren aufgewachsen sind.«

Judy erkannte jetzt den vollen Umfang ihres Problems. Kein Wunder, daß der Monarch sämtliche Zähne verloren hatte.

»Ich könnte Ihnen vielleicht helfen, das Leben Ihrer Zähne ein wenig zu verlängern. Retten kann ich sie nicht mehr. Dafür ist der Verfall bereits zu weit fortgeschritten.«

»Zehn Jahre Reise in die Vergangenheit waren also noch nicht genug?«

»Leider nein.«

»Erklären Sie sich näher?«

»Mundpflege verlangt mehr als Zahnbürste und Zahnpasta. Man muß den Rachen und die Lebensgewohnheiten berücksichtigen. Die Nahrung der primitiven Rassen ist in der Regel hart, zäh und grobkörnig. Die Kaumuskeln werden angestrengt, und die Zähne reinigen sich beim Beißen von selbst. Aber die Nahrung der hochzivilisierten Völker ist weich und klebrig. Viele wichtige Nährstoffe sind künstlich aus der Nahrung entfernt worden. Insbesondere gereinigter Zucker ist sehr schädlich.

Sie sollten sich davon fernhalten, wenn Sie Ihre Zähne schonen wollen.«

»Aber Süßigkeiten esse ich am liebsten!«

»Das sehe ich an Ihren Zähnen. Aber wenn Sie auf Näschereien schon nicht verzichten wollen, müssen Sie sich wenigstens regelmäßig die Zähne putzen. Ein richtig gereinigter Zahn kann nicht faulen. Man muß die natürliche Bakterienentwicklung im Mund hemmen; denn manche dieser Stämme greifen den Zahnschmelz an. Es wird Ihnen kaum gelingen, die Bakterien auszurotten; aber Sie können sie ständig unter Druck setzen, sie täglich angreifen, so daß sie sich nicht übermäßig vermehren und Ihre Zähne zersetzen können.«

»Das leuchtet mir ein«, meinte der König. »Aber wie soll ich meine Zähne sauberhalten?«

»Zuerst einmal – die Zähne regelmäßig bürsten.« Judy holte eine Zahnbürste aus ihrer Tasche und überreichte sie dem Monarchen. »Vielleicht haben Sie hier auf Lepidop bessere Reinigungsmethoden. Es kommt auch nur auf das Prinzip an: Halten Sie Ihre Zähne sauber. Ich führe Ihnen das jetzt vor. Sie können dann die Zahnreinigung nach jeder Mahlzeit selbst durchführen.«

»Aber . . .«

Diesmal kam sie seinem nächsten Gedanken zuvor. »Das kann man nicht als Arbeit oder Gewerbe bezeichnen. Es handelt sich dabei um Hygiene. Nur aufgeklärte und gebildete Leute befassen sich damit. Das Zähneputzen ist ein Merkmal des Adels.«

»Das dachte ich mir schon«, meinte der Monarch geschmeichelt.

»Aber das Putzen genügt nicht, wie ich bereits erwähnte!« Judy holte eine Rolle Dentalband aus ihrer Tasche. »Dieses Band ist nicht so leicht zu bedienen wie die Bürste. Dafür ist es noch unentbehrlicher. Sie müssen das Band zwischen den Zähnen hin- und her ziehen, folgendermaßen . . .«

»Au!«

»Das hat doch gar nicht weh getan, Euer Majestät. Sie *glaubten* nur, es würde weh tun. Sie schieben das Band zwischen Ihre Zähne, wo die Borsten nicht hinkommen, und ziehen es hin und her. So werden die Lücken zwischen den Zähnen gereinigt, wo sich die Speisereste am häufigsten ansammeln und die Bakterien sich meistens ungestört entwickeln können. Sie würden doch auch keinen Meuchelmörder ungestört in Ihrem Palast herumlaufen lassen, nicht wahr? Und Bakterien sind die Meuchelmörder Ihrer Zähne, Majestät!«

»Ein sehr guter Vergleich. Geben Sie mir das Band!«

Er nahm Judy die Bürste und das Dentalband aus der Hand. Seine Finger waren jetzt viel kräftiger als bei ihrer ersten Audienz im Thronsaal. Auch viel geschickter und geschmeidiger. Es dauerte nicht lange, bis er die Mundpflege perfekt beherrschte.

»Eine kleine Rast täte mir jetzt gut«, sagte er schließlich. »Reichen Sie mir Ihre Hand!«

Judy ergriff seine ausgestreckte Rechte, weil sie annahm, er brauche ihre Hilfe, doch dann überfiel sie wieder der Schwindel, und sie begriff, daß sie einen Zeitsprung zurück in die Gegenwart machten.

Wieder war sie sechsundzwanzig. Die Bluse saß wieder stramm, und der Monarch kauerte als Greis vor ihr auf dem Thron. Seine Flügel waren bleich vom Alter, und die Fühler hingen schlaff herunter.

»Schauen Sie her, meine Teure«, sagte er keuchend, ehe er sie wieder losließ. »Zähne!«

Tatsächlich. Sie waren zwar kaum noch als Kauwerkzeuge zu gebrauchen; aber sie machten einen sauberen Eindruck.

»Sie haben Ihre Zähne gut gepflegt«, rief Judy entzückt.

»Zehn (Schnaufer) lange Jahre.« Er sank erschöpft zurück. »Entlassen.«

Es dauerte ein paar Tage, ehe der Monarch sie wieder in seinen Thronsaal rufen ließ.

»Die Reise in die Vergangenheit was sehr anstrengend«, lispelte der Monarch. »Noch anstrengender ist die Zahnpflege, die Sie mir auferlegt haben. Aber immerhin habe ich das Leben meiner Zähne um fünf Jahre verlängert. Sie haben mich gut beraten.«

»Ich habe mein Bestes getan«, sagte sie, obwohl sie immer noch nicht ganz an die Reise in die Vergangenheit glauben wollte. Doch wie hätte der König sonst seine Zähne zurückerhalten können? Sie waren porös, aber echt.

»Zehn Jahre haben nicht ausgereicht, mir perfekte Zähne zu schenken«, lispelte der Monarch. »Wie wäre es mit einem Sprung von zwanzig Jahren?«

Zwanzig Jahre entsprachen etwa vierzig Jahren eines Schmetterlingslebens. Das bedeutete, daß der Monarch dann nur noch halb so alt war wie jetzt – in der Blüte seiner Manneskraft.

»Damit könnten Sie den Zustand Ihrer Zähne erheblich verbessern.«

»Dann ergreifen Sie meine Hand!«

Sie gehorchte, aber unter Protest: »Euer Majestät, die Anstrengung wird Euch . . .«

Es war schon passiert. Der Schwindel überfiel sie heftiger denn je.

Als Judy ihr Gleichgewicht gewann, hatten sich die

Verhältnisse um sie herum gewaltig verändert. Der Monarch war enorm gewachsen – er besaß jetzt den doppelten Umfang –, und der Thron hatte sich seiner Fülle angepaßt... Die königlichen Flügel waren feingeäderte Schwingen von leuchtendem Orange, an den Enden mit weißen Punkten auf schwarzem Grund gesäumt. Sein Körper war prall und muskulös, die Fühler gewaltige wippende Antennen. Vitalität. Fürwahr, er war ein herrliches Exemplar von einem Schmetterling.

Auch die Zähne blitzten weiß und ebenmäßig, als er lächelte. Er hatte es geschafft! Er hatte sie in eine Zeit entführt, wo falsche Ernährung und mangelnde Pflege die Zähne noch nicht verdorben hatten.

Doch Judy war es gar nicht wohl in ihrer Haut. Das heißt, in ihren Kleidern. Die Bluse schlotterte wie ein Sack um ihren Oberkörper, die Schuhe waren acht Nummern zu groß, und die Instrumententasche wog mindestens einen Zentner.

Sie hatte zwanzig Jahre in der Zukunft gelassen. Sie war jetzt ein Kind von sechs Jahren, wenn auch mit der Erfahrung einer Sechsundzwanzigjährigen.

»Komm, fliege mit mir, mein Kind«, sagte der Monarch. »Das ist die Zeit meiner größten Machtentfaltung.«

»Aber – ich...«

Schon hatte er vier Hände um sie geschlungen und erhob sich vom Balkon aus in die Luft. Sie war froh, daß sie nicht mehr so viel wog. Ihre Bluse bestand zwar aus reißfestem Nylon; doch man konnte nie wissen, ob der Stoff unter der Zeitreise nicht gelitten hatte.

»Irdische Macht«, sagte der Monarch, während sie dahinschwebten, »soll zwar kein Glück bringen, wie die Weisen auf meiner und vielleicht auch auf deiner Welt behaupten, aber ich bin da nicht ganz sicher. Auf jeden Fall beherrsche ich jetzt siebzig Sonnensysteme mit mindestens siebzig bewohnten Planeten. Ich besitze das Monopol für den Verkauf der Erzeugnisse von Ra. Mein Reichtum ist unermeßlich, und selbst der letzte Untertan meines Imperiums lebt in Frieden und hat sein Auskommen. Blicke nur einmal hinunter!«

Eine silberglänzende Stadt mit spitzen Türmen, mit geschwungenen Streben und Hängebrücken aus Seide breitete sich unter ihnen aus. Grüne Schmetterlinge saßen zu Hunderten auf den Balkonen und Türmen. Es war ein herrlicher Anblick.

»Ist das Ihre Hauptstadt?«

Der Monarch lachte dröhnend. »Das ist Luna – das Armenquartier von Lepidop. Alle diese Kreaturen dort unten sind Motten. Sieh nur die häßlichen Flecke auf ihren Flügeldecken.«

Die Flecke waren gar nicht so häßlich.

»Und schau mal dort hinüber!«

Sie gehorchte. Am Rand der Stadt breiteten sich Wälder aus. Doch solche Bäume gab es auf der Erde nicht. Sie glichen riesigen Fässern, die in den Himmel hinaufwuchsen. Außen trugen die Bäume zwar Laub, doch die Früchte wuchsen innen im Hohlraum hinter der Rinde. Sobald die Früchte reif wurden, fielen sie in das lebendige Faß hinein. Konservierende Gase hielten die Früchte frisch, und so stellte jeder Baum gleichzeitig einen riesigen Speicher dar, der eine ganze Stadt mit Früchten versorgen konnte.

»Das alles gehört zu meinem Imperium«, sagte der Monarch. »Das ist Macht, das ist Genugtuung und Schönheit zugleich!«

Sie flogen zum Palast zurück. »Warum bauen Sie nicht

eine Zahnklinik?« fragte Judy. »Die beste Nahrung ist vergeudet, wenn man keine gesunden Zähne hat, um sie zu zerkleinern. Mit Zahnschmerzen wird einem das beste Essen verleidet.«

»Was ich jetzt tue, kann nur meine eigene Zukunft verändern«, erinnerte der Monarch Judy an die Beschränkung der Zeitreise. »Doch ich werde daran denken, wenn ich in die Gegenwart zurückkehre. Ich werde eine Zahnklinik für die Nachkommen stiften!«

Judy begleitete den Monarchen in den Thronsaal zurück, wo sie seine Zähne überprüfte.

»Ich sehe ein paar ganz kleine Löcher im Zahnschmelz. Wenn Sie aber Ihre Zähne vorschrifstmäßig pflegen, werden sie bis zum Ende Ihres Lebens durchhalten«, prophezeite Judy. »Denken Sie immer daran! Nach jeder Mahlzeit Zähne putzen. Den Mund mit Mundwasser ausspülen, damit die Entwicklung der schädlichen Bakterien gehemmt wird. Die Lücken mit Dentalband säubern. Und essen Sie nicht mehr gereinigte Kohlehydratnahrung als unbedingt nötig. Alle sechs Monate müssen die Zähne von einem Fachmann überprüft werden.«

»Aber wo soll ich denn jetzt einen Dentisten auftreiben?«

Judy hatte natürlich an die Motten gedacht. Verdammt – in dieser zurückversetzten Zeit konnte der Monarch auch keinen Dentisten von einem anderen Planetensystem an seinen Hof holen. »Sie müssen sich eben behelfen, so gut es geht«, meinte Judy mit piepsender Kinderstimme.

Sie säuberte seine Zähne. Mit ihren kleinen Patschhändchen tat sie sich dabei sehr schwer. Dafür konnte sie den Monarchen um so gründlicher in der theoretischen Zahnpflege unterweisen und ließ sich alles so oft vorsagen, bis sie sicher war, der Monarch würde es zwanzig Jahre lang nicht vergessen.

Dann kehrten sie beide wieder in die Gegenwart zurück. Der greise Monarch brach sofort auf seinem Thron zusammen, so erschöpft war er. Doch seine Zähne sahen viel gesünder aus als vorher. Mit seinen Beißerchen konnte der Monarch sogar feste Nahrung zerkauen.

Eine beneidenswerte Eigenschaft der Schmetterlinge, dachte Judy bei sich. Wären die Menschen in der Lage gewesen, ihre Fehler durch eine Reise in die Vergangenheit zu korrigieren, würden die Zahnärzte auf der Erde nur noch von der Arbeitslosenunterstützung leben ...

Die Monate vergingen. Judy wurde von den Höflingen mit Schmeicheleien überschüttet, und von Zeit zu Zeit gewährte der Monarch ihr eine Audienz, um mit ihr zu plaudern. Er war über alle Maßen stolz auf sein gut erhaltenes Greisengebiß und vergaß nicht, zu betonen, daß er das allein ihrem guten Rat zu verdanken habe.

Damit hatte Judy ihre Aufgabe auf Lepidop erfüllt. Es stand ihr frei, den Planeten zu verlassen, um sich auf einer anderen Welt nach einer Anstellung umzusehen. Doch eine Spur von Unbehagen blieb trotz des königlichen Lebens zurück. Seine Zähne waren eben *nicht* perfekt. Sie wußte auch, daß er gelegentlich an Zahnschmerzen litt, das aber geschickt zu verbergen wußte – aus Höflichkeit und auch aus Eitelkeit. Ein Patient kann nicht allein für die Gesundheit seiner Zähne garantieren, und als König war es ja unter seiner Würde, die Hilfe eines eingeborenen Dentisten zu beanspruchen.

Insgeheim besuchte Judy die verachteten Motten, die Zahnheilkunde studiert hatten, und stellte fest, daß sie weit besser waren als ihr Ruf bei den Schmetterlingen. Sie studierte eifrig in der großzügig ausgestatteten Bibliothek von Lepidop, verglich die Gebisse der mannigfaltigen galaktischen Lebensformen und stellte dem Translator alle möglichen Fragen über die Universität der Zahnheilkunde, über ihre Studienpläne und ihre Hierarchie.

Und sie wartete – vergeblich.

Entweder hatte Trach die Verwaltung der Universität nicht verständigt, oder Dillingham war nicht mehr daran interessiert, sie als Assistentin zu beschäftigen.

Sie fühlte sich hilflos und allein.

»Ich habe Blut geleckt, um mich in Ihrer Sprache auszudrücken«, sagte der Monarch eines Tages zu ihr. »Ich verspüre Lust, mir *noch* bessere Zähne zu verschaffen! Wie wäre es, wenn wir *dreißig* Jahre in die Vergangenheit zurückreisten?«

Sechzig Jahre also, wenn man den Maßstab eines menschlichen Lebens anlegte. Damit stünde der Monarch in der Blüte seiner Jugend.

»Wenn ich mit der Pflege meiner Zähne in frühester Jugendzeit anfinge – damals, als ich meine Puppe verließ –, müßten sie eigentlich bis zum heutigen Tage gesund bleiben!« krähte der Monarch begeistert und keuchte dann erschöpft.

Judy dachte nicht mehr daran, daß sich der Zyklus eines Schmetterlinglebens grundsätzlich vom Lebensrhythmus eines Menschen unterschied. Eine Reise zurück bis zum Puppenstadium? Vielleicht reichte das aus, um ...

»Kommen Sie, meine Liebe – ergreifen Sie meine Hand!«

Sie gehorchte, obwohl sie Widerspruch erheben wollte. Doch seine Worte waren so zwingend, daß sie sich schon wie ein Schmetterlingsuntertan vorkam.

»Warten Sie!« rief Judy dann aber entsetzt, als ihr plötzlich bewußt wurde, was dreißig Jahre für *sie* bedeutete. »Ich kann doch nicht . . .«

So etwas Schreckliches hatte sie bisher noch nicht erlebt. Sie fühlte sich von innen nach außen gestülpt, durch ihren Mund gefädelt und in Lauge getaucht. Sie wehrte sich, strampelte, erlosch und erstickte in loderndem Chaos. Ihre Arme waren in Mumienlappen eingewickelt, ihre Augäpfel vertrocknet. Maden ernährten sich von ihrer Zunge. Flammen sprühten aus den Schwingen des Jenseits.

Sie hatte versucht, in eine Vergangenheit zurückzukehren, die vier Jahre vor ihrer Geburt lag.

Aber sie erlebte nicht ihr eigenes Dahinscheiden. Den Monarchen hatte es erwischt. Als sie aufstand, hing seine vertrocknete Hülle an ihrer Hand. Sie brach auseinander, als sie die Finger aus den toten Chitingliedern löste.

»Mörderin!« zeterten die rotgeflügelten Höflinge. »Du hast versucht, den Monarchen zum Unmöglichen zu verführen! Du hast ihn an deine kurze Lebensspanne gebunden und ihn so in den Tod hineingezogen! Der König ist vor vier Jahren gestorben, und damit ist sein Imperium zum Untergang verdammt!«

Judy brachte kein Wort zu ihrer Verteidigung über die Lippen. Sie hatte den Monarchen zu dieser Reise in die Vergangenheit verleitet – wenn auch nur indirekt.

»Du wirst den Tod der tausend Lichter sterben!« schrien die Höflinge. »Die Motten werden auf deine Leiche spucken!«

Man schaffte sie in einen Kokonturm auf der obersten Terrasse der Burg. Judy hatte einen weiten Blick über die

Stadt und die Tiefebene; aber sie konnte das zähe Gewebe nicht zerreißen oder es gar auseinanderbiegen, um dem Gefängnis zu entrinnen. Sie saß gleichsam hinter unsichtbarem Stacheldraht. Tief unter ihr gähnte der Burggraben, und Larven mit scharf geschliffenen Kiefern hielten dort Wache.

Schmetterlinge schossen aus dem Himmel herunter. Ihre Flügel schimmerten im Sonnenlicht wie Glas. Jeder Schmetterling hatte einen Strahler bei sich, den er auf Judys Gefängnis richtete. Die Strahler waren silberfarbig, schwarz und grün, also in den Wappenfarben von Lepidop gehalten. In einer langen Reihe kamen die Schmetterlinge auf ihren Käfig zu, und jeder Schmetterling schoß einen Lichtfaden auf Judy ab, ehe er abdrehte.

Zuerst versuchte Judy, diesen Lichtschüssen auszuweichen. Doch das gelang nur teilweise. Als ein paar Schüsse sie trafen, merkte sie, daß es sich nur um harmloses Licht handelte – um Leuchtreflexe, die sofort wieder erloschen.

War diese Hinrichtung nur symbolisch?

Doch da stach ein sengender Schmerz in ihr rechtes Bein. Einer dieser Strahler war ein Laser!

Nach einer Stunde und mehreren Treffern hatte sie die Methodik ihrer Hinrichtung entdeckt. In unregelmäßigen Abständen stieß ein Schmetterling mit orangefarbenem Strahler auf sie herab – in der Farbe des toten Monarchen. Dieser Strahler war der Laser. Seinem tödlichen Lichtstrahl mußte sie ausweichen.

Doch das war eine höllische Aufgabe. Sie mußte jeden Schmetterling im Auge behalten, und es befanden sich immer mehrere im Anflug. Die Farbe der Strahler war erst zu unterscheiden, wenn der Schmetterling bereits auf Schußweite herangekommen war. Meistens gelang es ihr erst im letzten Moment, dem bleistiftdünnen Hitzestrahl auszuweichen. Dazu kamen die netzartigen Verstrebungen ihres Gefängnisses, die durch ihre Lichtreflexe irritierten. Und die Strahlen wirkten nur in der Nähe ihres Körpers und schnitten durch das Gewebe der Mauern, ohne Schaden anzurichten. Sie war das einzige Ziel dieser Waffen, die wie Degenklingen durch ihren Käfig schnitten. Und sobald ihre Achtsamkeit nachließ, schreckte ein Treffer sie wieder auf.

Bisher waren die Wunden nur schmerzhaft, nicht lebensgefährlich. Doch mit der Zeit würde ein Laser eines ihrer Augen blenden oder sich durch ihre Brust bohren ...

Der Tod der tausend Lichter.

Sie begriff jetzt, was das bedeutete. Hunderttausend Scheinangriffe, tausend tödliche Bedrohungen. Ein paar Treffer konnte sie verschmerzen; zwanzig Einschläge würden sie noch nicht umbringen; zweihundert Wunden warfen sie monatelang auf das Krankenbett, und tausend ...

Tausend Treffer konnte kein Wesen lebend überstehen!

Zehn Tage lang sollte diese Hinrichtung dauern. Zehn Tage ohne Schlaf und ohne Pause. Wenn die Laser sie nicht umbrachten, würde sie an Erschöpfung sterben.

Der Tod der tausend Lichter.

Ihre Augen brannten. Die ununterbrochen anfliegenden Schmetterlinge verschwammen zu einer glitzernden Spirale. Das waren keine schönen Geschöpfe mehr, sondern Flügel des Grauens. Immer wieder stürzte ein Schmetterling auf sie herunter, den Strahler auf sie gerichtet. Andere folgten wie Todesengel an einer unsichtbaren Schnur. Die blitzenden Flügel waren Warnsignale der Vernichtung.

Judy schrie auf. Sie war eingedöst, ohne es zu merken,

hypnotisiert von den ständigen Lichtreflexen schwirrender Flügel. Ein Laser hatte sie getroffen, ihr das Haar versengt und die linke Schulter gestreift. Der Schmerz war so höllisch, als hätte man ihr ein weißglühendes Eisen ins Fleisch gerammt. Einen halben Zentimeter tief war der Strahl in das Fleisch eingedrungen und hatte die Wunde selbst ausgebrannt.

Die Nacht brach herein, doch sie brachte keine Erholungspause. Jetzt flogen die Nachtfalter heran, deren Strahler in den gleichen Farben schimmerten wie die Waffen ihrer Vettern vom Tage. Die Farbmarkierung war keine Vergünstigung für den Todeskandidaten. Man mußte ihr ja die Chance geben, den tödlichen Strahler von dem harmlosen zu unterscheiden. Sonst wäre ja jede Wachsamkeit sinnlos gewesen. Dann fügte ihr Wille sich in das Unvermeidliche, und sie würde sich hinlegen und ergeben auf den Tod warten. Damit wäre die Hinrichtung zu einem abgekürzten Verfahren geworden und die Folterqualen zu einer kurzen Leidenszeit.

Sie nickte wieder ein – und wurde erneut getroffen. Doch diesmal hatte sie fast eine halbe Stunde schlafen können. Damit schöpfte sie Kraft für eine Nachtwache von mehreren Stunden.

Wieder verschwammen die vielfarbigen Strahler vor ihren Augen. Unerträgliche Kopfschmerzen marterten sie. Sie wußte, daß das unvermeidliche Ende dicht bevorstand. Und dabei wollte sie doch nur ihrem Chef, Dr. Dillingham, in die Galaxis folgen. Er hatte sie im Stich gelassen.

Tatsächlich? Oder hatte man nur vergessen, ihm ihre Botschaft auszurichten? Vielleicht hatte die Verwaltung der Universität ihre Bewerbung als Hirngespinst abgetan und zu den Akten gelegt. Vielleicht hatte Dr. Dillingham bereits eine kompetente galaktische Kraft als Assistentin . . .

Ein größeres Licht tauchte jetzt am Horizont auf. Judy glaubte, das Licht kündigte die aufgehende Sonne von Lepidop an, obgleich sie sich wunderte, daß die Nacht so rasch verflogen war. Dann aber unterschied sie Reflexe auf einer Metallhaut. Dort flog irgendeine Maschine, aber ohne Flügel.

Aus dieser Maschine blitzte es auf – ein Scheinwerfer schwenkte über die Stadt, kam auf sie zu.

War das der erlösende Laser, der ihr den Tod bringen sollte?

Judy schrie unwillkürlich auf, als der Schweinwerfer sie erfaßte und in blendendes Licht tauchte. Doch das Licht tat nicht weh. Die Maschine folgte ihrem Lichtstrahl wie eine Lokomotive dem Schienenweg. Judys Käfig explodierte. Sie stürzte geblendet zu Boden. Sie hörte das protestierende Piepsen der Nachtfalter. Dann packte sie etwas am Arm, riß sie auf die Füße.

»Keiner außer mir wird ihn töten!« hallte eine metallene Stimme durch die Nacht. »Und du wirst ihm inzwischen Gesellschaft leisten.«

»Da sagst du mir nichts Neues!« schrie sie hysterisch. »Gib mir wenigstens ein bißchen Butter, damit die Brandwunden nicht so weh tun . . .«

Wann war dieses grausame Spiel denn endlich vorüber?

8

»Doktor, Sie brauchen unbedingt eine Assistentin«, sagte die Auster. Seine Magnifizenz hatte sich zu einem Nickerchen hinter seine Schalen zurückgezogen, doch das Übersetzungsgerät übertrug das wäßrige Gemurmel in klar verständliches Englisch.

Eine Assistentin? Dillingham war auch schon auf diese Idee gekommen. Die Büroarbeit türmte sich in Gestalt von Akten vor ihm auf. Zu seinen eigentlichen Pflichten kam er fast nicht mehr. Manchmal vergaß er sogar seinen offiziellen Titel, weil sein Verstand sich mit so vielen Dingen zugleich beschäftigen mußte. Jeden Augenblick würde man ihn mit einem harmlosen Auftrag losschicken, der sich dann als Himmelfahrtskommando entpuppte.

Natürlich bestanden die Akten nicht aus Papier. Doch selbst in einem vollcomputerisierten Geschäftsbetrieb mit vielsprachigen Memobändern war die Arbeit kein Honiglecken. Tausende von winzigen Plastikblättchen lagen auf seinem Tisch, und jedes Blättchen stellte das Problem eines Studenten dar, das durchdacht und entschieden werden mußte. Seit Dillingham die Erde verlassen hatte, hatte er immer ohne Assistentin auskommen müssen. Er hatte sich nie ganz an diesen Zustand gewöhnen können.

Die Assistentin seines Chefs konnte er leider nicht für sich beanspruchen. Miss Tarantula war ein Musterbeispiel spinnenartiger Tüchtigkeit. Ob im Büro oder in der

Zahnklinik, ob an der Universität oder auf Dienstreisen – immer räumte sie mit ihren acht Armen alle Schwierigkeiten aus dem Weg, ehe sie sich richtig entwickelt hatten. Deswegen war der Schreibtisch der Auster auch immer leer, während Dillingham nie mit seiner Arbeit fertig wurde. Hätte ihm nur eine halb so fähige Assistentin als Mitarbeiterin zur Seite gestanden, wäre sein Schreibtisch ebenfalls leer gewesen.

Die Auster schob einen Fühler aus ihren Schalen hervor. »Wir müssen ein paar geeignete Bewerberinnen zur Vorstellung hierherbitten«, sagte der Rektor zu seiner Sekretärin. »Voraussetzungen: Weibliches Geschlecht, ohne Anhang, adrettes Aussehen, Landbewohnerin, hervorragende Sachkenntnisse . . .«

»Die erste Bewerberin wartet bereits im Vorzimmer«, unterbrach Miss Tarantula ihren Chef. »Wenn Dr. Dillingham jetzt Zeit hat, sich der Dame zu widmen . . .«

»Ein kurzes Gespräch wird kaum für eine Entscheidung ausreichen«, protestierte Dillingham. »Mein Aufgabengebiet ist ja nicht nur aufs Büro beschränkt. Ich brauche eine zuverlässige Kraft, die mich auch bei schwierigen Aufträgen auf anderen Planeten unterstützt. Ich muß wissen, ob sie sich in ungewöhnlichen Situationen behaupten kann. Besonders in Momenten der Gefahr . . .«

»Selbstverständlich«, unterbrach Miss Tarantula ihn würdevoll. »Sie werden noch heute eine Geschäftsreise zum Planeten Hobgoblin antreten. Die Bewerberin wird Sie begleiten, um ihre Eignung unter Beweis stellen zu können.«

»Aber das ist doch nur eine Routinesache! Von außergewöhnlichen Umständen kann gar keine Rede sein . . .«

»Seine Magnifizenz hat noch einen Spezialauftrag für

Sie. Uns sind gewisse Klagen von diesem Planeten zu Ohren gekommen, die diskret geklärt werden müssen.«

Aha, es war wieder mal ein Pferdefuß bei der Sache! Eine Dienstreise, die diplomatisches Geschick von ihm verlangte! Sein Chef stellte ihn wieder einmal auf die Probe. Er sollte gewissermaßen eine galaktische Zeitbombe entschärfen, bei der der kleinste Schnitzer sein Untergang sein konnte.

Aber Dillingham hatte ja noch seinen Jann. Die totale Überwachung durch den riesigen Roboter war keine ungetrübte Freude für ihn. Aber wenn man ihm auf Hobgoblin nach dem Leben trachten wollte, war der Jann eine Lebensversicherung für ihn.

»Also gut«, meinte Dillingham seufzend, »schicken Sie die Dame herein, damit ich . . .«

»Die Dame weiß bereits Bescheid«, unterbrach Miss Tarantula. »Eine kurze Vorstellung wird genügen.«

Die Tür ging auf. Ein gelatineartiges, warziges Wesen floß ins Zimmer hinein. Das Wesen kam vor Dillingham zum Stillstand und verbreitete einen Geruch, der ihn an Rizinusöl erinnerte. Ein schwarzes Loch kam unter einer Warze zum Vorschein. »Sehr erfreut, Sie kennenzulernen, Doktor«, übersetzte der Translator. »Ich bin Miss Porktran, Ihre Assistentin zur Probeanstellung.«

Adrettes Aussehen, hervorragende Sachkenntnisse, weibliches Geschlecht . . .

Dillingham bezweifelte keine Sekunde, daß Miss Porktran in den Augen ihrer Artgenossen alle diese Vorzüge besaß. Er durfte also ihre Qualifikation nicht anzweifeln, sonst hätte er sich die Blöße eines voreingenommenen Menschen gegeben.

»Ich danke Ihnen, Miss Porktran«, sagte Dillingham höflich. »Bestellen Sie bitte drei Flugscheine zum Planeten Hobgoblin und verständigen Sie die dortigen Behörden, welche Institutionen wir besichtigen wollen.«

»Drei Flugscheine, Doktor?« Die Stimme der Dame klang nicht unsympathisch, wenn man dem Übersetzungsgerät trauen durfte.

»Drei. Der Jann wird uns begleiten.«

Die Assistentin auf Probe schob einen schleimigen Augenstiel aus einer Warze hervor. Das Auge betrachtete den metallbewehrten Roboterriesen. Ein Zittern brachte den Augenstiel ins Wanken und pflanzte sich dann in der Gelatinemasse fort. Doch dann faßte die Dame sich wieder.

»Jawohl, Doktor«, sagte sie beflissen und diktierte dann Befehle in ihrer eigenen Sprache.

Nicht übel bis jetzt, dachte Dillingham, während die Auster ihn zwischen klaffenden Schalen angrinste. Die Janns sollten ja schon vor ein paar tausend Jahren ausgestorben sein. Trotzdem wurden ihre heroischen Taten in vielen galaktischen Märchen und Mythen besungen. Miss Porktran hatte sich vorzüglich in der Gewalt, wenn die schreckliche Gestalt des Roboters ihr nur ein schleimiges Wabbeln abnötigte.

Trotzdem erinnerte die neue Assistentin auf Probe Dillingham irgendwie an verdorbenes Weinbergschneckenfleisch.

Die Hobgoblins schienen ein rauhes Volk zu sein. Sie waren untersetzt, hatten riesige Köpfe, große Plattfüße und eine Stimme wie ein rostiges Autogetriebe im ersten Gang. Sie gehörten eindeutig zu den häßlichen Vertretern der humanoiden Geschlechter.

»Was macht denn dieser Jann hier?« fragte der Zollbeamte vom Raumhafen. »Wir dulden keine lebenden Roboter auf unserem Planeten!«

»Er – er muß mich auf allen Reisen begleiten«, antwortete Dillingham. Er konnte dem Beamten sein kompliziertes Verhältnis zu dem Jann unmöglich erklären.

»Dann sperren wir ihn so lange ins Schließfach.« Der Zöllner winkte zwei Polizisten herbei. »Verstaut den Metallprotz in der Arrestzelle! Für die Schließfächer ist er zu groß.«

Die bulligen Polizisten näherten sich dem Metallriesen. Dillingham sah Schwierigkeiten voraus, konnte sie jedoch nicht abwenden. Der Jann war das gefährlichste Lebewesen, das die Galaxis bisher hervorgebracht hatte, und er hatte geschworen, Dillingham fünfzig Jahre lang vor jeder Gefahr zu bewahren. Um seinen Eid zu erfüllen, mußte er immer in Dillinghams Nähe bleiben. Offenbar hatten die Bewohner dieses Planeten wenig Respekt vor Mythen und Märchen, sonst wären sie nie bis auf Tuchfühlung an den Roboter herangegangen.

Die uniformierten Ordnungshüter packten den Matallriesen links und rechts an den stählernen Armen. Sie glichen zwei Puppen, die einen Erwachsenen vom Kinderspielplatz verdrängen wollen.

Sie zogen mit aller Macht.

Das war alles.

Der Roboter bewegte sich nicht. Er nahm nicht einmal Notiz von den beiden – Gott sei Dank nicht, dachte Dillingham erleichtert.

Dillingham und Miss Porktran erledigten ihre Formalitäten beim Zoll und verließen dann den Raumhafen. Der Jann folgte ihnen und schleifte die beiden Polizisten hinter sich her. Nach einer Weile wurde es den beiden zu bunt, und sie ließen den Roboter los.

Damit war die erste Hürde diplomatisch gemeistert. Dillingham seufzte erleichtert. Immerhin hätte der Roboter ja seine eiserne Geduld verlieren können.

Die Akademie für Zahnheilkunde von Hobgoblin war ein imposantes Gebäude. Doch das galt nur für die Architektur. Die Inneneinrichtung war hoffnungslos veraltet. Auf diesem Planeten arbeitete man noch mit mechanischen Bohrmaschinen, Röntgenapparaten und Betäubungsspritzen!

Ein Zahntechniker galoppierte auf sie zu. »Was suchen Sie denn hier?« bellte er. »Wir dulden keine Besucher in der Akademie! Schon gar keine Wesen von fremden Planeten!«

»Der stellvertretende Rektor der Universität der Zahnheilkunde steht vor Ihnen«, sagte Miss Porktran mit beruhigend-süßer Stimme. Der nächste Translator stand am anderen Ende des Korridors. Die Unterhaltung litt unter Echostörungen. »Wir wollen Verbesserungsvorschläge machen. Ihre Behörde wurde rechtzeitig davon unterrichtet.«

»Muß mir erst eine schleimige Transuse aus der Galaxis erzählen, was ich meiner Behörde zu sagen habe und was nicht?« brauste der Zahntechniker auf. »Kommen Sie in der nächsten Woche wieder! Die Herren von der Akademie haben heute keine Zeit!«

Miss Porktran wandte sich mit zitterndem Augenstiel Dillingham zu. »Wir sollen nächste Woche wiederkommen, Doktor«, wiederholte Miss Porktran kleinlaut.

Irgend etwas ist hier faul, dachte Dillingham.

»Ich habe verstanden, Miss Porktran. Mein Besuch wurde von den hiesigen Behörden ohne Widerspruch akzeptiert. Mein Programm ist festgelegt und duldet keinen Aufschub.«

»Wir bedauern«, wandte sich Miss Porktran wieder an den Techniker, »aber wir bestehen auf einem Empfang durch die Herren der Akademie!«

»Sie können mir mal den Hintern einfetten!«

»Ich verbitte mir diese – diese . . . pfui!«

»Überlassen Sie das mir, Miss Porktran«, mischte Dillingham sich ein. Er neigte nicht gerade zu Temperamentsausbrüchen; doch als stellvertretender Rektor der Universität durfte er solche Unverschämtheiten nicht einfach so hinnehmen.

»Sie haben kein Vertrauen zu mir!« klagte Miss Porktran und zitterte dabei wie Götterspeise.

»Aber, Miss Porktran, es geht doch hier nicht um Ihre Person . . .«

»Schleich dich, du Fettkloß!« höhnte der Techniker.

»Ich will doch nur helfen!« kam Miss Porktrans erstickte Stimme. Sie verfärbte sich himbeerrot. Jetzt sah sie aus wie ein Faß roter Grütze.

»Natürlich«, meinte Dillingham diplomatisch. »Aber in diesem Fall . . .«

»Soll ich euch jetzt hinauswerfen, oder geht ihr freiwillig?« knurrte der Techniker.

»*Nein!*« brüllte Dillingham dem Hobgoblin in das häßliche Gesicht.

Miss Porktran löste sich im Korridor auf – im wahrsten Sinne des Wortes.

»Ich habe den Eindruck, daß Sie Ihrer Stellung nicht ganz gewachsen sind, Miss Porktran«, sagte Dillingham mit geziemendem Mitgefühl. »Wenn Sie sich vielleicht an der Universität für einen anderen Posten bewerben wollen, werde ich sehen, was sich machen läßt.«

Miss Porktran saugte sich wieder etwas zusammen. »Vielen Dank, Doktor Dillingham.«

Sie floß den Gang hinunter.

»Seien Sie froh, daß Sie die Qualle los sind«, sagte der Techniker grinsend.

Dillingham drängte sich mit hochmütigem Gesicht an dem Burschen vorbei. Insgeheim mußte er diesem Kerl recht geben. Als Assistentin des Rektors durfte man in heiklen Situationen nicht gleich vor Schreck im Boden versickern.

»He, Sie da!« brüllte der Techniker hinter dem Roboter her. »Keine Besucher, hatte ich gesagt! Wenn Sie nicht sofort umkehren, werfe ich Sie eigenhändig hinaus!«

Diese Drohung war ein Fehler. Der Jann, der bisher mit stoischer Ruhe der Auseinandersetzung gefolgt war, öffnete jetzt seine Mundlade: »Keiner außer mir wird ihn töten – in neunundvierzig Jahren, fünf Monaten und dreizehn Tagen irdischer Zeitrechnung!« Bevor das Echo dieser Worte verhallte, war der Techniker verschwunden. Diesem Monstrum fühlte er sich nicht gewachsen.

An der nächsten Korridorecke erwartete Dillingham ein Wesen, das kaum von diesem Planeten stammen konnte. Es war geschmeidig, roch angenehm, blickte ihn aus vier sanften roten Augen an und breitete einen Kranz von schlanken blauen Tentakeln vor ihm aus.

»Doktor Dillingham? Die Universität schickt mich hierher, damit ich Ihnen assistieren soll. Ich bin Miss Anemone und auf Probe angestellt.«

Miss Tarantula hatte also wieder einmal Schwierigkeiten vorausgesehen und rechtzeitig für Ersatz gesorgt!

»Sehr gut«, sagte Dillingham gefaßt. In kluger Voraussicht setzte er hinzu: »Darf ich Ihnen den Roboter vorstellen? Er ist ein Jann und mein ständiger Begleiter.«

»Ich habe ihn vorhin beobachtet. Ein wunderschönes Exemplar. So männlich! Ich wußte gar nicht, daß man heutzutage noch so gewaltige Roboter baut.«

Keine üble Reaktion, dachte Dillingham und blickte um die Ecke des Korridors. Dort näherte sich wieder ein Einheimischer. Er trug ein Abzeichen, das ihn als mittleren Beamten kennzeichnete. »Hier sind keine Besucher erlaubt. Verlassen Sie sofort das Gebäude!«

Miss Anemone trat ihm mit gesträubten Tentakeln entgegen. »Das ist der stellvertretende Rektor der Universität der . . .«

»Verschwenden Sie meine Zeit nicht mit unnützen Erklärungen«, unterbrach der Einheimische sie grob. »Machen Sie, daß Sie fortkommen!«

»Wenn Sie unsere Legitimationen sehen wollen . . .«

»Zur Seite, du Qualle!« donnerte der Hobgoblin und drängte sich grob an Miss Anemone vorbei. Doch er kam nicht weit.

»*Auaaa!*«

»Oh, das tut mir aber leid«, sagte Miss Anemone mit geheucheltem Mitgefühl. »Haben Sie sich an meinen Stacheln verletzt? Ich hoffe, Sie melden sich sofort in der Notaufnahme, ehe das Gift in die Blutbahn eindringt.«

Miss Anemone rauschte den Korridor hinunter, während der Hobgoblin ihr nachgaffte und sich dabei die schmerzende Schulter hielt.

Bis jetzt hatte sich die neue Assistentin nicht schlecht gehalten, dachte Dillingham, während er ihr den Korridor hinunter folgte. Sie ließ sich nichts gefallen und bewies bei aller Härte doch taktisches Geschick.

Am Ende des Korridors betraten sie einen großen Hörsaal. Hier waren die modernsten Errungenschaften der hobgoblinschen Zahnheilkunde vor den leeren Bänken ausgebreitet: Metallfüllungen, Zahnersatz aus Plastik, primitive farbige Röntgenaufnahmen, chirurgische Instrumente und anderes Gerät. Dillingham betrachtete die ausgestellten Stücke und wandte sich an den Professor hinter dem Katheder.

»Ich glaube«, begann er höflich, »daß die galaktische Universität Ihnen gewisse Verbesserungsvorschläge machen kann.«

»Wer hat die Universität darum gebeten?« schnaubte der Professor.

Dillingham konnte dem Gelehrten natürlich nicht verraten, daß sich ein paar Touristen bei der Universität beschwert hatten. Das gehörte zu dem geheimen Auftrag seiner Dienstreise. Die Touristen hatten nur vage Angaben gemacht und sich nicht von den Dentisten der Universität untersuchen lassen. Es gab also keine eindeutigen Beweise, daß die Zahnärzte von Hobgoblin Pfuscharbeit leisteten – nur einen Verdacht, der sich auf die Unzufriedenheit behandelter Patienten stützte.

Solchen Beschwerden konnte man nur sehr diskret nachgehen. Die Hobgoblins reagierten außerordentlich empfindlich auf die Kritik fremder Lebewesen.

»Vielleicht gestatten Sie mir, eine praktische Übung abzuhalten!«

»Ah – ein Verwaltungshengst von der Universität will uns Hinterwäldlern beibringen, wie man Zähne behandelt!«

Dillingham ignorierte die beleidigenden Auslassungen des Einheimischen. »Vielleicht kann ich mir einen Ihrer Patienten zur Behandlung ausborgen«, fuhr Dillingham fort. »An einem Beispiel läßt sich am besten darlegen, welche Vorteile eine Universitätsausbildung mit sich bringt.«

»Universitätsausbildung – pah! Wenn wir die Geldmittel hätten, die Ihrer Universität zur Verfügung stehen, hätten wir schon längst ein multiples Diagnosegerät angeschafft, das die Zahnleiden aller galaktischen Spezies auf Anhieb analysiert...«

»Sie haben recht mit Ihrer Andeutung, daß das multiple Diagnosegerät zu unseren wichtigsten Hilfsmitteln an der Universität zählt. Doch da dieser Apparat für die Zahnklinik einer galaktischen Gemeinde viel zu teuer ist, legen wir besonderen Wert auf die umfassende theoretische Ausbildung des einzelnen Dentisten. Er soll dann, auf dieses Wissen gestützt, auch mit den Geräten seines Heimatplaneten die komplizierteste Behandlung durchführen können. Es ist nicht das technische Rüstzeug, das den guten Dentisten auszeichnet, sondern das Talent...«

Aber der Hobgoblin ließ ihn gar nicht mehr ausreden. »Sie behaupten, Sie können mit *meiner* Ausrüstung einen Patienten viel besser behandeln als ich?«

Da man hier mit Diplomatie offenbar nicht weiterkam, nahm Dillingham die Herausforderung an. Er verstieg sich sogar zu der Behauptung: »Ja, das kann ich. Und das gilt für jeden Absolventen unserer Universität!«

Der Professor lief dunkelrot an. Dann lächelte er böse.

»Ich nehme Sie beim Wort, Herr Doktor!«

Das tat er denn auch prompt. In einer halben Stunde war auf der Plattform in der Mitte des Hörsaales eine Modellpraxis hobgoblinscher Prägung aufgebaut. Miss Anemone saß hinter dem Katheder und erfüllte dort die Funktion einer Sprechstundenhilfe. Der Jann hockte hinter einer spanischen Wand, den Blicken der Zuschauer verborgen, um unauffällig über das Wohlergehen von Doktor Dillingham wachen zu können.

Die Bänke des Hörsaals waren bis auf den letzten Platz gefüllt. Unter den Zuschauern war keiner, der nicht schon seit vielen Jahren als Zahnarzt praktizierte.

Auf so einen Rummel war Dillingham natürlich nicht gefaßt gewesen. Im stillen verfluchte er sich für seine kühne Herausforderung. Er war eben ein Pechvogel.

Jedesmal wurde aus einer harmlosen Routinesache bei ihm eine Staatsaktion.

»Unser gelehrtes Genie von der galaktischen Universität wird uns jetzt vorführen, wie man kranke Zähne behandeln muß«, verkündete der hobgoblinsche Professor mit ätzendem Spott. »Passen Sie genau auf, meine Herren, damit Sie von dieser Leuchte der Wissenschaft lernen, wie beschränkt wir Zahnärzte auf diesem Planeten sind!«

Die Zuhörer musterten Dillingham mit gehässigen Blicken. Kein Zweifel – der Ruf der Universität stand wieder einmal auf dem Spiel. Wenn er versagte, konnte ihn das seine Stellung kosten. Diese Leute griffen ihn nicht persönlich an, sondern seine wissenschaftliche Qualifikation. Gegen diesen Angriff konnte der Jann ihn nicht verteidigen. Mit seiner leichtsinnigen Herausforderung hatte er seine Karriere aufs Spiel gesetzt.

Der erste Patient betrat die Plattform. Es war ein Vierfüßler, der entfernte Ähnlichkeit mit einem Pferd hatte.

Miss Anemone sprach das Wesen an. »Nennen Sie bitte Ihren Namen und Ihren Heimatplaneten.«

»Pferdefeder vom Planeten Clovenhuf«, wieherte das Wesen und entblößte dabei ein riesiges gelbliches Gebiß.

»Können Sie mir sagen, welche Beschwerden Sie haben?«

»Meine Zähne tun weh.«

Ein grimmiges Murmeln lief durch die Reihen der Zuhörer. Das war typisch für den Durchschnittspatienten: verschwommene Angaben. Selbstverständlich würde Miss Anemone sich mit dieser Antwort nicht zufriedengeben. Sie würde den Patienten so lange verhören, bis sie sich eine klare Vorstellung von den Beschwerden des Patienten machen konnte. Das war eine der wichtigsten Aufgaben der galaktischen zahnmedizinischen Assistentin – den Tatsachen auf den Grund zu gehen, ehe der Patient dem Zahnarzt vorgeführt wurde. Nur so konnte man seine Praxis mit Erfolg führen.

»Dr. Dillingham erwartet Sie in seiner Praxis«, sagte Miss Anemone.

Kichern kam aus den Reihen der Zuhörer. In der letzten Bank pfiff jemand gellend. Keinem war entgangen, daß Miss Anemone gepatzt hatte. Doch Dillingham konnte sie nicht zurechtweisen. Das hätte seine Lage nur noch verschlimmert. Er mußte eben selbst den Patienten ausfragen. Aber er schwor sich, daß ihn in Zukunft nur noch eine auf Herz und Nieren geprüfte Assistentin auf einer Dienstreise begleiten durfte.

Pferdefeder trottete zum Behandlungsstuhl hinüber. Er nahm Platz und öffnete sein großes Maul. Sein Atem roch nach gärenden Speiseresten.

»Können Sie mir sagen, wo die Zähne besonders schmerzempfindlich sind?« fragte Dillingham, während er die Zähne mit der Nadelsonde untersuchte.

»Ha?«

»Wo tut es denn weh?«

»Überall. Mal hier, mal dort.«

Wieder kam unterdrücktes Gelächter aus den Zuhörerreihen. Dillingham hatte den leisen Verdacht, daß man ihm einen Patienten untergeschoben hatte, der nur an eingebildeten Zahnschmerzen litt. Gewissermaßen einen Hypochonder mit perfekten Zähnen.

»Wie ich sehe, sind Ihre Zähne sehr gründlich behandelt worden.«

Tatsächlich funkelte das Pferdegebiß nur so vor Gold.

»Ha?«

»Eine Menge Plomben!«

»Stimmt. Stammen alle von diesem Planeten. Lausige Arbeit.«

Auf den Rängen war es jetzt totenstill. Dillingham unterdrückte ein Lächeln. »Ganz im Gegenteil, Herr Pferdefeder. Soweit ich das bei meiner ersten flüchtigen Untersuchung beurteilen kann, sind die Arbeiten sehr gründlich ausgeführt worden. Ich werde Ihr Gebiß jetzt röntgen, um festzustellen, ob die Ursache der Schmerzen nicht auf einen Herd an den Zahnwurzeln zurückzuführen ist. Miss Anemone . . .«

Wieder kam hämisches Gelächter von den Rängen. Dillingham blickte zum Katheder hinüber.

Miss Anemone war verschwunden. An ihrer Stelle saß jetzt ein menschengroßer Tausendfüßler. »Ich bin Miss Tausendfuß, Ihre neue Assistentin. Miss Anemone ist abberufen worden.«

Mitten in einer Lehrvorführung? So viel weise Voraussicht konnte nicht einmal Miss Tarantula aufbringen. Wie hatte sie nur von der Panne mit Miss Anemone erfahren?

Voll Erstaunen stellte Dillingham weiterhin fest, daß der Jann nicht mehr hinter der spanischen Wand saß. Weit konnte er ja nicht fortgegangen sein. Schließlich mußte er ja noch neunundvierzig Jahre und ein paar Monate für Dillinghams Leben garantieren.

»Nehmen Sie bitte sämtliche Zähne des Patienten mit

dem Röntgenapparat auf«, ordnete Dillingham mit stoischer Ruhe an.

Miss Tausendfuß glitt auf den Behandlungsstuhl zu, hob die Vorderpartie und hantierte mit dem Röntgengerät und den Röntgenplatten. Sie ging sehr geschickt mit dem Gerät um. In wenigen Minuten hatte Dillingham einen kompletten Satz Röntgenbilder.

Ihm blieb vor Verblüffung der Mund offen stehen. »Wurzelbehandlung bei jedem Zahn.!«

»Ich hatte nie Zeit, zum Zahnarzt zu gehen«, murmelte Herr Pferdefeder kleinlaut.

Sehr richtig, stimmte Dillingham dem Patienten in Gedanken grimmig zu. Eine Wurzelbehandlung wurde erst durchgeführt, wenn der Zentralnerv eines Zahnes angegriffen war. Dann wurde der Nerv gezogen und der Nervenkanal mit Silber, Guttapercha oder einer ähnlichen Masse ausgefüllt, damit der Zahn nicht weiterfaulen konnte. Das war zwar eine kostspielige und zeitraubende Behandlung, lohnte sich aber trotzdem für den Patienten. Denn in der Regel konnte so der Zahn gerettet werden. Allerdings wurde der Zahn auch unempfindlich. Ohne Nerv reagierte er weder auf Hitze noch auf Kälte. Von einer Schmerzempfindung konnte gar keine Rede sein!

Dillingham studierte ausführlich die Röntgenaufnahmen. »Ich kann keinen Kariesherd feststellen.«

»Trotzdem tun mir die Zähne weh«, meinte der Patient störrisch.

Kein einziger Nerv mehr im Gebiß – aber die Zähne tun ihm weh. Dillingham unterdrückte einen Seufzer. Er wußte, daß die hobgoblinschen Zahnärzte die Szene in vollen Zügen genossen.

»Soll ich mal den Biß prüfen?« fragte Miss Tausendfuß.

Das konnte es sein!

»Tun Sie das!« rief Dillingham rasch.

Miss Tausendfuß holte eine Wachsplatte herbei und ließ den Patienten darauf beißen, so daß die Zähne oben und unten in die Wachsplatte eindrückten. Miss Tausendfuß betrachtete die Wachsplatte und stellte dann ihre Diagnose. »Die Okklusion ist miserabel, Doktor.«

Verlegenes Schweigen auf den Zuhörerbänken. Das war das Eingeständnis, daß die Dentisten dieses Planeten vergessen hatten, den Biß des Patienten nach der Behandlung zu prüfen. Fast wäre ihm der gleiche Fehler unterlaufen, wenn Miss Tausendfuß ihn nicht rechtzeitig an diesen Test erinnert hätte. Offenbar hatte er jetzt die richtige Assistentin gefunden.

Dillingham schob die Carborundscheibe auf das Handstück und stellte das Bohrgerät an. »Dieser Eingriff tut nicht weh«, beruhigte er seinen Patienten. »Ich werde nur Ihre Goldplomben etwas zurechtschleifen, damit Ihre Zähne wieder richtig aufeinanderpassen, wenn Sie zubeißen.«

»Aber es tut ja gar nicht weh, wo ich beiße! Der Schmerz sitzt unten im Kiefer!«

»Sehr richtig«, pflichtete Dillingham ihm bei. »Wenn nämlich die Zähne nicht richtig aufeinanderpassen, wird der Druck ungleichmäßig auf den Kiefer verteilt. Dadurch wird die Wurzelhaut ständig gereizt – und entzündet sich schließlich. Diese Haut ist sehr zäh, denn sie soll ja wie eine Feder die Erschütterungen beim Kauen und Beißen abfangen. Sind diese Erschütterungen aber zu stark, rebelliert die Wurzelhaut. Dann tut es tatsächlich weh – ganz unten im Kiefer.«

Herr Pferdefeder starrte Dillingham mit großen Augen an. »Das habe ich nicht gewußt!«

»Vielleicht hat Ihr Zahnarzt Sie in diesem Punkt nicht aufgeklärt«, sagte Dillingham vorsichtig. »Viele Patienten interessieren sich nämlich nicht für die technischen Einzelheiten der Behandlung.«

Die Stille im Saal war der Beweis, daß Dillingham die Wurzel des Übels richtig erkannt hatte. Ohne Zweifel hatten die Ärzte oder der behandelnde Arzt nach der Behandlung den Biß der Zähne überprüft. Man hatte die Plomben und Brücken richtig zurechtgeschliffen. Doch mit der Zeit hatten sich die Plomben abgenützt, und eine Nachbehandlung war unterblieben, weil der Patient sich nicht mehr gemeldet hatte.

Man hatte ihn eben nicht auf die Nachbehandlung hingewiesen.

Dillingham hatte den Zahnärzten von Hobgoblin demonstriert, wie sie ihren Beruf ausüben mußten – mit ihren eigenen Geräten. Die Universität hatte sich hervorragend behauptet. Bestimmt würden sich im nächsten Semester auch ein paar Zahnärzte von Hobgoblin an der Universität immatrikulieren.

Nachdem er dem Patienten klargemacht hatte, daß der Schmerz erst verschwinden würde, wenn die Entzündung der Wurzelhäute abgeklungen war, zog dieser zufrieden ab.

Dann trat ein zweiter Patient auf die Plattform – ein Eingeborener von Hobgoblin. Das mußte ein besonders schwieriger Fall sein.

Miss Tausendfuß schrieb sich erst den Namen des Patienten auf. Dann fragte sie: »Nun, wo fehlt es bei Ihnen?«

»Dieser Zahn hier – er piekst manchmal.«

»Kann ich den Zahn mal sehen?«

»Sie sind doch kein Zahnarzt!«

»Ich sehe mir immer zuerst die Zähne an, um Dr. Dillingham die Arbeit zu erleichtern.«

Der Patient öffnete widerwillig den Mund.

»Metallersatz«, murmelte sie. »Aber der Zahn scheint gesund zu sein.«

»Er ist nicht gesund! Ich habe Ihnen doch gesagt, daß er piekst. Manchmal.«

»Zeigen Sie mal, wo es piekst!«

»Okay.« Der Patient biß so schnell die Zähne zusammen, daß er fast ein paar von den haarfeinen Beinen der Sprechstundenhilfe abgezwickt hätte. »Nein, jetzt piekst er nicht. Aber manchmal tut er das.«

»Ich werde eine Röntgenaufnahme machen«, sagte Miss Tausendfuß.

»Wann kann ich denn endlich diesen verdammten Zahnarzt sprechen?«

»Wenn ich den Biß überprüft habe.« Miss Tausendfuß holte eine frische Wachsplatte. Anschließend begleitete sie den Patienten in die improvisierte Praxis. »Die Röntgenaufnahme beweist nur, daß der Biß nicht ganz einwandfrei ist«, sagte Miss Tausendfuß.

Der Patient verzog das Gesicht. »Sie haben vorhin bei diesem Herrn Pferdefeder die gleiche Masche abgezogen. Aber bei mir handelt es sich nur um *einen* Zahn. Und der tut auch nicht weh. Er piekst nur. Manchmal.«

»Trotzdem scheint es ratsam, den Biß zu korrigieren«, widersprach Miss Tausendfuß. »Zwei und zwei ist vier. Ich bin überzeugt, daß der Zahn nicht mehr piekst, wenn er nachgeschliffen wird.«

Dillingham gab seiner Assistentin im stillen recht. Trotzdem überschritt sie ihre Kompetenzen. Sie sollte ihm nur die Fakten unterbreiten, nicht die Diagnose stellen. Das war die Pflicht und das Vorrecht des Dentisten. *Er* sollte zwei und zwei zusammenzählen.

Dillingham überprüfte das Gebiß des Patienten. Es

unterschied sich kaum von einem menschlichen Gebiß. Viele Zähne waren mit Metallkronen versehen. Die Kronen saßen fest – auch bei dem Zahn, der dem Patienten Beschwerden verursachte.

Er prüfte die Röntgenaufnahme. Auch hier hatte Miss Tausendfuß die richtige Diagnose gestellt. Der Schatten auf dem Bild entsprach dem Metallersatz. Es mußte also wieder an der Okklusion liegen, daß der Patient unter Beschwerden litt.

Dillingham schliff die Krone zurecht. Doch die Unregelmäßigkeit war nur geringfügig, das Symptom aber scharf ausgeprägt und auf einen Zahn beschränkt. Das reimte sich nicht ganz zusammen. Woran konnte es also noch liegen?

Dillingham nahm wieder den nadelscharfen Zahnreiniger zur Hand, rüttelte an der Plombe und klopfte den ganzen Zahn ab. Alles saß fest. Auch das Zahnfleisch schloß so rosig und lückenlos an die Zahnwurzel an. Die Behandlung war sachgerecht ausgeführt.

Eigenartig, daß der Professor ihm zwei gleiche Fälle hintereinander präsentierte! Dillingham hatte sich eigentlich auf einen komplizierteren Fall eingerichtet.

Er schob die gekrümmte Nadel in die Spalte zwischen den Kronen, um sich zu vergewissern, daß der Zahnersatz richtig an den Nachbarzahn anschloß. Die Spalte war nur winzig klein. Er mußte den Druck auf die Nadel ausüben, was den Zahn, der dem Patienten Beschwerden verursachte, für einen Moment kräftig belastete.

»Au!« rief der Patient und zuckte zusammen.

Die Nadel brach durch und bohrte sich in etwas Weiches.

»Zwei und zwei ist vier!« rief Dillingham triumphierend. Er hatte den Fehler gefunden! Ein winziges Loch unmittelbar unter der Plombe, mit dem Mundspiegel und dem bloßen Auge gar nicht zu entdecken. Und auf der Röntgenaufnahme wurde es auch nicht sichtbar, weil die Metallplombe mit ihrem Schatten das winzige Loch überdeckte. Eine unsichtbare Kariesstelle – die piekste. Manchmal.

Miss Tausendfuß hätte ihn mit ihrer voreiligen Diagnose fast auf die falsche Bahn gelockt. Hätte er nur den Biß verbessert und dann den Patienten wieder heimgeschickt, hätte sich der Fäulnisherd monatelang unbemerkt entwickeln können. Hätte man ihn endlich entdeckt, wäre der Zahn vielleicht nicht mehr zu retten gewesen. Und das alles nur, weil man ein Nebensymptom mit der Ursache verwechselte.

Doch das war noch nicht die ganze Geschichte.

Dieser verdammte Professor hatte ihn hereinlegen wollen! Zuerst präsentierte er ihm einen Patienten, der tatsächlich an mangelhafter Okklusion litt. Dann brachte er ihm einen zweiten Patienten, der die gleichen Symptome hatte, aber mit einer grundverschiedenen Ursache – verdammt!

»Spritze!« befahl Dillingham grimmig. Fast hätte er vergessen, die Haut vorher zu desinfizieren, ehe er die Nadel ansetzte. Er war an dieses altmodische Verfahren nicht mehr gewöhnt.

Er schob das Gestänge des Bohrers zurecht. »Speichelsauger!« befahl er.

Miss Tausendfuß schob dem Patienten das Mundstück des Saugers unter die Zunge und stellte die Pumpe an.

»Auf die andere Seite!« knurrte Dillingham, als das Gerät ihm die Sicht versperrte. Dann fing er an zu bohren.

Anschließend suchte er sich einen Meißel heraus und

rief nach dem Hammer. Miss Tausendfuß hielt ihm den Hammer so ungeschickt hin, daß er Dillingham aus der Hand glitt und auf den Boden fiel. Dillinghams Ohren liefen feuerrot an, während das Auditorium in Gelächter ausbrach. Es war nicht ihre Schuld, redete Dillingham sich ein. Sie hatte sich noch nicht seiner Arbeitsmethode und seinen Handzeichen angepaßt. Trotzdem blamierte er sich natürlich nicht gerne vor so einem kritischen Publikum.

Mit dem nächsten Hammerschlag fiel die Krone herunter und legte den Fäulnisherd bloß. Dillingham fischte nach dem Goldklümpchen, ehe der Patient es verschlucken konnte – und stieß mit einem der tausend Füße seiner Assistentin zusammen. Sie hatte ebenfalls nach der Goldkrone geangelt.

Dillingham riß sich zusammen und zählte leise bis zehn. Miss Tausendfuß war eine kompetente Kraft und sehr willig – aber mit ihrer Zusammenarbeit wollte es einfach nicht klappen. Sie würden niemals ein harmonisches Team abgeben.

»Miss . . .« räusperte sich Dillingham. Dann zwinkerte er verwundert mit den Augen. Miss Tausendfuß war verschwunden. Sie war durch einen humanoiden Zweifüßler ersetzt worden.

Er hatte jetzt genug von Miss Tarantulas Zauberkunststückchen. Vielleicht hatte die tüchtige Spinnensekretärin seines Chefs ihren Spaß daran, mitten in der Behandlung die Assistentinnen auszuwechseln. Er für seine Person fand keinen Geschmack an diesem Spiel.

»Speichelsauger!« befahl er verdrossen und nahm den Bohrer erneut zur Hand.

Assistentin Nummer vier gehorchte schweigend. Sie hatte dreigliedrige Fingerfortsätze, die den Speichelsauger umschlossen. Dillingham kannte galaktische Extremitäten, die sich viel besser für den zahntechnischen Beruf eigneten. Aber diese Assistentin kam ihm mit ihren Fingern wenigstens nicht in die Quere und versperrte ihm nicht die Sicht.

Nachdem Dillingham das Loch sauber ausgebohrt hatte, knurrte er: »Hydrokolloid!« Sollte die vierte Assistentin zusehen, wie sie mit ihren zwei kümmerlichen Füßen zurechtkam! Seine Geduld war zu Ende.

Doch die neue Assistentin hielt bereits die Gießform und eine Schale mit kaltem Wasser bereit. Der Abdruck gelang ohne Schwierigkeiten, und während Dillingham die Einlage vorbereitete, entfernte die neue Assistentin den Kolloidabdruck.

»Sie müssen sich eine neue Krone anfertigen lassen«, klärte Dillingham seinen Patienten auf, während er die Einlage machte. »Ich habe einen Abdruck angefertigt und den Zahn so weit behandelt, daß nichts mehr passieren kann. Es wird eine Weile dauern, bis die Krone gegossen ist. Diese Reparatur wird einer von den Zahnärzten Ihres Planeten durchführen. Meine Kollegen hier sind sachkundig und kompetent. Sie können sich den Herren bedenkenlos anvertrauen. Aber mit Ihren Beschwerden hatten Sie recht. Glücklicherweise konnten wir die Ursache Ihrer Beschwerden noch rechtzeitig feststellen und Ihren Zahn retten.«

»Doktor«, meldete sich die neue Assistentin zu Wort.

»Was gibt es denn?«

»Sie wollten doch auch die anderen Goldkronen überprüfen, nicht wahr?«

»Die anderen ...!« Dillingham holte tief Luft. »Sie haben recht! Eine gute Goldplombe fängt nicht ohne Grund an zu wackeln. Ich werde auch die anderen Plomben und Kronen gründlich unter die Lupe nehmen.« Damit handelte er sich mindestens noch eine Stunde Arbeit ein. Aber was half das? Er durfte sich nicht blamieren. Man würde ihm jede Nachlässigkeit ankreiden.

Er setzte den Meißel an und entfernte die Krone vom nächsten Zahn. Diese hatte sofort nachgegeben – verdächtig rasch. Er kratzte mit der Nadel in dem freigelegten Zahnzement. »Weich und teigig«, knurrte Dillingham. »Kein Wunder, daß sich unter der Plombe ein neuer Fäulnisherd entwickelt hatte.«

Der Professor hatte sich in seiner eigenen Falle gefangen!

Seine Assistentin holte die Goldplombe mit der Pinzette heraus und bediente den Heißluftbläser, während Dillingham bereits auf die nächste Krone loshämmerte. Diese leistete mehr Widerstand, brach aber beim vierten Schlag ebenfalls heraus. Auch hier war der Zahnzement darunter weich und verdorben.

»Verdammte Schweinerei!« murmelte Dillingham. »Da sitzt keine einzige Krone fest, weil der Zahnzement sich zersetzt hat!«

»Einen Augenblick mal«, meldete sich jetzt der Professor zu Wort. »Ich habe diese Kronen selbst angefertigt. Das ist eine saubere, einwandfreie Arbeit, für die ich persönlich hafte!«

Dillingham blickte den Professor schweigend an. Dieser Bursche hatte ihn hereinlegen wollen, und es wäre ihm auch fast gelungen. Jetzt konnte er Rache nehmen und diese hobgoblinschen Zahnärzte, die seine Karriere sabotieren wollten, so lächerlich machen, daß kein galaktisches Wesen sich mehr in ihre Praxis traute.

Auch der Jann saß jetzt wieder hinter seiner spanischen Wand. Er konnte dieser erlauchten Versammlung also gründlich die Meinung sagen. Der Roboter würde jeden Hobgoblin in Asche verwandeln, der es wagte, sich an ihm zu vergreifen.

Dillingham riß sich zusammen. Was wälzte er nur für blutige Gedanken! Er war hierhergekommen, um für seine Universität zu werben, nicht um einen Aufstand anzuzetteln!

»Die Arbeit ist ausgezeichnet«, sagte er ruhig. »Ich hätte sie nicht besser ausführen können. Der Zahnzement ist die Wurzel des Übels. Er zersetzt sich mit der Zeit. Und dann lockern sich alle Kronen und Plomben, die mit diesem Zement festgekittet worden sind. Sie müssen bei diesem Patienten den ganzen Zahnersatz erneuern. Das gilt auch für alle anderen Wesen, die mit diesem Zement behandelt worden sind.«

Der Professor beugte sich über den Behandlungsstuhl und betrachtete stirnrunzelnd das Gebiß seines ehemaligen Patienten. Er nahm den Hammer und setzte den Meißel an einer anderen Goldplombe an. Er entfernte sie und stocherte mit der Nadel in dem freigelegten Zahnzement. Dann stieß er einen leisen Seufzer aus.

»Sie haben recht, Doktor. Es war eine neue Zementmischung, die man uns wärmstens empfohlen hatte. Wir verwendeten sie für unsere Privatpatienten – Touristen, hochstehende Persönlichkeiten und Ehrengäste. Wir ahnten nicht . . .«

»Es war nicht Ihre Schuld«, sagte Dillingham liebenswürdig.

Deswegen also die Beschwerden der Touristen! Man hatte bei ihnen den hochgepriesenen Zahnzement verwendet. »Vielleicht ist dieser Zement auf anderen Planeten genau das richtige Kittmittel, während hier auf Hobgoblin ein Spurenelement im Wasser oder in der Luft den

Zement zersetzt. Die Universität wird das Mittel gern für Sie auf seine Zuverlässigkeit prüfen und versuchen, den Fehler zu entdecken. Es ist eine Schande, daß eine solide Arbeit von einem so ausgezeichneten Zahnarzt durch eine so geringfügige Sache sabotiert wird. Ich . . .«

»Doktor«, unterbrach ihn der einheimische Professor mit überraschender Verbindlichkeit, »Sie haben uns überzeugt. Eine Ausbildung an Ihrer Universität kann meinen Kollegen nur wärmstens empfohlen werden.«

Hätte die neue Assistentin ihn nicht rechtzeitig auf die notwendige Routineüberprüfung aufmerksam gemacht, wäre es wohl nicht zu diesem hochbefriedigenden Ausklang gekommen, dachte Dillingham und seufzte leise.

Seine vierte Assistentin – sie war perfekt! Sie hatte, ohne viel Aufhebens, immer das Richtige getan. Diese Assistentin wollte er behalten.

»Wie heißen Sie, und von welchem Planeten stammen Sie?« fragte Dillingham, während er seinen Patienten den Mund ausspülen ließ.

»Miss Galland von der Erde«, antwortete sie.

»Sehr gut, Miss Galland von der Erde. Ich glaube, ich werde Sie behalt . . .« Er stockte. Er hatte endlich begriffen, warum ihre Stimme so komisch geklungen hatte. *Sie verwendete keinen Translator.*

»Von der Erde?«

»Jawohl, Doktor.«

Die Assistentin trocknete das häßliche Gesicht des Patienten mit einem Tuch ab.

Dillingham blickte seine neue Assistentin zum erstenmal seit Beginn der Behandlung von Kopf bis Fuß an. Sie war jung, hübsch, weiblichen Geschlechts, menschlicher Abstammung . . .

»Judy!« rief er verblüfft. »Judy Galland – meine alte Assistentin!«

Judy lächelte. »Ich dachte schon, Sie würden mich überhaupt nicht mehr wiedererkennen.«

»Was machen Sie denn hier?«

»Nun – ich assistiere Ihnen. Ich dachte, Sie wußten das.«

»Aber ausgerechnet hier – in der Galaxis! Ich ließ Sie doch auf der Erde zurück, als ich damals – äh . . .«

Sie lächelte und zeigte dabei allerliebste Grübchen. »Das ist eine lange Geschichte, Doktor. Sagen wir ganz einfach, ich brauchte eine neue Stellung und bewarb mich auf eine Anzeige hin. Von da an wurde es kompliziert. Nach dreimaligem Stellenwechsel in der Galaxis wurde ich von Ihrem Roboter aus einer unangenehmen Lage befreit.«

Dillingham bemerkte jetzt erst die vielen häßlichen Brandflecken auf ihren Armen und Beinen. Judy sah so aus, als wäre sie seit einer Woche nicht mehr ins Bett gekommen. ›Unangenehme Lage‹ – das war typisch Judy. Sie machte nie viel Aufhebens von sich. Aber sie war eine tüchtige Assistentin, und er war froh, sie wiederzusehen.

»Der Roboter hat Sie hierhergebracht?« wiederholte er staunend. »Aber der Jann wollte doch die ganze Zeit auf mich aufpassen! Ich dachte, Miss Tarantula . . .«

»Keiner außer mir wird dich töten!« rief der Roboter dröhnend hinter seiner spanischen Wand. »Doch deine Lebenserwartung ist kümmerlich ohne einen geeigneten Assistenten. Ich hatte erkannt, daß du als Junggeselle keine vierzig Jahre mehr überstehen wirst. Deshalb beschloß ich, dir eine Gefährtin zu verschaffen, damit du jung bleibst, Sterblicher, und meinen Eid nicht gefährdest!«

Dillingham hakte sich bei Judy ein. »Kommen Sie mit, damit Miss Tarantula Sie mir nicht vor der Nase wegzaubert und Assistentin Nummer fünf hierherschickt. *Ich bleibe bei Nummer vier!*«

»Ein verheirateter Mann hat eine viel größere Chance, seinen zweiundneunzigsten Geburtstag zu erleben, als ein alter Hagestolz«, fuhr der Jann mit seiner dröhnenden Metallstimme fort. »Wenn meine Janni noch leben würde ...«

Zufällig hatte Dr. Dillingham seinen Translator abgeschaltet. Aber die Hobgoblins hatten zugehört und stimmten ein begeistertes Pfeifkonzert an ...

ENDE

Piers Anthony

Piers Anthony gehört zu den stilleren, gleichwohl aber zu den erfolgreichsten Autoren in den USA und hierzulande. Als Piers Anthony Dillingham Jacob wurde am 6. August 1934 in Oxford geboren. Doch schon im Alter von vier Jahren zog seine Familie mit ihm nach Spanien, wo seine Eltern allerdings bald in die Wirren des spanischen Bürgerkrieges gerieten. Vor dem faschistischen Franco-Regime flohen sie schließlich 1940 in die USA. 1956 ließ Piers Anthony sich einbürgern, und legte, nachdem er zuvor zwei Jahre bei der Army gedient hatte, 1964 sein Examen als Englischlehrer an der University of Florida ab.

Im Norden Floridas lebt Anthony mit seiner Familie heute noch. Seine ganze Liebe gilt diesem Land, dessen Schönheit und Reichtum er in etlichen Romanen beschrieben hat. Selbst sein magisches Land Xanth, eine ureigene Schöpfung Anthonys, erinnert oft an ein verzaubertes Florida. Unlängst hat Anthony auch die indianische Geschichte Floridas beschworen, indem er einen Roman über die Indianer dort schrieb und ihren Kampf gegen die spanischen Konquistadoren , die die indianischen Begräbnisstätten zerstören wollten.

Die Science fiction entdeckte Piers Anthony schon 1947 für sich. Er las sämtliche einschlägigen SF-Magazine und begann mit ersten Schreibversuchen. Aber erst 1962 verkaufte er seine Kurzgeschichte. *Possible to Hue* erschien im Magazin *Fantastic*. Seit Ende der fünfziger Jahre arbeitete Anthony auch an seinem ersten Roman. Sieben Jahre nach den ersten Entwürfen konnte er 1965 *Chthon oder der Planet der Verdammten* abschließen. Das Werk wurde von der Kritik begeistert aufgenommen und trug Anthony eine Nominierung sowohl für den *Hugo* als auch den *Nebula Award* ein. Chthon ist ein Höhlenlabyrinth auf einem geheimen Planeten, das als Gefängnis benutzt wird. Hier lebt der Abschaum der menschlichen Gesellschaft und muß Granatblöcke aus dem Fels hauen. Als Gegenleistung erhalten die Menschen Nahrung, die in einem Förderkorb heruntergelassen wird. Noch nie ist jemandem die Flucht aus Chthon gelungen, bis die Hauptfigur des Romans, Aton Fünf, es versucht.

Nach weiteren, eher ernsten SF-Romanen wandte sich Anthony dann einer Spielart des Genres zu, die später zu einer Art Markenzeichen für ihn werden sollte: den humorvollen fantastischen Roman. In *Der Retter von Dent-All* beweist Anthony zum ersten Mal in nachdrücklicher Art und Weise, daß SF spannend, skurril und überaus witzig zugleich sein kann. Dr. Dillingham ist der konservativste und eigenwilligste Zahnarzt, den man sich überhaupt denken kann. Zu allem Überfluß ist er noch eingefleischter Junggeselle, doch gerade er wird zum galaktischen Zahnarzt, der sämtlichen schmerzgeplagten Aliens Rettung bringen soll. Ein Roman, den die Familie ihrem Zahnarzt gibt – wenn sie ihn sich denn einmal auf den Mond wünschen sollte.

Einen Einschnitt im Schaffen Anthonys bedeutete das Jahr 1977. Hatte er sich bisher vornehmlich mit Science fiction beschäftigt, so widmete er sich nun verstärkt der Fantasy. *Chamäleon-Zauber* sollte eigentlich der Auftakt zu einer kleinen Fantasy-Triologie werden; es wurde dann aber der Beginn einer der größten und erfolgreichsten Fantasy-Zyklen der Welt. Und ganz nebenbei revolutionierte Anthony damit auch die zeitgenössische Mathematik, da er den Lehrsatz über den Haufen warf, daß eine Romantriologie aus drei Bänden besteht. Heute geht man in der modernen Fantasy davon aus, daß eine (erfolgreiche) Triologie mindestens zwölf Bände umfaßt.

In *Chamäleon-Zauber* stellte Anthony zum ersten Mal sein magisches Land Xanth vor, ein Reich, das abseits aller Dimensionen liegt – oder gewissermaßen die andere bunte, bizarre und verzauberte Seite unserer nüchternen, technisierten Welt ist. Neben den skurrilsten und verschrobensten Menschen leben in Xanth jene wundersamen Fabelwesen, die jedem Fantasy-Liebhaber eigentlich sattsam bekannt sein sollten: Kobolde und Drachen, Zauberer und Elfen, Einhörner und Zentauren. Doch, was Anthony von anderen Autoren des Genres unterscheidet, ist sein ungewöhnlicher Humor. Xanth ist kein Phantasiegebilde wie viele andere auch. Hier gibt es sprechende Fische als Kredithaie, hier ziehen flügellahme Flügelungeheuer umher oder lahmende Nachtmahre, die sich ständig verirren, wenn sie Alpträume herumbringen sollen. Oger, die grobschlächtigen Meister der Dummheit, werden plötzlich mit dem Fluch der Intelligenz belegt, was natürlich das Reich Xanth einigermaßen durcheinander bringt. Überhaupt scheint in Xanth und in Anthonys Phantasie nichts unmöglich zu sein. Auch nach mittlerweile dreizehnten Bänden macht der Leser immer wieder neue Entdeckungen – und wenn er zwischen den zauberhaften Geschöpfen einmal den Überblick verlieren sollte, so ist das auch nicht weiter tragisch. Piers Anthony hat mittlerweile einen Führer durch sein

Phantasialand entworfen – das magische Xanth-Lexikon, das als Anhang den Roman *Turm-Fräulein* abschließt.

Neben der Xanth-Serie hat ein anderer Zyklus bei amerikanischen wie deutschen Lesern für Furore gesorgt: *Die Inkarnation der Unsterblichkeit.* In bisher vier auf deutsch erschienenen Romanen befaßt Anthony sich mit Abstraktionen wie Zeit, Tod, Schicksal und Krieg. Menschen müssen eine Zeitlang die Rolle von Göttern spielen und in abenteuerlichen Kämpfen versuchen, das Schicksal der Welt in der Balance zu halten. Obschon auch in diesen Werken Magie eine gewisse Rolle spielt, sind sie, da sie in unserer modernen Welt ihren Ausgang nehmen, eher der Science fiction zuzurechnen.

Versucht man Anthonys gesamtes Werk in den Blick zu nehmen, so fällt einem neben der ungeheuren Produktivität die Vielfalt auf. Anthony ist nicht nur auf SF und Fantasy festgelegt. Unter seinen über sechzig Titeln finden sich ebenso Horror-Romane und Filmbücher. Er hat einen historischen Roman verfaßt, eine Autobiographie und sogar einen erotischen Roman *Pornucopia* – der allerdings noch nicht in Deutschland erschienen ist.

Romane von Piers Anthony im Bastei-Lübbe-Programm

Die totale Erinnerung (13 285)
Das Buch zum Film mit Arnold Schwarzenegger. Nach einer Kurzgeschichte von Philip K. Dick.

Die Inkarnationen der Unsterblichkeit
Die Menschen spielen die Rolle der Götter und erleben die aufregendsten Abenteuer
Reiter auf dem scharzen Pferd (22 098)
Der Sand der Zeit (22 104)
Das Schwert in meiner Hand (24 114)
Sing ein Lied für Satan (24 119)

Die Macht der Mantas (23 119)
Eine Irrfahrt durch Raum und Zeit: Drei Wissenschaftler sollen Welten ausfindig machen, auf denen Menschen siedeln können, um der Überbevölkerung Herr zu werden. Die Romane Omnivor, Orn und Ox in einer preiswerten Sonderausgabe.

Die Saga vom magischen Land Xanth
Jenseits von Raum und Zeit liegt ein wundersames Reich. Dort tummeln sich Zauberer und Elfen, Kobolde und Drachen, und jedes Wesen besitzt seinen eigenen Zauberspruch, mit dem es sich immer dann retten kann, wenn das Leben zu gefährlich wird – oder zu langweilig.

Alle Abenteuer in chronologischer Reihenfolge:
Chamäleon-Zauber (20 156)
Zauber-Suche (20 158)
Zauber-Schloß (20 160)
Zentauren-Fahrt (20 162)
Elfen-Jagd (20 164)
Nacht-Mähre (20 166)
Drachen-Mädchen (20 168)
Ritter-Geist (20 094)

Turm-Fräulein (20 106)
(Mit dem großen Xanth-Lexikon)
Helden-Maus (20 120)
Himmels-Taler (20 139)
Welten-Reise (20 154)
Mond-Elfe (20 177)

BASTEI LÜBBE
Science Fiction
Bücher mit Zukunft
Die größten Erzähler der SF
holen Ihnen die Sterne vom Himmel
ISAAC ASIMOV
ROBOTER-TRÄUME
und 20 andere SF-Geschichten
ISBN 3-404-24144-4
DM 10,–
IAN McDONALD
REBELLIN DES GLÜCKS
Science Fiction Roman
ISBN 3-404-24147-9
DM 9,80
MARGARET WEIS
☆DIE STERNENHÜTER☆
DER LETZTE KÖNIG
Science Fiction Roman
ISBN 3-404-24156-8
DM 12,80
LARRY NIVEN
STEVEN BARNES
DIE WAHL DES ACHILL
Science Fiction Roman
ISBN 3-404-24157-6
DM 8,80
ORSON SCOTT CARD
XENOZID
ISBN 3-404-24153-3
DM 12,80
ALLEN STEELE
MONDHUNDE
ISBN 3-404-23129-5
DM 9,80